Martin Arz • Münchner Gsindl

Martin Arz

MÜNCHNER GSINDL

Pfeffers 7. Fall

HIRSCHKÄFER verlag

Martin Arz schrieb zunächst als freier Autor für zahlreiche Magazine. Dann arbeitete er mehrere Jahre lang als PR-Berater, bevor er sich ganz den Künsten widmete: der Malerei und dem Schreiben. Seine Gemälde waren bereits auf vielen Ausstellungen im In- und Ausland zu sehen. Arz ist Autor von zahlreichen Sachbüchern, Krimis und historischen Romanen.

Max-Pfeffer-Krimis im Hirschkäfer Verlag:
· Das geschenkte Mädchen – Pfeffers 1. Fall
· Reine Nervensache – Pfeffers 2. Fall
· Die Knochennäherin – Pfeffers 3. Fall
· Pechwinkel – Pfeffers 4. Fall
· Westend 17 – Pfeffers 5. Fall
· Geldsack – Pfeffers 6. Fall
· Münchner Gsindl – Pfeffers 7. Fall

Handlung und Personen sind frei erfunden. Jede Ähnlichkeit mit tatsächlichen Ereignissen oder Personen wäre rein zufällig.

1. Auflage, Juni 2020

Cover und grafische Gestaltung von Hirschkäfer Design/Coriander P.
Gedruckt in der EU

ISBN 978-3-940839-64-0

Besuchen Sie uns im Internet:
www.hirschkaefer-verlag.de

Mit Liebe gemacht.

1

Pulsbereich zwei. 164 Schläge in der Minute.

Zu viel. Er hatte es gespürt. Er musste Tempo reduzieren. Ein bisschen. Zurück in Pulsbereich eins. Das war die Strecke für einen wirklich langen Lauf. Ein paar Minuten, und er war wieder unter 150. Das spürte er einfach. Zur Sicherheit schielte Max Pfeffer nach zwei Minuten auf die Uhr mit dem Pulsmesser: 148. Ein Weihnachtsgeschenk seines älteren Sohns. »Voll uncool, Dad«, hatte Cosmo seinen Vater kritisiert, nachdem der sich geoutet hatte, dass er nach Gefühl lief und nicht streng geräteüberwacht. »Gerade in deinem Alter solltest du nicht mehr einfach nach Gefühl laufen.«

»In meinem Alter?«

»Du weißt, was ich meine.«

Pfeffer wusste es nicht. Natürlich hatte er sich zunächst geweigert, die Uhr zu tragen, dann aber doch einem Testmonat zugestimmt, damit er seine Ruhe hatte. Cosmo konnte echt anstrengend sein – und verdammt hartnäckig, ganz der Vater. Also lief Max Pfeffer seine morgendliche Joggingrunde in diesem Mai mit Pulsmesser und Uhr. Heute hatte er die lange Route bis hinter den Tierpark Hellabrunn gewählt. Auslaufen, den Kopf freibekommen. Aufhören zu denken. Einfach laufen. Utz-Utz-Musik in seinem Kopfhörer gab den Takt vor. Utz-Utz-Musik – Cosmo würde ihm was husten, wenn er das zu ihm sagen würde. Immerhin hatte DJ Cosmo seinem Vater mehrere Tracks zusammengestellt, je nach Pulsbereich, für langsam bis Sprint. Und weil Cosmo wusste, dass sein Vater coolen Jazz, exotische Weltmusik und Electronic Beats liebte, hatte er jeweils ein paar Elemente hineingemixt. Es funktionierte. Der Beat war jedes Mal eine Nuance anders, sodass Pfeffer danach im jeweiligen Pulsbereich laufen konnte. Viel nützlicher als dieser blöde Pulsmesser.

Die Sonne ging gerade auf. Kurz vor sechs. Es war frühlingshaft warm. Pfeffer war bisher nur zwei oder drei frühen Läufern begegnet.

Er war schon eine halbe Stunde unterwegs. Rechts gurgelte die Isar, der Flaucher lag hinter ihm, bald kam rechts der Zoo in Sicht. Man konnte ihn riechen, bevor man ihn sah. Animalisches lag in der Luft. Pfeffer gab einer Eingebung nach und machte spontan zwanzig Liegestütze auf dem Weg, bevor er weitertrabte. Erste Hundegassiführer tauchten auf den Wegen auf, die aus dem dichten Grün der Isarauen zum Fluss führten. Die meisten ließen ihre Hunde ohne Leine laufen.

Bis zur Marienklause, beschloss Pfeffer, dann den steilen Weg hinauf nach Harlaching und oben am Hang den Weg zurück nach Giesing. Dann würde er insgesamt zwar mehr als eine Stunde brauchen, aber ihm war danach. Er hatte Energie.

Das Tierparkgelände endete. Pfeffer überquerte den Auer Mühlbach, der hier von der Isar abgeleitet wurde, und bog nach links zum Fußweg, der den Steilhang hinaufführte. Daneben lag die Marienklause. Man konnte die kleine Holzkapelle kaum erkennen, so dicht waren die Bäume bereits begrünt. Zwischen den steinernen Kreuzwegstelen führte ein ins Grün getrampelter Weg zur Kapelle und der in Stein gefassten kleinen Quelle. Ein Jogger kam auf dem Weg von der Kapelle her und lief dicht an Pfeffer vorbei. Eine ältere Frau mit einem überfetteten Kleinhund, dessen Rasse man bei dem Volumen nicht mehr erkennen konnte, trippelte vom Steilhang kommend Pfeffer entgegen.

Da sah er den Pfau. Direkt auf dem kleinen Kreuzweg, der zwischen den Büschen zur Marienklause führte, wo eben noch der Jogger langgelaufen war. Pfeffer blieb lächelnd stehen. Der Pfau starrte zurück. Dann schlug er ein Rad und fächerte seine Prunkfedern auf. Pfeffer hatte den Eindruck, dass der Vogel das ganz nonchalant, so nebenbei machte. »Ich bin der Prachtbursche! Noch Fragen?«, lag in dieser Bewegung.

Pfeffer nahm seine Ohrstöpsel heraus. »Na, du«, sagte er so sanft keuchend es ging, denn er war doch einigermaßen außer Puste und musste schnaufen. »Bist du aus dem Zoo ausgebrochen?« Der Pfau klappte sein Rad ein und stolzierte davon. Auch die Frau mit dem fetten Hund war stehen geblieben. Einer Laune heraus folgte Max

Pfeffer dem Vogel auf dem Trampelpfad vorsichtig, um das Tier nicht zu verscheuchen. Der Pfau drehte sich noch einmal um und schlug erneut ein Rad.

»Ja, du bist schön, protzerter Stenz«, schmunzelte Pfeffer. »Balzt du mich jetzt an?« Der Pfau schritt elegant weiter zwischen den Kreuzwegstelen, schließlich scharrte er an einer Stelle.

»Mei, Putzi«, quiekte die alte Frau, zu ihrem Hund gebeugt, »hast du des gsehn? Ha? So a schöns Vogerl! So ein schönes Vogerl! Des is a Fasan, Putzi. A Fa-san. Gell, des kennst no gar ned.«

Der Hund kläffte verunsichert.

»Magst mal a bisserl spieln? Gell, du magst spieln, ha?« Sie löste die Leine vom Halsband. »Ja, wer mag da spieln?«

»Lassen Sie das«, sagte Pfeffer. »Der jagt den Pfau.«

»Ach, was. Der spielt nur. Und so schnell ist mein Putzi ja eh nimmer, gell, Putzi?«

»Nehmen Sie Ihren Hund wieder an die Leine.« Pfeffer legte mehr Autorität in die Stimme.

»Was ham denn Sie jetzt für ein Problem?«, fragte die ältere Frau. Nur wenig später sollte Pfeffer wissen, dass sie Sabine Lobmair hieß, siebenundfünfzig Jahre alt war, verwitwet und in der Harthauser Straße in Harlaching wohnte. »Mein Putzi macht niemandem was. Und so a Fasan kann ja wegfliegen, wenns ihm ned passt.«

Putzi war sich inzwischen in die Nähe des Pfaus gewalzt, sein Bauch schleifte beinahe am Boden. Dann blieb er stehen und kläffte. Der Pfau beendete sein Scharren, hob indigniert den Kopf und erhob sich mit eleganten Flügelschlägen kurz in die Luft. Nur wenige Meter weiter ließ er sich auf dem Dach der Marienklause wieder nieder. »Hui!«, machte die Alte. Putzi bellte und watschelte zu der Stelle, an der der Pfau gescharrt hatte.

»Mei«, rief die Alte. »Da hat wieder jemand seinen Müll hingeschmissen. Des seh ich doch von hier. So eine Schande! Des san Zeiten. Des hätts früher ned gem.«

»Früher hats offenbar gar nix gem«, sagte Pfeffer.

»Was? Was erlauben Sie sich. Komm her, Putzi, Geh weg da! Da holst du dir sonst noch was. Da, sengs des? Müll!«

Max Pfeffer ging den Kreuzweg hinauf zum Hund, der hinter einer Stele schnupperte und dann hinschiss. Neben der Stele lag tatsächlich ein blaues Bündel. Eine blaue Strickjacke, Jeans und darunter rote Turnschuhe. Der Hund zerrte knurrend an der Strickjacke und schleifte sie schließlich Richtung Frauchen, die »Pfui, Putzi! Pfui!« keifte.

»Nehmen Sie jetzt Ihren Hund an die Leine«, sagte Pfeffer. Die Frau überhörte ihn geflissentlich. Dann sah Max Pfeffer neben dem Häufchen Hundekot eine Hand. Sie schimmerte weiß aus dem Grün. Er schob das dichte Unkraut zur Seite. An die Rückseite der Stele gelehnt, saß eine junge Frau. Nackt und tot. Pfeffer berührte ihren Hals mit drei Fingern, noch warm. Er prüfte schnell die Vitalfunktionen. Nichts. Definitiv tot, wenn auch erst seit wenigen Minuten …

Der Jogger!

Pfeffer wirbelte herum, stolperte beinahe über Putzi, der nun die Hose in Richtung Frauchen wegzerrte.

Pfeffer sprang über den Hund und rannte zum Hauptweg. Keine Chance! Inzwischen war München erwacht und zahlreiche Jogger waren in Sichtweite, aber keiner schien auf der Flucht oder war so gekleidet, wie Pfeffer sich einbildete, es sich gemerkt zu haben. Der Läufer hätte in jede Richtung davonrennen können. Auch über die Brücke rüber nach Sendling.

»Fuck«, fluchte Pfeffer laut. Dann trabte er zurück, schnappte sich schnell ein Bein der Hose, die Putzi wegschleppte, und zog ruckartig daran. Der Hund ließ nicht los. Pfeffer riss die Hand in die Höhe, der Hund hing nun in die Hose verbissen in der Luft.

»Herrschaftszeiten, was machen Sie mit meinem Putzi, Sie Tierquäler!«, kreischte die Alte. »Polizei! Lassens meinen Putzi in Ruhe, Sie ausgschamter Mistkerl, Sie!«

»Rufen Sie jetzt sofort Ihren Hund zu sich!« Pfeffer trug die Jeans mit dem daran baumelnden Hund zum Hauptweg vor, er schüttelte die Hose, und als das nichts brachte, packte er den Hund im Genick, drückte ein wenig zu, bis das Tier locker ließ, auf den Boden plumpste und zu seinem Frauchen trabte.

»Polizei!«, schrie die Alte wieder. »Tierquäler!«

Max Pfeffer holte sein Smartphone aus der Halterung am Oberarm, stoppte die Playlist und rief seine Kollegen an.

2

»Scheiße!«, fluchte Hauptkommissarin Annabella Hemberger. Sie versuchte den Hundekot, in den sie eben hineingetappt war, im Gras vom Schuh zu wischen. »Beschissene Dreckskӧter!« Sie fuhr sich mit den Fingern durch ihre blonde Kurzhaarfrisur.

»Und ihre Frauchen«, stimmte die Rechtsmedizinerin Doktor Gerda Pettenkofer zu. Sie wies mit dem Kopf zu der älteren Frau, die hinter dem Absperrband stand – Sabine Lobmair, die ihren übergewichtigen Hund nun auf den Armen hielt und wütend herüberfunkelte, weil weder die Hauptkommissarin noch die Rechtsmedizinerin zu überhören waren.

»Mei«, rief die Alte, »des kann ja keiner ahnen, dass da ein totes Madl liegt! Gell? Woher soll ich des denn wissen?«

»Schon gut«, sagte Bella Hemberger halblaut und stellte sich neben ihren Chef, Kriminalrat Max Pfeffer. Für sie, wie für die meisten anderen Anwesenden von der Kripo, bot er einen eher ungewöhnlichen Anblick. Normalerweise war Pfeffer gut bis sehr gut, zumindest aber tadellos gekleidet. Er liebte italienische Anzüge. Nun stand er durchgeschwitzt in hautenger Funktionssportwäsche da, die jeden Muskel seines durchtrainierten Körpers betonte. Kurze schwarze Shorts, nachtblaues langärmliges Shirt und darüber ein leichtes schwarzes Hoodie, denn Pfeffer zog meist die Kapuze auf, wenn er lief, um nicht zu viel Körperwärme über den Kopf zu verlieren – außer im Hochsommer. »Hey, Sexy«, hatte ihn vorhin die Rechtsmedizinerin begrüßt, gemeint nicht als Adjektiv, sondern als Spitznamen und ihm unverhohlen auf seinen wirklich repräsentabel-knackigen Hintern geklopft, so dezent, dass es kein Klatschgeräusch gab und nur die Kollegen es mitbekamen, die zufällig hingeschaut hatten. Die Pettenkoferin durfte das. Das war bekannt. Sie durfte auch Pfeffer zuflüstern: »Du wirst mir bald zu mager, Maxl. Iss mal ein bisserl mehr, sonst ists Schluss mit dem Knackhintern.« Danach kicherte sie kleinmädchenhaft, wobei ihre enorme

Leibesfülle wackelte und wogte. Vom Tierpark nebenan klangen Geräusche, die anzeigten, dass die meisten Tiere inzwischen wach waren. Vor allem die Ziegen im Streichelzoo machten sich bemerkbar.

»Das hatten wir auch noch nie«, sagte Bella Hemberger und nahm ihre Brille ab, um sie zu putzen. Sie trug eine dieser großen auffälligen Gestelle mit dickem schwarzem Rahmen, die zwar modern waren, aber die meisten Träger minderbemittelt aussehen ließen. Bella jedoch stand das Modell ausgesprochen gut.

»Was? Ein totes Mädchen?«, fragte Gerda Pettenkofer.

»Nein, dass einer von uns zufällig eine Leiche findet.«

»Stimmt. Klingt nach Fernsehkrimi.«

»Ist aber leider Realität«, sagte Pfeffer. Er hatte den Kollegen bereits zu Protokoll gegeben, was er angefasst hatte, wo er langgegangen war und was der Hund an Spuren möglicherweise zerstört hatte.

»Mein Putzi hat sie gefunden«, rief die ältere Frau herüber.

»Hat er nicht«, rief Pfeffer zurück. »Und ich habe Ihnen schon mehrfach gesagt, dass Sie nun bitte nach Hause gehen können. Wir haben Ihre Daten. Danke. Wiedersehen.« Er beugte sich hinunter und sah noch einmal dem toten Mädchen ins Gesicht. Durchschnittlich hübsch, zart. Die Augen halb geschlossen, der Mund leicht geöffnet. Fast wie wenn sie etwas genießen würde. Der Schmerz der brutalen Misshandlung, die es gegeben haben musste, denn davon sprach das violettrot getrocknete Blut an ihrem Unterleib, der Schrecken zu sterben – nichts davon spiegelte sich in ihrer Miene wider. Man hatte keine Hinweise auf die Identität der Toten gefunden. Bisher. Pfeffer richtete sich auf. Wenn er keine Liegestütze auf dem Weg gemacht hätte, ein paar Minuten früher hier vorbeigekommen wäre – wer weiß, dann könnte das Mädchen vielleicht noch leben!

»Bin ich auf Droge, oder sitzt da ernsthaft ein Pfau auf dem Dach von der Hütte?« Hauptkommissarin Hemberger kratzte sich am Kopf und deutete zu dem Tier hinauf, das schon eine Weile sein prächtiges Federrad zur Schau stellte.

»Pfau? Wo?« Die Pettenkoferin sah sich suchend um. »Also, ich seh nichts. Du, Maxl?«

»Ich auch nicht«, spielte Pfeffer mit.

»Ihr … also sagt mal …« Bella Hemberger stotterte verunsichert. »Da ist doch ein Pfau, Kollege?« Sie schnappte sich einen von der Spurensicherung, der ihr umgehend bestätigte, dass ein exotischer Vogel auf dem Dach der Marienklause saß.

»Sehr witzig«, zischte sie zur Rechtsmedizinerin und ihrem Chef, die beide wie Lausbuben kicherten. Bella Hemberger verdrehte die Augen. »Ich habe schon zwei Kinder und einen Künstler als Gatten, da brauch ich euch nicht auch noch …«

»Ich habe schon beim Zoo angerufen, während ich auf euch gewartet habe«, sagte Pfeffer. »Es war aber noch niemand da.«

Die drei bummelten langsam zum Absperrband und kletterten aus dem gesicherten Bereich. Doktor Pettenkofer holte Zigaretten hervor. »Maxl?«

»Ja, danke.« Seit Weihnachten rauchte er wieder. Er fand es selbst nicht gut.

»Ich habe absolut null auf den Jogger geachtet«, sagte Pfeffer zum wiederholten Male. »Er hatte ein Hoodie an …«

»Ein was?«, unterbrach die Rechtsmedizinerin.

»Ein Hoodie. Einen Kapuzenpulli oder eine Kapuzenjacke für euch jenseits der Fünfzig!«, sagte Pfeffer zur Pettenkoferin. »Ich glaube, der war grau. So ganz normaler hellgrauer Sweatstoff. Und eine schwarze lange Laufhose und die Schuhe mit weißen Sohlen. Keine Ahnung, welche Marke. Ich hab ihn mir nicht richtig angeschaut!«

»Mach dir keine Vorwürfe«, sagte Bella Hemberger. »Konntest es ja nicht ahnen. Die Alte mit dem Hund hat gar nichts gesehen, nicht mal, dass da ein Jogger war.«

Die schwergewichtige Medizinerin gab ihm Feuer, zog dann tief an ihrer Zigarette und sagte: »Also, wirklich noch nicht lange tot, unser armes Mädchen. Sie ist um die achtzehn, zwanzig, würde ich sagen. Woran sie genau gestorben ist, kann ich noch nicht schätzen. Es sieht so aus, als wäre sie wohl erdrosselt worden. Ich glaube, ich kann mich jetzt schon festlegen, dass sie nicht hier getötet wurde. Sie wurde nur abgelegt, beziehungsweise so hingesetzt. Quasi in Szene gesetzt.«

»Wie kommst du darauf?«, fragte Pfeffer.

»Du hast gesehen, was der oder die Täter mit ihrem Unterleib angestellt haben? Übel. Sie wurde regelrecht verstümmelt. Ich vermute, man hat sie mit einem Eisenstab, vielleicht auch Holz, da müssen wir die Ergebnisse abwarten, vaginal penetriert. Wahrscheinlich auch anal. Sieht zumindest so aus. Wenn das hier der Tatort wäre, müsste es hier deutlich mehr Blut geben.«

»Der Köter hat leider einiges durcheinandergebracht«, sagte Pfeffer.

»Polina Komarowa«, platzte Froggy dazwischen, der sich beinahe lautlos der kleinen Gruppe genähert hatte. Gerda Pettenkofer zuckte leicht zusammen. Froggy hieß eigentlich Erdal Zafer, aber weil ein älterer Kollege Erdal Yusufoglu hieß und sich fast alle duzten, nannte man den neuen Erdal nur Froggy. Froggy war schon in der Schule so genannt worden. Froggy, manchmal auch Fröschlein. Wegen Erdal, dem bekannten Schuhpflegemittel, dessen Logo ein Frosch ist. Anfangs hatte sich Erdal Zafer über den Spitznamen geärgert, dann hatte er aber herausgefunden, dass der Frosch im Erdal-Logo eine Krone trug. Damit konnte Froggy dann leben.

»Wie bitte?«, fragte Bella Hemberger spitz. Sie mochte Froggy nicht besonders und machte keinen Hehl daraus.

»Polina Komarowa«, wiederholte Froggy und hob einen Ausweis des Münchner Verkehrsverbunds hoch, der in einer Klarsichthülle der Spurensicherung steckte. »Wir haben doch noch einen Hinweis auf ihre Identität gefunden. Sofern es ihre IsarCard ist. Lag da bei den Sträuchern. Ist wohl aus der Hosentasche gefallen, als der Hund die Jeans weggezogen hat.«

Pfeffer nahm die Hülle mit dem Ausweis, Kommissar Erdal Zafer senkte den Blick. Er hatte noch nie Pfeffers Blick standhalten können. Pfeffer hätte gerne gewusst, warum. Er bekam meist Komplimente für seine Augen, er wusste, dass das rehbraune samtige Kuscheln für ihn arbeitete. Meistens jedenfalls. Frauen schmolzen für gewöhnlich dahin, wenn er es richtig einsetzte. Manche Männer auch. Aber manchmal machte es offenbar auch Angst wie bei Froggy. Wobei – wenn Pfeffer ehrlich zu sich selbst war, wusste er, warum Froggy so distanziert blieb.

»Neunzehn«, sagte Max Pfeffer. »Neunzehn Jahre alt. Polina Komarowa.« Er reichte Froggy den Ausweis zurück. »Dann finde mal heraus, ob unsere Kundin tatsächlich Polina Komarowa ist und wo sie gewohnt hat, Kollege. Ob es Angehörige gibt. Arbeitsstelle. Ausbildungsplatz et cetera. Danke.« Froggy nickte und trabte mit gesenktem Kopf davon. Pfeffer inhalierte den letzten Zug von seiner Zigarette, warf sie auf den Boden und trat sie aus.

»Max Pfeffer«, sagte die Rechtsmedizinerin streng. »Ich habe hier meinen kleinen mobilen Aschenbecher. Wie immer. Du alte Wutz musst nicht …«

»Jaja, schon gut.« Pfeffer bückte sich, hob den Stummel auf und legte ihn in den kleinen Aschenbecher, den ihm die Medizinerin hinhielt. »Ich gehe jetzt heim, duschen, und dann sehen wir uns im Büro.«

»Ach, Chef«, sagte Bella Hemberger, »du willst nach Giesing zurückjoggen? Ich fahr dich schnell heim. Und sag mal, was ist das denn hier überhaupt für eine verrückte Location?«

»Was? Die Marienklause? Kennst du die nicht? Warst du noch nie hier?«

»Nein, wir kommen selten weiter als bis zum Flaucher, wenn wir an der Isar sind, oder mal nach Großhesselohe. Halt immer auf der anderen Isarseite.«

»Die Marienklause hat mal ein Schleusenmeister selbst gebaut, soweit ich weiß«, erklärte Pfeffer. »Aus Dankbarkeit, dass ihn die Muttergottes zigmal vor dem Ertrinken gerettet hat, hat er die Kapelle und den Kreuzweg mit vierzehn Stationen errichtet. Das hier ist eine Stelle an der Isar, die saugefährlich ist wegen der Strömungen. Und früher sind hier wohl viele Flößer ertrunken. Die Legende sagt, besser gesagt, meine Oma hat uns das erzählt, dass hier die Isarnixe hockte und die Floßknechte betörte. Wer ihren Gesang hörte, musste bei der nächsten Floßfahrt sterben. Und bei Hochwasser hat sich die Isarnixe dann zusätzlich einen Spaß daraus gemacht, nächtliche Wanderer mit Irrlichtern zu foppen und in die reißenden Fluten zu locken. Da, siehst du, unter der kleinen Holzkapelle entspringt eine Quelle, die soll angeblich Heilkräfte haben.«

»Was du alles so weißt«, sagte Bella ganz unironisch.

»Solche Geschichten weiß ich jede Menge von meiner Oma. Die war die einzig erträgliche Person in meiner Familie und die Einzige, der man zuhören konnte.«

3

Becky öffnete die Balkontür. Sofort fluteten Lärm und Feinstaub die Küche. Die einzige Möglichkeit, in München eine bezahlbare Wohnung zu bekommen, bestand darin, Mängel zu ignorieren. Dass zum Beispiel der Mittlere Ring direkt vor der Tür lag, zwar mit Schalldämmung versehen, aber das brachte kaum etwas, außer hässliche Lamellen als Aussicht. Hinter dem Ring lag dann auch noch die Großbaustelle des ehemaligen Osram-Geländes. Wo früher Glühbirnen gefertigt wurden, dann einige Jahre eine Asylunterkunft existierte, wurden nun neue Wohnungen hochgezogen. »Living Isar« nannte sich das Projekt. Klang toll, klang teuer. Luxuswohnungen statt Fabrikhallen. So wie man das eben in München machte.

Becky konnte den Lärm inzwischen gut ausblenden, ebenso die nicht besonders frische Luft. Sie reckte ihr Gesicht zu den Sonnenstrahlen, die den Balkon bereits erreichten. Ihren Kaffeebecher hielt sie mit beiden Händen fest umklammert, um die Finger zu wärmen. Nur um an der Zigarette zu ziehen, ließ sie ab und an mit der linken Hand los. Sie überlegte, ob sie zum Bäcker am Candidplatz vorgehen sollte. Croissants wären jetzt lecker.

Becky hörte trotz des Lärmpegels, wie Lucky in die Küche schlurfte und sich schniefend Kaffee einschenkte. Sie ging in die Küche zurück und schloss die Balkontür.

»Moinsen«, brummte Lucky und schniefte erneut.

»Ach, Bussimausi.« Becky umarmte ihren Mitbewohner. »Immer noch unglücklich? Ich dachte, das hätten wir hinter uns. Das ist jetzt auch schon über eine Woche her …«

»Ich weiß«, antwortete Lucky weinerlich. »Hatte einen Flashback. Scheiß Kerle. Scheiß-fuck alte Säcke.«

»So ists recht«, bekräftigte Becky. »Und ich wiederhole mich ja gerne: Such dir endlich mal einen Kerl in deinem Alter, und nicht immer einen scheintoten Sugardaddy. Die wollen nur Frischfleisch. Die wollen nur ficken.«

»Das will ich doch auch«, schniefte Lucky.

»Nein, du willst die große Liebe mit Engelschören und Glitter und dem ganzen Trallala. Und dann auch noch ein bisschen Ficken. Wie viele alte Säcke habe ich jetzt schon mit dir mitgemacht? Zehn? Zwanzig?«

»Nie im Leben!«, rief Lucky scheinempört. »Viel mehr!« Er kicherte unter Tränen. »Ich dachte halt, dass Rudi anders ist. Dass er, ausgerechnet er, dann mit einem dahergelaufenen Stricher … Bin ich nicht genug? Bin ich so mies im Bett, dass man mich durch einen Stricher ersetzen muss?«

»Ach, Lucky-Bussimausi.« Becky drückte ihren Mitbewohner an ihre Brust. Lucky hieß eigentlich Luciano. Er hieß nicht nur wie ein echter Italiener, er sah auch so rassig aus. Auf Fotos wirkte er wie ein Italo-Popstar. Doch Lucky war klein. Sehr klein. Sein Gesicht verschwand zwischen Beckys Brüsten, weil er nur eins siebenundfünfzig groß war. So groß wie Salma Hayek oder Eva Longoria und nur einen Zentimeter kleiner als Madonna oder Prince. Und wie Prince hatte Lucky die zarte Figur eines Knaben. Um maskuliner zu wirken, und vor allem, um nicht in jeder Kneipe nach seinem Ausweis gefragt zu werden, trug er einen gepflegten kurzen Bart und häufig Hemden, die er so weit aufknöpfte, dass man seine Brustbehaarung sehen konnte. »Du bist halt ein süßer Bub, der leider auf diese Pädos anziehend wirkt.«

Luckys Smartphone machte »pling«.

»Echt jetzt?« Becky schob ihren Mitbewohner von sich weg und schüttelte den roten Lockenkopf. Ihr zartes porzellanenes Gesicht, das für gewöhnlich etwas geradezu Madonnenhaftes hatte, verdüsterte sich. Sie wusste, was das Pling bedeutete. Es war das Push-Benachrichtigungs-Pling von Luckys favorisierter Dating-App. »Dein Ernst? Du heulst mir hier die Ohren voll wegen diesem ollen Rudi, und dabei hast du schon längst wieder neue alte Säcke am Start?«

»Ja, mei.« Lucky griff sein Handy und wischte darauf herum. »Ich bin ja wieder auf dem Markt. Ach, der sieht eigentlich ganz nett aus …«

»Wie alt?«

»Laut Profil fünfundvierzig. Wahrscheinlich also fünfundfünfzig.«

»Könnte dein Vater sein«, stöhnte Becky.

»Mein Vater ist zweiundvierzig!«

»Und? Hat er Schwanzpics dabei?«

»Wer nicht.« Lucky schüttete sich Milch in ein Glas, häufte dann drei Löffel Kaba-Erdbeermilchpulver hinein und rührte um, bis die Milch gleichmäßig rosa gefärbt war. Mit einem Strohhalm nahm er den ersten großen Schluck. Er stand auf Erdbeermilch und schwor darauf, dass sie durch einen Strohhalm noch viel besser schmeckte. Lucky lümmelte sich auf die Eckbank in der Küche, während er durch die Bilder scrollte – abwechselnd Kaffee schlürfend oder Erdbeermilch saugend. »Nicht schlecht.«

»Zeig.« Becky nahm ihm das Handy weg. »Boah, warum seid ihr Kerle immer so schwanzfixiert?«

»Da sieht man gleich, was einen erwartet.«

»Das ist ja widerlich … Wobei … Der sieht ganz gut aus …«

»Was ist eigentlich mit Polly?«, fragte Lucky und pulte zwischen seinen Zehen. »Ich hab schon ein bisschen ein schlechtes Gewissen.«

»Ach was«, winkte Becky ab. »Die wird sich schon wieder einkriegen.«

»Wir hätten sie nicht einfach zurücklassen sollen.«

»Polly ist ein erwachsenes Mädchen. Die wird sich schon noch amüsiert haben. Außerdem hat sie ja so geheimnisvoll getan …« Es klingelte. Becky gab Lucky sein Telefon zurück und schielte zur Küchenuhr. Kurz nach zehn. »Um die Zeit?«

»Mach halt nicht auf«, brummelte Lucky, während er auf dem Display herumtippte.

»Wahrscheinlich der Paketbote.«

Als sie aufmachte, stürmte ein Mann an ihr vorbei in die Wohnung. Er war etwas zu jugendlich für sein Alter gekleidet, Sneaker, Designerjeans mit Löchern, knallgelbes Polohemd, Sommersakko; alles schrie »Marke«, »Maximilianstraße« und »teuer«. Seine schulterlangen Haare waren nach hinten gegelt.

»Wo ist Polina?« rief er. »Wo ist ihr Zimmer?«

»Das geht Sie wohl gar nichts an«, antwortete Becky und stellte sich ihm breitbeinig, mit in die Hüften gestemmten Händen in den Weg.

»Hören Sie«, der Mann schloss die Augen und atmete tief ein. Als er sprach, öffnete er die Augen und sah Becky durchdringend an: »Ich bin Herbert Förster. Polina arbeitet für uns als Kindermädchen.«

»Ach, Sie sind das!« Becky war wirklich erfreut, ihr zartes Madonnengesicht leuchtete. »Schön. Lernen wir Sie auch mal …«

»Ich bin hier nicht, um jemanden kennenzulernen.« Er blickte in die Küche. Lucky hob lässig die Hand und sagte »Servus«. Herbert Förster zuckte irritiert mit dem Kopf. »Hören Sie. Heute ist Ihre, äh, Mitbewohnerin nicht aufgetaucht. Ich habe jetzt einen wichtigen Termin, eigentlich bin ich schon zu spät, alles wegen Ihrer Mitbewohnerin – und meine Frau hat in einer halben Stunde ein Interview. Die Kinder sind unbeaufsichtigt. Da kann Polina nicht einfach unentschuldigt fehlen. Also, wo ist sie?« Er sah sich gereizt im kleinen Flur um. »Ist das die Tür zu ihrem Zimmer?«

»Sie ist nicht da«, antwortete Becky. »Ist heute noch nicht aufgetaucht.«

»Ach«, machte Herbert Förster. Er riss die Tür auf. Es handelte sich tatsächlich um Polinas Zimmer. Das bemerkte selbst Förster, denn wenn es eins gab, was er über sein Kindermädchen wusste, dann dass sie Bollywoodfilme liebte. Ihr Zimmer war mit Original-Filmpostern und allerlei Tand aus Indien geschmückt. Über dem Bett hingen die Poster von ›Om Shanti Om‹ und ›Kuch Kuch Hota Hai‹. Dass die Bewohnerin des Zimmers ein besonderes Faible für die beiden Stars Salman Khan und Hrithik Roshan hatte – vor allem für den smarten, durchtrainierten Hrithik Roshan mit seinen magisch hellgrünen Augen –, ließ sich nicht übersehen. Försters Aggression verpuffte angesichts des bunten Kitschs.

»Gut, sie scheint nicht da zu sein«, sagte er missmutig. »Können Sie sie erreichen? Ich habe ein paar Mal versucht, sie auf dem Handy anzurufen, aber da kommt gleich ›The person you've called is temporarily not available‹.«

»Ich ruf sie mal an«, rief Lucky von der Küche aus und nach kurzer Zeit: »Nee, Mailbox.«

»Großartig«, schnaubte Förster. Dann musterte er Becky. »Was machen Sie eigentlich?«

»Wie? Was ich mache?«

»Ja, es ist nach zehn Uhr morgens, und Sie sind zu Hause …«

»Ich studiere und hab noch ein bisschen Zeit«, antwortete Becky gedehnt. »Lucky studiert auch.« Sie deutete auf ihren Mitbewohner, der bei den Worten leicht grinste. »Polly ist die Einzige, die einen festen Job hat, falls Sie …«

»Weniger Text! Haben Sie Zeit? Ach was, natürlich haben Sie Zeit.« Förster packte Becky am Oberarm. »Sie bekommen hundert Euro cash auf die Hand, wenn Sie sofort aufbrechen und heute die Kinder hüten.«

Überrumpelt gab Becky nur ein »Äh« von sich.

»Auf. Los!«, rief Förster.

»Darf ich mir vielleicht noch etwas Vernünftiges anziehen«, sagte Becky, die in bequemer Jogginghose und ausgeleiertem Schlafshirt dastand. »Und außerdem bitte Vorkasse! Weils pressiert: hundertfünfzig.«

Förster zückte wortlos seinen Geldbeutel und drückte Becky drei Fünfziger in die Hand. Dann nannte er die Adresse in Harlaching. »Zack. Los! Ich benachrichtige meine Frau, dass Sie kommen. Wenn Sie in einer halben Stunde nicht dort sind, dann ist unser Deal geplatzt. Verstanden?« Er stürmte aus der Wohnung.

»Schönen Tag noch«, rief Lucky hinterher.

»Wie geil ist das denn?« Becky stand mit den Geldscheinen in der Hand noch im Flur. »Ein paar Stunden mit den Schrazen spielen und dafür fett Kohle absahnen!«

»Werden schon rechte Horrorblagen sein«, sagte Lucky. »Wenn sie nach dem Vater kommen … Hat Polly nicht gesagt, dass der gelackte Gelkopf ein Busengrabscher ist?«

»Stimmt. Tittenförster. Aber die Polly findet die Kleinen doch recht erträglich.«

»Arschlochkinder, hat sie gesagt.« Lucky sog genüsslich Erdbeermilch durch den Strohhalm. »Und wo Arschlochkinder sind, sind meist auch Arschlocheltern. Quod erat demonstrandum.«

»Brauchst ned so gschert daherzureden.«

»Wieso, ich studiere doch!« Lucky machte Anführungszeichen in die Luft.

Keine zehn Minuten später flitzte Becky frisch geduscht und mit etwas Vernünftigem bekleidet aus dem Haus und rannte vor zur U-Bahn-Station am Candidplatz.

Lucky zündete sich eine neue Zigarette an und setzte eine neue Erdbeermilch an, als es klingelte.

»Lass mich raten, du hast deinen Schlüssel vergessen«, sagte er beim Türöffnen.

»Wohl kaum«, antwortete Max Pfeffer und hielt seine Kripomarke hoch. Er stellte sich und seine Kollegin Annabella Hemberger vor. »Dürfen wir kurz reinkommen, Herr …«

»Russo, Luciano Russo.« Lucky starrte wie paralysiert in Pfeffers braune Teddyaugen. »Ja, klar, kommen Sie rein.« Er riss sich zusammen und bat die Polizisten in die Küche.

»Worum gehts?«, fragte er und kaute auf der Unterlippe. Das waren keine Drogenbullen, das war ihm klar. ›Entspann dich‹, sagte er sich und nahm hektisch einen großen Zug Erdbeermilch durch den Strohhalm.

»Wohnt hier eine Polina Komarowa?«, fragte Bella Hemberger.

»Ja.« Lucky atmete hörbar aus. Es ging um Polina, nicht um ihn. »Die wohnt hier. Polina Komarowa. Wir haben ’ne WG. Polly und Becky und Lucky. Also Lucky, das bin ich.«

Pfeffer nickte. Frisch geduscht, mit Blenheim Bouquet eingeduftet und zwei schnelle Espressi mit Zigaretten später, fühlte er sich wieder wohl und fit für den Tag. »Steht auch draußen am Klingelschild. Können Sie uns bitte ein Bild von Polina zeigen?«

»Warum? Ja, klar, warum auch nicht.« Lucky ging in die Küche, nahm sein Smartphone vom Tisch und suchte ein Foto, auf dem Polina abgebildet war. »Hier. Das war neulich am Flaucher, da haben wir schon mal angegrillt …«

»Das ist sie«, sagte Hauptkommissarin Hemberger nüchtern. »Da hat sie ja ganz lange Haare.«

»Klar. Polly hat Haare bis zum Arsch. Ihr ganzer Stolz.«

Die beiden Kriminaler tauschten einen Blick. Die Leiche hatte kurze Haare.

»Ist etwas mit ihr?« Lucky wurde unruhig.

Er ließ sich langsam auf die Eckbank sinken, als er die Nachricht hörte. »Oh, Scheiße«, flüsterte er schließlich. »Die arme Polly.« Er zuckte hilflos mit den Schultern. »Wie ist es denn, ich meine, wie hat man sie …«

»Das wissen wir noch nicht mit Sicherheit.«

»Und jetzt?« Er sah Pfeffer fast flehentlich an.

»Jetzt sagen Sie uns, was für ein Mensch Polina war. Ob sie Angehörige hatte …«

»Und grad vorhin war der Förster da«, sagte Lucky schwach. »Weil Polly nicht bei ihm aufgetaucht ist.«

»Der Förster?«, hakte Pfeffer nach. »Hat Polina etwas mit Forstwirtschaft zu tun gehabt?«

»Nein.« Lucky lachte trocken. »Der Förster. Der Mann von der Susa Förster. Die heißen so.«

»Susa Förster? DIE Susa Förster? Die Krimiautorin?«, fragte Bella.

»Genau die. Bei denen ist … war die Polly Kindermädchen. Wohnen in Harlaching, Gabriel-Max-Straße, glaube ich. Der Förster war vor … na ja, … einer Viertelstunde, zwanzig Minuten hier und hat einen Aufstand gemacht, weil die Polly nicht aufgetaucht ist und alles bei denen zusammenbricht, wenn nicht sofort jemand die Kinder beaufsichtigt. Voll der Spacko mit seiner gegelten Arschlochfrisur. Dann hat er der Becky Geld in die Hand gedrückt, damit sie es macht. Sie ist eben erst los.«

»Da geben Sie uns bitte gleich die Adresse.« Pfeffer sah sich in der Küche um. Eine kunterbunte Mixtur aus gebrauchten Möbeln, bunt, jung, tendenziell saugemütlich, aber irgendwie auch ein bisschen siffig. Über dem Küchentisch hing an der Wand ein ausgestopfter Rehbockkopf, das Geweih mit bunten Plastikblumen verziert.

Lucky bemerkte den Blick. »Alles vom Sperrmüll«, sagte er. »Beziehungsweise vom Straßenrand. Viele Leute stellen Sachen, die sie nicht mehr brauchen, an den Straßenrand. Sind manchmal Schätzchen dabei. Des einen Müll ist des anderen Schatz.«

»Nachhaltig«, konstatierte Bella Hemberger.

»Nicht wahr?« Lucky lächelte scheu. »Wir containern auch, Polly und ich. Becky findet das voll eklig, die denkt, dass da überall Ratten sind und so. Stimmt gar nicht. Na ja. Nicht regelmäßig, aber immer öfter. Es wird so viel gutes Zeugs weggeschmissen und Geld ist ein scheues Eichhörnchen.«

»Das ist wahr«, nickte Pfeffer. »Und nun zeigen Sie uns Polinas Zimmer.«

Bevor sie sich im Zimmer der Ermordeten umsahen, fotografierte Pfeffer mit dem Smartphone den Raum aus verschiedenen Perspektiven. Lucky lehnte im Türrahmen, schnupperte verträumt in Richtung Max Pfeffer, dann rauchte er Kette und schlürfte hektisch Erdbeermilch. Pfeffer und seine Kollegin streiften sich dünne Einmalhandschuhe über und sahen sich im Zimmer um. Es roch nach Räucherstäbchen. Mindestens fünf Räucherstäbchenhalter unterschiedlichster Gestalt, Pfeffer zählte nur grob auf die Schnelle, waren im Zimmer verstreut.

»Die Polly ist eine Liebe«, plapperte Lucky ungefragt. »Die mag immer jeden, und jeder mag sie. Oh, Shit. Sie mochte jeden! Sie war so ein Sonnenscheintyp. Immer gut gelaunt und so. Auch wenn alles Scheiße war …«

»Was denn zum Beispiel?«, fragte Pfeffer, während er an dem kleinen Schreibtisch die Schubfächer öffnete in der Hoffnung, dass Polly ganz oldschool war – in der Hoffnung, ein Tagebuch oder Briefe zu finden. Er hatte gehört, dass Mädchen das mittlerweile wieder machen würden. Offline Tagebuch schreiben und so etwas. Nichts. Stattdessen überall indischer Kitsch, bunte Tücher und Fähnchen, Ketten und Klimbim, kleine Buddha- und Ganeshafiguren, DVDs mit Bollywoodstreifen und Liebesromane extrem kitschiger Natur, wenn man den Covers Glauben schenkte.

»Wie, was denn?«, echote Lucky. »Ach so, was Scheiße war. Na, eigentlich nix bei ihr. Lief bei ihr. Als Kindermädchen hat sie bei den Försters ganz gut verdient. Ging halt alles für Klamotten und so Zeug drauf. Mädels halt. Und Party machen. Und ihr Bollywoodzeugs. Sie hat auch auf einen Indientrip gespart. Keine Ahnung. Wobei, also, wenn ich meine, dass sie eine Liebe war, dann war das eher so, na ja, unverbindlich. Ich glaube, dass sie ganz viel in sich hineingefressen und weggelächelt hat. Sie wollte nie, dass man sich Sorgen um sie machen musste. Ach, und ihre Familie kommt aus Kasachstan. Voll die Russen, ey. Also diese sogenannten Deutschen.« Er machte Anführungszeichen mit der freien Hand. »Sie wissen schon. Die Eltern leben in irgendeinem Kaff im Schwabenland oder so. Voll konservativ und so. Halten Schwule für pervers, verstehen Sie? Vergöttern Putin und glotzen den Lügensender RT-Deutsch, wollen aber nicht in Russland leben. Na, kennt man ja. Und 'nen Kerl hatte die Polly auch nicht, falls Sie das fragen wollten … Jedenfalls keinen, den ich hier mitgekriegt hätte. Und wenn sie einen heimlich gehabt hätte … Nee, weiß nicht. Jedenfalls fragen Sie solche Sachen besser die Becky, die kennt sich da besser aus, die beiden waren ganz gut befreundet …«

»Langsam«, hakte Max Pfeffer ein, während er eine kleine Schmuckschatulle öffnete, die auf einer kleinen bunt bemalten Kommode stand. »Wir setzen uns nachher in die Küche, und Sie machen dann eine Aussage. Alles, was Sie uns jetzt so erzählt haben, werden wir Sie dann strukturiert abfragen, okay?«

»Okay, starker Mann.« Lucky schmollte affektiert und nuckelte an der Erdbeermilch. »Ich will ja nur sagen, dass ich eigentlich nicht viel über die Polly weiß. Ich meine, wir sind WG-Freunde. Kennen uns erst, seit sie vor anderthalb Jahren hier eingezogen ist. Sie suchte halt ein billiges Zimmer in München – ha, wer sucht das nicht! Und Becky hat sie auf 'ner Party kennengelernt und dann … na, seit sie hier ist, ist irgendwie die Stimmung immer gut. Sie war ein Sonnenschein …«

»Das sagten Sie bereits«, unterbrach Bella Hemberger. Sie schloss den Kleiderschrank, den sie inspiziert hatte. »Hatte Polly Freunde, die Sie nicht kennen? Menschen, von denen sie vielleicht mal gesprochen hat?«

»Kann sein.« Lucky zuckte mit den Schultern und zündete sich eine neue Zigarette an. »Ach, nee, eher nicht. Polly hatte sonst keine Freunde hier in München. Also keine, von denen wir wüssten. Die war ziemlich viel allein, wenn sie nicht mit uns abgehangen ist. Wir haben ihr gereicht. Ach, manchmal hat sie sich mit einer Alten, die wir beim Containern kennengelernt haben, getroffen. Ne Obdachlose, denke ich, Polly hat der Alten ab und an 'nen Kaffee spendiert oder so.«

»Machen Sie uns bitte, am besten gemeinsam mit Ihrer Mitbewohnerin, eine Liste von allen Freundinnen oder Kontakten, die Polina in München hatte. Namen, Telefonnummern, Adressen, E-Mail-Adressen, Social-Media-Profile et cetera. Alles, was Ihnen einfällt.«

»Okay, können wir mal versuchen. Becky wird vielleicht ein paar Namen wissen.« Lucky blies Rauch aus seinen Lungen. »Mei, die Polly würde ausflippen, wenn sie wüsste, dass ich in ihrem Zimmer rauche! Das mochte sie gar nicht. Also, geraucht hat sie schon ab und zu. Sie verstehen? Wir haben draußen auf dem Balkon 'ne Wasserpfeife.«

»Und auf dem Küchenschrank auch eine Bong«, bemerkte Pfeffer gelassen.

»Hmm, ja.« Lucky kaute auf der Unterlippe. »Macht ja jeder, ist ja nichts dabei. Aber Tabakrauch mochte sie nicht.«

»Und dann noch das hier.« Max Pfeffer hielt ein buntes Tütchen hoch, das im Schmuckkasten lag.

»Was?« Lucky verschluckte sich fast an seiner Milch. »Wie? Keine Ahnung. Was ist das?«

»Schlecht gespielt, Luciano Russo«, sagte Pfeffer. »Sie wissen genau, was das ist. Eine Kräutermischung.«

»Klar«, sagte Lucky schwach, »zum Anzünden, zum Räuchern.«

»Ach, Herr Luciano«, antwortete Pfeffer. »Wir drei hier wissen, was man mit dieser Art von Kräutermischung aus synthetischen Cannabinoiden macht.«

»Keine Ahnung. Echt nicht. Ich wusste nicht, dass Polly so was im Haus hat.«

»Hat Polly außer Cannabis auch andere Drogen genommen?«, fragte Pfeffer und fixierte Lucky, der unsicher mit den Schultern zuckte.

»Keine Ahnung.«

»Und Sie?«

»Nein, echt nicht.«

»Was machen Sie eigentlich, wenn ich fragen darf«, fragte Hauptkommissarin Hemberger.

Lucky verdrehte die Augen, eher amüsiert als genervt. »Ich studiere.« Er kicherte kurz. »Na ja, Sie findens ja eh raus. Also, immatrikuliert bin ich schon. Geschichtsdidaktik. Aber ich komme grad nicht so zum Studieren. Ich orientiere mich. Ich arbeite mit Becky im Gsindl an der Bar. Vier Mal die Woche. Da kommt halbwegs die Kohle rein, um in dieser scheißteuren Stadt zu überleben, aber man hat keine Zeit mehr zum Studieren.«

»Gsindl?«, hakte die Hauptkommissarin nach.

»Ein … ähm … nicht ganz legaler Club«, druckste Lucky herum.

»Ein illegaler Club in einem ehemaligen Autohaus im Industriegebiet zwischen Friedenheimer Brücke und Laim, neben den Puffs«, sagte Pfeffer trocken.

»In München gibts illegale Clubs? Woher kennst du illegale Clubs?«, fragte Bella verwundert.

»Cosmo legt dort ab und an auf. Er hat letztes Jahr sogar eine Gsindl-Compilation herausgebracht. Und so illegal, wie die immer tun, ist er gar nicht. Ist vor allem Marketing.« An Lucky gewandt fuhr Pfeffer fort: »Sie arbeiten im Nachtleben und wollen uns erzählen, dass Sie keine Hilfsmittel nehmen, die Ihnen zum Beispiel helfen, die ganze Nacht wach zu bleiben? Oder mehrere Nächte?«

Lucky grinste. »Echt nicht, Chef, echt nicht. Da können Sie jeden fragen. Ich nehme keine Amphetamine oder so'n Scheiß. Ausprobiert ja, aber für schlecht befunden. Und Becky ist auch nicht so drauf. Bei Polly weiß ich es nicht. Wobei … nein, kann ich mir nicht vorstellen.«

»Waren Sie gestern Nacht auch im Gsindl? Mit Polly und Becky?«, fragte Hauptkommissarin Hemberger.

»Ja, nein, gestern waren wir nur so aus. War ja richtig schön und warm. Ist doch geil, der frühe Sommer dieses Jahr. Ich liebe es! Da sind wir ein bisserl an die Isar. Chillen. Einer der wenigen Vorteile, wenn man hier in dieser Asselbude am Candidplatz leben muss – man hat die Isar vor der Tür! Das ist echt geil, wenn man …«

»Und dann?«, unterbrach Pfeffer.

»Dann waren wir noch ein bisschen im Gsindl. Abtanzen und so.«

»Sie gehen an Ihrem freien Abend zur Arbeit?«

»Ja.« Lucky zuckte mit den Schultern. »Ist doch klar, da kriegen wir Angestelltenpreise. Muss man ausnutzen.«

»Wann sind Sie heimgekommen?«

»Ich so gegen halb zwei. Mit der Becky. Haben noch ein Bierchen in der Küche gezischt und sind dann in die Heia. Also jeder für sich! Ich habs nicht so mit Frauen, wenn Sie verstehen.« Er sah Pfeffer provokant an.

»Ach was«, machte Pfeffer sarkastisch. Er ließ den Burschen für einige Sekunden tief in seinen braunen Augen kuscheln. Lucky seufzte leise.

»Sie haben Polly alleine im Club gelassen?«, riss Bella Hemberger den jungen Mann aus seinen Träumen.

»Nein, ja, also nicht so. Sie ist mit uns rausgegangen und hat sich ein Radl gemietet. So ein E-Bike. Wir auch, wir sind gemeinsam losgeradelt und haben uns an der Theresienwiese getrennt. Sie wollte noch ein wenig an die Feierbanane, also an die Sonnenstraße. Rote Sonne, Harry Klein, Milchbar, keine Ahnung. Irgendwo ins Nachtleben. Und dann hat sie so geheimnisvoll getan, dass sie noch was ganz Tolles vorhätte. Keine Ahnung. Sie war plötzlich so aufgeputscht, aufgeregt, hibbelig. Aber wollte mit der Sprache nicht rausrücken. Ich steh nicht drauf, wenn Leute sich mit Andeutungen interessant machen wollen. Das geht mir sonst wo vorbei … Oh, sorry, Shit, wenn ich mehr nachgefragt hätte, wüssten wir wahrscheinlich, was sie noch vorhatte. Und dann hätten wir verhindern können, dass sie umgebracht wird. Oh, mein Gott! So eine Scheiße. Das war echt …« Er schüttelte traurig den Kopf. »Fuck, Sie denken jetzt eh von mir, was ich für ein Arsch bin, weil ich nur laber, statt zu weinen, aber ich … bin halt so.«

»Hatte Polina teuren Schmuck?«, fragte Pfeffer unvermittelt. Hauptkommissarin Hemberger sah überrascht zu ihm.

»Was? Die Polly«, gluckste Lucky überrascht-amüsiert. »Wirklich nicht. Vielleicht hatte sie irgendwas von ihrer Oma oder so. Aber schauen Sie sich doch nur mal den ganzen Schrott da an.« Er deutete auf die vielen Ketten und Anhänger, die im Zimmer verteilt an Haken und anderen Dingen hingen. »Lauter Plunder, den sie sich auf Festivals gekauft hat. Hauptsache viel, Hauptsache, es schaut nach was aus. Mehr ist mehr. Das ist alles nichts wert. Schätz ich jetzt mal.«

»Sind Sie sicher?«, fragte Pfeffer.

»Ziemlich. Wobei … ach, da weiß die Becky sicher besser Bescheid. Mädels und Schmuck und so. Eh klar. Doch, jetzt fällts mir wieder ein! Sie hatte eine goldene Kette von ihrer Oma. Die hat sie zu irgend so einem Kirchenfest bekommen. Kommunion oder was die Orthodoxen da so feiern.«

»Orthodoxe bekommen mit der Taufe die Erstkommunion«, sagte Bella Hemberger, und wegen der verwunderten Blicke der anderen fügte sie hinzu: »Weiß ich zufällig.«

»Dann hat sie die Kette eben zur Taufe bekommen. Eh wurscht, das ganze Kirchengedöns. Wer glaubt schon diese Kindermärchen. Die Polly hat mal gesagt, dass das das einzig Wertvolle ist, was sie hat, und dass sie das nie hergeben würde, selbst wenn sie verhungern müsste …«

»Ist das die Kette?« Pfeffer hielt eine Goldkette hoch, die er in der Schmuckschatulle ganz unten gefunden hatte. Sie passte nicht zu dem restlichen Tand.

»Ziemlich sicher«, nickte Lucky. »Die hat sie mal angehabt, als wir alle zusammen in die Oper, also ins Ballett gegangen sind. Da haben wir uns mords in Schale geschmissen, um den ganzen Kulturspießern mal zu zeigen, dass man sich auch schick machen kann, ohne dass es wie Primark aussieht …«

»Gut«, Pfeffer zog seine Gummihandschuhe aus. »Gehen wir dann in die Küche, und wir notieren, was Sie über Polina wissen. Und den Raum hier betreten Sie bitte nicht mehr. Wir versiegeln ihn nun.«

»Muss das sein?«, nölte Lucky.

»Ja. Eigentumssicherung.«

»Aber wenn ich was von Polly brauche …«

»Sie brauchen nichts von Polly.«

»Oder sie sich was von mir geliehen hat und …«

»Dann schauen Sie sich jetzt um. Jetzt bitte. Wir protokollieren das dann.«

»Nein.« Lucky winkte schwach ab. »Schon gut.«

»Was für ein Herzchen«, seufzte Pfeffer, als die beiden Kriminaler später auf dem Weg zum Auto waren.

»Der war dir ja völlig verfallen«, kicherte Bella. »Der hat dich von der ersten bis zur letzten Sekunde inhaliert.«

»Ach, ist dir das auch aufgefallen?«, knurrte Pfeffer sarkastisch. »Ich fühle mich benutzt und beschmutzt. Ich muss noch mal duschen.«

Bella Hemberger lachte.

»Man hat mich ja gewarnt«, sagte Pfeffer, »wenn man erst einmal über vierzig ist, dann stehen die ganzen kleinen Schnullis auf einen. Die Daddynummer.«

»Nicht mit dir!«, rief Bella.

»Definitiv nicht. Ich bin kein Daddy. Okay, ich bin zweifacher Daddy, aber kein Sugardaddy für postpubertierende Krischperl mit Verbaldurchfall.«

»Und winzig war der. Wahnsinn. Wie ein Kind. Der Arme!«

»Ja, eben. Noch ein Grund mehr, warum aus uns kein Traumpaar wird, so sehr du dir das auch wünschst.«

»Schade.« Sie erreichten den Wagen. »Becky, Polly und Lucky.«

»Klingt wie ’ne schlechte Band aus den Siebzigern«, sagte Pfeffer.

»Oder wie eine schlechte Kindersitcom auf Disney Channel«, ergänzte Bella. »Sag mal, was sollte denn die Frage nach der Goldkette?«

»Na, sie hatte eine Schmuckschatulle und nur billigen Plunder. Und ihre einzig wertvolle Kette hatte sie ebenfalls beim Plunder.« Pfeffer zog eine kleine durchsichtige Plastiktüte aus seiner Tasche. »Sie hat also das angeblich Wertvollste, das sie besitzt, nicht versteckt. Dann frage ich mich, warum sie das hier versteckt hat.« Er hielt seiner Kollegin den Beutel hin.

»Ein silberner Armreif?«, fragte Bella Hemberger stirnrunzelnd.

»Richtig. Ein silberner Armreif in einer Plastiktüte, fest mit Tesa verklebt und ziemlich gut versteckt in einer dieser zahlreichen Götterstatuen, die bei ihr rumstehen. Lauter Plastikramsch. Als ich vorhin zufällig einen von den Ganeshas zu hart angepackt habe, da ist mir aufgefallen, dass das Ding aus Plastik ist und innen hohl. Dass es sich verformt, wenn man drückt. Die Schweißnaht auf der einen Seite war aufgetrennt und man konnte die Figur ein wenig auseinanderdehnen. Da war der Armreif drin.«

»Komisch. Sieht aus wie Silber. Das ist längst nicht so viel wert wie eine Goldkette.« Die beiden Kriminaler setzten sich in den Wagen.

»Eben. Warum hat sie ihn versteckt? Und wer ist eigentlich diese Frau Förster, die du offenbar kennst?«

»Mann, Chef«, stöhnte Hauptkommissarin Hemberger. »Susa Förster, die deutsche Krimiqueen. Ein Bestseller nach dem anderen. Die ›Basti Daxlberger‹-Krimireihe! Echt, Chef, alle verfilmt worden, mit dem Dings … na, weißt schon. Da geht es um den Basti Daxlberger, das ist ein gemütlicher Privatdetektiv, der immer total grantig tut, aber das Herz am rechten Fleck hat. Kennst du nicht?«

»Habe ich jemals einen Krimi gelesen?«

»Solltest du mal. Es gibt echt gute … Und dann gibt es halt die von Susa Förster. Erfolg muss ja nicht unbedingt was mit Qualität zu tun haben.« Sie schnallte sich an. »Sind halt so Wohlfühlkrimis mit Schmunzelfaktor.«

»Wohlfühlkrimis? Was an Morden ist denn zum Wohlfühlen und Schmunzeln?«

»Ach, Chef.« Bella schnaufte genervt. »Jetzt tu nicht so. Und nun fahren wir zur Queen of Wohlfühlcrime! Auf nach Wohlfühlharlaching.«

4

Marlies platzierte das nagelneue Smartphone so auf dem Cafétisch, dass es wirklich jeder sehen musste, der es sehen sollte. Sie strich stolz mit den Fingerspitzen darüber, schob es ein wenig nach links, dann nach rechts. Das war es also. Die Anzahlung. Nicht mehr, aber auch nicht weniger. Sie hatte eine Anzahlung bekommen von dem, was ihr zustand. Karma ist ja so was von einer Bitch. Endlich würden die Jahre der Entbehrungen, der Demütigungen vorbei sein. Ihr stand etwas zu. Sie tuffte ihre zu stark blondierten, wie immer zu stark im Stil der frühen Siebziger toupierten Haare zurecht und prüfte, ob die rosa Margerite noch richtig in dem Tuch steckte, das sie sich nonchalant um die Stirn gebunden hatte. Die Blüte hatte sie in einem Vorgarten geklaut.

Die maulfaule Kellnerin brachte ihr den Cappuccino. Mit Sahne statt mit Milch. So etwas war in München gar nicht mehr leicht zu finden. Eigentlich gar nicht mehr. Früher war das normal. Aber dann kamen sie mit »original italienisch« und mit der geschäumten Milch. Überall. Auch hier beim Toni, ihrem kleinen Lieblingscafé in der Nordendstraße nahe dem Kurfürstenplatz. Dabei mochte Marlies das nicht. Schon früher nicht, als sie noch reisen konnte, weil sie da noch das Geld dazu hatte, und in Italien war. Da hatte sie nur Espresso getrunken, weil die Italiener keinen guten Cappu mit Sahne machen konnten oder wollten. Nur der Toni machte das noch für sie, und nur für sie.

»Servus, Marlies, mei, schaust du gut aus!«

Marlies blinzelte gegen die Sonne, um die Sprecherin zu erkennen. »Lizzy! Mir gehts auch gut. Komm, sit halt mal down, lass uns ratschen.«

»Keine Zeit.« Lizzy blieb stehen und stützte sich mit der linken Hand auf dem Tisch ab. »Die Hüfte«, keuchte sie. »Wir werden nicht jünger.«

»Nimm halt einen Stock«, sagte Marlies trocken.

»Damit ich wie eine alte Frau aussehe?« Lizzy lachte hustend. »Aber du bist ja fesch heute. Alle Achtung.« Lizzy verbarg die Augen hinter einer riesigen Sonnenbrille. Sie gehörte zu den Frauen, die irgendwann die Kontrolle über ihren Botox- und Hyaluronsäurekonsum verloren hatten und nun mit grotesk aufgedunsenen Wangen und aufgeblähten Lippen herumliefen. Wobei sie sich einbildeten, wie Anfang vierzig auszusehen, statt, wie in Lizzys Fall, wie eine kaputtoperierte Siebenundsiebzigjährige mit rabenschwarz gefärbtem Haar. Nur Hüften und Knie, die konnte sie nicht mal schnell beim Beautydoc verjüngen lassen. »Und das Wischkasterl da, ist das neu?«

Stolz hob Marlies das Smartphone hoch und hielt es affektiert mit beiden Händen neben das Gesicht, als würde sie es in einem Shoppingkanal zum Verkauf anbieten. »Ja, hat mir mein Sohn heute geschenkt.«

»Oh, hast du Geburtstag? Hab ich den vergessen?« Lizzy fuhr sich erschrocken mit der freien Hand über den Mund.

»Nein, nein. Just for fun. Mein Sohn hat mir das einfach so geschenkt. Ich hatte ja bisher dieses uralte mobile phone, dieses Nokia, mit dem man nichts machen konnte außer phonen. Jetzt bin ich ganz up to date.« Verschwörerisch leise fügte sie hinzu: »Zwölfhundert Euro. Crazy, oder?«

»Öha. Habt ihr beide euch wieder zusammengerauft? Ich dachte, ihr redet nicht mehr miteinander.«

»Ach, was du immer denkst.«

»Die Fritzi hat das auch gesagt.«

»Die Fritzi … die Fritzi! Was weiß die alte Ratschkathl denn schon. Mei, mein Sohn hat halt endlich verstanden, dass er nur eine Mutter hat und dass man die auch mal verwöhnen kann. Just like that.«

»Genug Geld hat er ja, dein Bub.« Lizzy richtete sich auf. »So, ich muss dann, Marlies. Wir sehen uns ja bestimmt in Zukunft öfter, wenn dein Sohn jetzt so großzügig ist.«

»What? Was meinst denn du?«, fragte Marlies pikiert.

»Weißt schon, Marlies. Musst nicht mehr so auf den Pfennig schauen, gell.« Geheucheltes Mitleid triefte aus den Worten. »Kannst dir dann öfter mal einen Cappuccino beim Toni leisten. Oder mal wieder vorne an der Leopoldstraße.« Die Lizzy winkte noch und humpelte dann so elegant, wie sie konnte, die Straße hinauf zur Tramhaltestelle. Das indisch anmutende Kleid und unzählige Tücher umflatterten ihren mageren Körper.

Die gute Laune war verflogen. Fuck you, Lizzy! »Ja, ich weiß schon«, zischte Marlies leise. Natürlich wusste sie es, sie hatte es ja erlitten. Nur hatte sie gedacht, dass sie es all die Jahre gut hatte verstecken können. Sie hatte es doch immer perfekt überspielt, dachte sie. Die Tatsache, dass sie arm war. Schlicht und einfach richtig arm. Sauarm in der reichen Stadt. Dass sie mit ihren Freundinnen nicht einmal ansatzweise mithalten konnte mit ihrer Mindestrente, aufgestockt mit Hartz IV. Als klassische Schwabinger Bohemienne kleidete sie sich entsprechend. Dass sie also die meisten Sachen vom Flohmarkt oder gar von der Kleiderspende hatte, dürfte nicht weiter auffallen. Das ging als exzentrisch durch. Und sie achtete darauf, immer sauber zu sein. Das Geld für den Waschsalon sparte sie ebenso eisern zusammen wie für den öffentlichen Cappuccino. Die kleine Einzimmerwohnung am Hohenzollernplatz gehörte ihrem Sohn, er ließ sie darin wohnen – gnadenhalber für eine beinahe ortsübliche Miete! So ging man nicht mit seiner Mutter um. Immerhin hatte sie in Schwabing bleiben können und musste nicht in eine städtische Unterkunft für Wohnsitzlose ins Hasenbergl ziehen. In ihrem Schwabing. Ihrem Kosmos. Sie war vor Urzeiten im Alter von neunzehn Jahren mal von einer großen Boulevardzeitung zum »Schwabinchen des Jahres« gekürt worden. Hübsch war sie gewesen mit straffen Brüsten, die sie am Eisbach öffentlich zur Schau stellte wie viele ihrer Freundinnen damals, das war normal. Und umschwärmt war sie. Doch seit sie das viele Geld nach der Scheidung durchgebracht hatte, war sie bis jetzt auf Almosen ihres undankbaren Sohns und seiner unerträglichen Frau angewiesen. Bisher! Nun nicht mehr. Sie würde sich nicht mehr jeden Cent vom Mund absparen müssen, um sich ein Mal die Woche demonstrativ ins Café zu setzen und einen völlig überteuerten Cappuccino mit Sahne zu trinken. Den öffentlichen Cappuccino, bei schönem Wetter bevorzugt draußen auf der Terrasse, damit möglichst viele der alten Bekannten sehen konnten, dass sie immer noch zu Schwabing gehörte, ein flottes Tuch um den Kopf gebunden und immer eine Blüte hinterm Ohr. Schon auf dem Foto damals als ›Schwabinchen des Jahres‹ hatte sie eine Blüte hinterm Ohr getragen. All die Entbehrungen, um zu demonstrieren, dass sie immer noch ein, wenn auch in die Jahre gekommenes Schwabinchen war. Wenn Lizzy das mit dem Cappuccino schon wusste, dann wussten es bestimmt auch viele andere. Egal, dachte sich Marlies, von heute an wird alles anders. Ich kann jeden Tag in jedem Café so viel Kaffee trinken, wie ich will!

Und sie würde sich wieder die guten Haarprodukte leisten können, nicht dieses Billigzeug vom Flohmarkt am Olympiagelände, diese Blondierungen, die irgendwo in Rumänien vom Laster gefallen waren und die ihr Haar strohig machten.

Marlies Förster, sechsundsiebzig Jahre alt, wähnte sich wieder obenauf. Weil sie zur richtigen Zeit am richtigen Ort gewesen war und die richtige Person kennengelernt hatte. Oder, so würde es ihr Sohn sehen, zur falschen Zeit am falschen Ort mit der falschen Person.

5

Die Förster-Villa im vornehmen Stadtteil Harlaching im Münchner Südosten beeindruckte weniger durch ihre Größe als durch ihre Optik. Ein eckiger Architektentraum aus viel Sichtbeton und Glas, eine Mischung aus Bauhaus und Brutalismus stand zwischen den alten Villen aus der Jahrhundertwende, als Harlaching noch eine Gartenstadt war. Immerhin gab es hier noch ein paar wenige alte Villen inmitten großer Parks. Ringsum in den Straßen waren die meisten Einzelhäuser längst abgerissen und durch großzügige moderne Wohnanlagen ersetzt worden. In den letzten Jahren gab man sich da sogar wieder Mühe mit der Architektur, Schandflecke der Sechziger- und Siebzigerjahre gab es zur Genüge. Bei der Förster-Villa flankierten zur Straße hin zwei riesige Betonkuben mit bonsaiartig verkrüppelten Kiefern den natursteingepflasterten Weg zur Haustür. Die Kübel reichten einem durchschnittlich großen Mann bis zur Hüfte. Neben dem Haus befand sich eine Doppelgarage. Vor dem Haus parkten beinahe gleichzeitig zwei große Audis ein.

»Giselle!«, rief Tilda Fittkau, während sie schwungvoll ihre Fahrertür aufstieß. »Das nenne ich Timing. Kommen wir gleichzeitig an.« Tilda Fittkau, Agentin der Krimiqueen Susa Förster, sprang aus dem Wagen und drückte Giselle von Dettmann (geborene Gisela Katschinski) links und rechts ein Bussi auf die Wange. Die Gesellschaftsreporterin der Münchner Nachrichten roch dabei den Mix aus Zigaretten und Alkohol in Tildas Atem und zog die Nase kraus.

»Susa ist schon ganz aufgeregt«, plapperte die Agentin. »Dass ihr endlich mal eine große Homestory macht mit ihr. Nicht nur ein bisserl Namedropping in deiner bezaubernden Rubrik ›Monaco-Giselle‹, die ich jeden Tag verschlinge, Darling. Sondern eine exklusive Homestory. Wann kommt der Fotograf? Ach, egal, wir haben uns den ganzen Tag für dich freigeschaufelt. Du darfst sie alles fragen.« Die beiden Frauen schlenderten zur Eingangstür. Noch bevor sie dort ankamen, wurde die Tür geöffnet und Susa Förster strahlte ihren Gästen entgegen.

»Giselle! Wie schön, dass Sie Zeit für mich haben!«

»Nein, Susa, schön, dass Sie Zeit für mich haben!«

Einige Begrüßungsfloskeln und mehrere gezierte Bussis später führte Susa Förster ihre Gäste in den Salon, von dem aus man in den großen Garten blicken konnte. Susa winkte kurz dem Gärtner zu, der gerade zufällig hochsah und zurückwinkte. Der Mann packte eben seine Geräte zusammen.

»Oh, Sie haben einen Gärtner?«, fragte Giselle von Dettmann.

»Sicher. Der Beppo. Eine Seele von einem Menschen.«

»Und fesch ist er auch noch«, sagte Giselle schmunzelnd.

»Ach, finden Sie? Kann sein. Ich liebe meinen Garten und auch die Gartenarbeit, aber ich habe leider viel zu wenig Zeit! Gerade jetzt im Frühjahr ist ja so viel im Garten zu tun. Das muss eben der Beppo machen. Die Zwillinge nehmen mich total in Anspruch. Und dann die Lesereisen und das Schreiben! Schreiben ist harte Arbeit, aber wem sage ich das, gell?« Susa lachte.

»Setzt ihr euch schon mal hin und ratscht gemütlich«, sagte Tilda Fittkau geschäftig. »Ich hol uns was zum Trinken und ein paar Snacks, ich kenne mich hier ja aus.«

»Ich habe in der Küche eine Kleinigkeit bereitgestellt«, rief Susa ihrer Agentin hinterher. »Ach, eine Sekunde noch.« Sie huschte in den benachbarten Wintergarten, wo ihre Zwillinge vom Kindermädchen bespaßt wurden. Sie spielten Fangen zwischen vier großen Betonkuben, ähnlich denen, die vor dem Haus standen. Nur waren in diesen Kübeln Palmen und Olivenbäume gepflanzt.

»Ähm, Claudia … oder …«

»Becky.«

»Becky, ja, danke. Becky, gehen Sie mit den Kindern jetzt nach oben oder von mir aus in den Garten. Wir möchten die nächste Stunde nicht gestört werden.« Im Weggehen fügte sie noch ein hingenuscheltes »Danke« hinzu.

Mit »So, da bin ich wieder« kam sie zurück in den Salon und setzte sich mit elegant übereinandergeschlagenen Beinen auf die Kante des großen Sofas, der Journalistin gegenüber.

»Fangen wir doch ganz prosaisch mit dem Anfang an«, sagte Giselle von Dettmann und startete die Aufnahmefunktion ihres Smartphones, das sie auf den Couchtisch vor sich platzierte. »Stimmt diese reizende Geschichte, dass Sie eher ganz en passant und durch puren Zufall Deutschlands größte Krimiautorin geworden sind?«

Susa Förster lachte hell auf. »Na ja, größte Krimiautorin …« Sie schüttelte kokett den Kopf. »Gut, ich bin recht erfolgreich. Und ja, es stimmt, dass es eher zufällig geschah. Wissen Sie, ich habe mir vor einigen Jahren mal eine Auszeit gegönnt. Ich war Assistenz der Geschäftsleitung eines großen Pharmaunternehmens. Und irgendwann war ich ausgebrannt von dem Job. Ich will nicht sagen, dass ich ein Burn-out hatte. Nein. Ich wollte einfach raus und Zeit für mich selbst. Quality time, Sie verstehen. Mich neu orientieren.«

»Zum Glück haben Sie ja einen durchaus vermögenden Gatten, der das …«

»Oh nein, da muss ich Sie enttäuschen. Ja, mein Herbert ist sehr wohlhabend, seit er seine Firma verkauft hat, das ist kein Geheimnis. Doch ich habe immer mein eigenes Geld verdient. Ich bin keines von diesen Frauchen, das ihrem Sugardaddy auf der Tasche liegt.«

»Seinem«, korrigierte Tilda. Sie kam mit einem Tablett voller Häppchen und drei Gläsern Champagner zurück und stellte es auf den Couchtisch. »Seinem. Nicht ihrem, das bezieht sich doch auf das Frauchen, also seinem Sugardaddy. Oder? Ach, egal. Na, Giselle, ich kann dir sagen, die Susa war immer eine Taffe.« Tilda rauschte zurück in die Küche und kehrte schnell mit einer Flasche Champagner im Eiskühler zurück. Sie ließ sich in einen Sessel plumpsen. »Ich meine, von null auf hundert als deutsche Krimiqueen. Das muss man ihr erst mal nachmachen. Taff!«

»Taff, ja, in gewisser Weise schon«, nahm Susa Förster den Faden auf. »Als Krimiautorin darf man nicht zu zart besaitet sein. Damals, also in meiner Auszeit, da habe ich mich in unsere Finca auf Menorca zurückgezogen, und plötzlich war sie da. Die Idee zum ersten ›Basti Daxlberger‹-Krimi. Da habe ich mich mit meinem kleinen Laptop hingesetzt und einfach losgeschrieben. Das flutschte nur so. Na ja, und dann habe ich erst gedacht, das liest eh keiner und habe es einige Monate ruhen lassen.« Ihre Bescheidenheit war so sehr gespielt, dass Giselle von Dettmann verlegen die Sitzposition änderte.

»Bis wir uns dann zufällig auf einer Party kennengelernt haben«, übernahm Tilda Fittkau. »Zuerst dachte ich: Oh je, wieder eine von diesen gelangweilten Hausmuttis, die so wahnsinnig kreativ sind und malen oder eben schreiben. Die Therapie und Kreativität verwechseln. Gell, Giselle, wir kennen das zur Genüge. Aber dann war sie so eine interessante Gesprächspartnerin, und ich habe mich breitschlagen lassen, ihr Manuskript zu lesen. Tja, der Rest ist Geschichte.« Sie leerte ihr Glas in einem Zug und füllte sofort nach.

»Tilda hat mich sofort unter ihre Fittiche genommen«, sagte Susa. »Und ich habe es nicht bereut. Im Gegenteil.«

»Ihr kommt einen Augenblick ohne mich zurecht?« Tilda stand auf und verschwand auf die Terrasse, wo sie sich hektisch eine Zigarette anzündete, eine dieser superschlanken Stängchen für Damen. Sie winkte fröhlich dem Gärtner hinterher, der sich anschickte, mit gepackten Sachen das Grundstück zu verlassen.

Der Gärtner blieb kurz stehen und rief Tilda zu: »Sagen Sie bitte der Frau Förster, dass ich morgen mit der Hubameise komme und die Bäume aus dem Wintergarten raushole.«

»Mach ich!« Tilda winkte erneut fröhlich.

Drinnen sagte Susa leise: »Braves Mädchen, rauch draußen. Oh, wir können gerne auch rausgehen, Giselle, wenn Sie wollen! Das Wetter ist ja ganz schön …«

»Schon okay«, erwiderte die Klatschreporterin. »Beenden wir das Interview hier, und dann genießen wir ein wenig den Garten. Wenn der Fotograf später kommt, können wir ein paar Bilder draußen machen.«

Es klingelte.

»Was? Entschuldigen Sie mich bitte.« Susa Förster sprang ungehalten auf.

»Ich geh schon.« Tilda Fittkau schlängelte sich von der Terrassentür durch die Sitzgruppe, strich ihren engen Rock glatt und schritt gouvernantenhaft zur Tür.

»Polizei?« Susa Förster blinzelte ungläubig. »Das kann … Ist etwas mit meinem Mann?«

»Nein, keine Sorge«, antwortete Hauptkommissarin Hemberger. »Und die Dame hier«, sie deutete auf Giselle von Dettmann, »ist von der Presse, sagten Sie?«

Drei Frauen nickten gleichzeitig. Bella Hemberger bemerkte, dass die Frauen immer wieder zu Max Pfeffer rüberschielten. Bella unterdrückte ein Kichern. Immer dasselbe. Ja, er war ein schmucker Kerl, kantig, durchtrainiert, dichtes, wenn auch längst ergrautes Haar, markantes Kinn unter dem Fünftagebart, kein Ehering, und dann diese Augen – seit er die vierzig hinter sich gelassen hatte, wirkte er nicht nur wie ein Magnet auf postpubertäre Burschen, sondern vor allem auf Frauen jenseits der vierzig. Immer dasselbe! Bella amüsierte das sehr. Sie hatte sich mal mit einer Freundin, die ebenfalls über vierzig war, darüber unterhalten und sich einen schier nicht enden wollenden Vortrag über die Situation von nicht mehr ganz taufrischen, alleinstehenden Frauen eingehandelt. Da würde man nur noch an Gestörte oder alte Säcke geraten und darum würde man (frau) jedem halbwegs passablen Kerl im richtigen Alter hinterhersabbern – weil das nun mal die Biologie vorgebe und weil, nun ja, die Hoffnung stirbt bekanntlich zuletzt. Sie hatte es anders formuliert, aber das war bei Bella hängen geblieben.

»Dann darf ich Sie bitten, uns kurz alleinzulassen«, sagte nun Max Pfeffer zu Klatschreporterin und Agentin. »Wir müssten mit Frau Förster unter vier Augen sprechen.«

»Darf sie dann später mit uns darüber reden, was Sie mit ihr …« Giselle von Dettmann ließ den Satz unbeendet.

»Wir werden Frau Förster nicht daran hindern können, das muss sie selbst entscheiden.«

Nachdem Tilda und Giselle auf die Terrasse gegangen waren und die Tür hinter sich zugezogen hatten – Tilda steckte sich sofort eine magersüchtige Zigarette in den Mund –, erklärten die Polizisten, warum sie gekommen waren.

»Wie furchtbar«, sagte Susa Försters Mund, ihr Gesichtsausdruck blieb neutral. »So ein nettes Mädchen. Dann brauchen wir also ein neues Kindermädchen. Die Kinder haben sie vergöttert. Ich muss es ihnen gleich sagen …«

»Das hat einen Moment Zeit, Frau Förster«, sagte Bella Hemberger. »Erst müssen wir Ihnen ein paar Fragen stellen. Seit wann hat Polina bei Ihnen gearbeitet?«

»Seit knapp einem Jahr. Und ich war durchaus zufrieden mit ihr. Wissen Sie, wir hatten schon ein paar Kindermädchen. Was man da so erlebt! Ich meine, das ist ja ein Vertrauensposten. Sie ist immerhin mehrere Stunden täglich hier beinahe alleine im Haus. Und Polina hat uns nie enttäuscht. Sie war vier Tage die Woche hier, ist mit uns auch ein paar Mal auf Menorca in unserer Finca gewesen und wenn ich auf Lesereise war, kam sie auch mal öfters. Wir haben unsere Pläne für dieses Jahr fest mit ihr abgestimmt, ich meine, Sie wissen sicherlich, dass mein Mann für den Stadtrat kandidieren will …«

Gepolter kündigte an, dass jemand die Treppen herunterkam. Die vierjährigen Zwillingsmädchen der Krimiautorin kamen angerannt, gefolgt von Becky.

»Mama«, quietschte eins der kleinen Mädchen. Die beiden Kinder sahen absolut identisch aus und waren auch noch mit rot karierten Kleidchen gleich gekleidet. »Dürfen wir in den Garten? Becky will mit uns Schatzsuche spielen! Polly hat mit uns auch so schön Schatzsuche gespielt gestern. Vielleicht finden wir ja noch einen Schatz. Dann können wir den morgen der Polly zeigen!«

»Florentine, Aurelia«, Susa Förster ging in die Hocke. »Kommt mal her. Ich muss euch was zu Polly sagen. Die kommt morgen leider nicht.«

»Warum nicht?«, fragte eins der Mädchen.

»Weil sie …« Susa Förster sah zu den beiden Kriminalbeamten, dann kurz zur Decke. »Ihr wisst doch, womit die Mama ihr Geld verdient, oder?«

Die beiden Mädchen nickten.

»Die Mama denkt sich Geschichten aus, in denen Menschen in den Himmel kommen.«

»Ja, weil böse Menschen sie totmachen«, sagte eins der Mädchen. »Und dann spritzt überall Blut …« Das Mädchen ahmte mit den Händen eine Fontäne nach. Die Schwester quietschte fröhlich.

»Also bitte«, tadelte die Mutter. »Meine Mädchen! Das liegt wohl im Blut, die sind fasziniert von Mord und Todschlag«, sagte sie erklärend zu den Polizisten. »Sie haben eine morbide Ader. In Kirchen rennen sie immer gleich zu den Totenköpfen oder möglichst grausamen Märtyrerszenen.« Dann widmete sie sich wieder den Kindern: »Richtig. Und dann sind die toten Menschen im Himmel. Und ich habe euch schon erzählt, dass das in Wirklichkeit auch passieren kann. Ganz selten, aber es kann passieren. Dass böse Menschen andere Menschen totmachen. Na ja, die Polly, also die Polina, ist jetzt auch im Himmel.«

»Hat sie jemand totgemacht?«, fragte eines der Mädchen.

Becky, das Aushilfskindermädchen, riss die Augen auf und starrte zu den beiden Kriminalern. Langsam füllten sich ihre Augen mit Tränen.

»Ja.«

»Warum?«, fragte eins der Mädchen.

»Das weiß ich nicht. Das versuchen der Mann und die Frau da«, Susa Förster zeigte auf Pfeffer und Hemberger, »herauszufinden. Die beiden sind so was wie mein Basti Daxlberger. Ihr wisst schon, Ermittler.«

»Das ist aber schade«, sagte das eine Mädchen. »Wie sollen wir denn jetzt ihren Schatz finden?«

»Nein, das ist doch schön für die Polly«, sagte das andere. »Jetzt ist sie im Himmel und dort ist es wunderschön. Da sind alle immer glücklich.«

»Richtig«, sagte Susa Förster und umarmte ihre Mädchen seltsam unbeholfen. »So, und nun geht hinaus und spielt ein bisschen mit … äh, …« Sie sah Becky auffordernd an. »Becky.«

»Richtig, Becky.«

»Sie sind Becky?«, fragte Max Pfeffer. »Die Mitbewohnerin von Polina?«

Becky nickte unter Tränen. Sie schluckte. »Ja. Becky, Rebecca Magert.«

»Dann haben wir auch gleich ein paar Fragen an Sie.«

»Kinder, geht mal raus auf die Terrasse«, sagte Susa Förster. »Da ist Tante Tilda. Geht mit ihr spielen.«

»Tante Tilda riecht immer so komisch«, maulte eins der Mädchen beim Hinausgehen.

»Meine Mädchen«, sagte Susa Förster gedankenverloren. »Ich weiß, was Sie jetzt denken«, sie drehte sich zu den Ermittlern, »dass sie kleine gefühlskalte Monster sind. Dabei sind sie nur kleine Kinder, die sich unter Tod oder gar Mord gar nichts vorstellen können. Sie wissen nicht …«

»Frau Förster, bitte«, unterbrach Pfeffer. »Wir haben keinen Ton gesagt. Schön aber, dass wir hier auch gleich Frau Magert befragen können, die Mitbewohnerin von Polina. Ihren anderen Mitbewohner Luciano Russo haben wir bereits getroffen.«

»Das ist so furchtbar.« Becky ließ sich auf einen Sessel sinken. »Die Polly. Und wie? Musste sie sehr leiden?«

»Das wissen wir noch nicht. Können Sie beide uns bitte sagen, was Sie gestern Abend und in der Nacht auf heute gemacht haben?«

Becky bestätigte die Geschichte von Lucky, dass sie erst an der Isar »chilläxen«, dann im Gsindl tanzen waren und schließlich Lucky und sie ohne Polly nach Hause gegangen waren. Und dass Polly an der Feierbanane weiterfeiern wollte und noch etwas Spannendes vorhatte, worüber sie aber nicht reden wollte.

»Kam sie Ihnen verändert vor?«, fragte Pfeffer. »Anders als sonst? Aufgedrehter?«

»Hmm, ja«, sagte Becky zögernd. »Sie war aufgedreht. Und sie hat sich auf das, was sie noch vorhatte, gefreut. Also sie war hibbelig und hat mir gesagt, dass sie es mir bald sagen wird, was und wie und so.«

»Haben Sie Drogen konsumiert?«

Becky schielte zu Susa Förster. Dann sagte sie ruhig: »Ja. Wir haben ein bisschen Gras geraucht.«

»Nichts anderes?«

»Nein. Was denn?«

»Pillen. Badesalz. Amphetamine«, sagte Pfeffer. »Sie sagten doch eben, dass Polina aufgekratzt war.«

»Kann sein.« Die junge Frau zuckte mit den Schultern. »Ich hab jedenfalls nichts genommen. Und Lucky sicher auch nicht. Der steht nicht auf Amphetamine oder so.«

»Sie sind also nach Hause, und danach haben Sie geschlafen?«, fragte Bella Hemberger.

Becky nickte und tupfte mit einem zerfusselten Papiertaschentuch Tränen fort.

»Allein?«

»Ja.«

»Und Lucky? Auch allein?«

»Sicher. Er hat keinen abgeschleppt.«

»Und Sie, Frau Förster?«, wandte sich Pfeffer an die Krimiautorin.

»Was soll diese Frage? Glauben Sie, ich renne nachts durch die Gegend und ermorde mein Kindermädchen? Warum sollte ich?« Susa Förster funkelte den Kriminalrat finster an.

»Wir wollen nur wissen, was Sie gestern Abend und in der Nacht gemacht haben«, sagte Pfeffer freundlich.

Die Krimiautorin machte »Pah«, dann: »Ich war am Abend zu Hause, alleine. Nein, nicht alleine, die Kinder waren da. Die haben natürlich geschlafen. Ich habe ferngesehen und bin so gegen zweiundzwanzig Uhr ins Bett gegangen. Ja, bevor Sie fragen, ebenfalls alleine. Mein Mann war gestern lange aushäusig, ein Geschäftstermin. Er ist so gegen dreiundzwanzig Uhr nach Hause gekommen. Ich bin kurz aufgewacht und habe auf die Uhr gesehen, als er ins Bett kam. Daher bin ich sicher.«

»Und heute früh?«, fragte Bella. »Wann sind Sie aufgestanden? Und wann Ihr Mann?«

»Mein Mann steht immer sehr zeitig auf. Oft schon um fünf Uhr früh. Er ist eine Lerche, ich eher die Eule. Er braucht sehr wenig Schlaf. Keine Ahnung, wann er aus dem Bett ist. Ich bin um halb acht aufgewacht und aufgestanden. Da war mein Mann schon längst auf.«

»Frage an Sie beide: Hatte Polina einen Freund? Partner?«

»Nicht, dass ich wüsste!«, sagte die Krimiautorin mit einem gleichgültigen Schulterzucken.

»Nein, hatte sie nicht«, antwortete Becky. »Ich wüsste zumindest von keinem. Wobei sie in irgendeinen Kerl verknallt war, den ich aber nicht kenne. War wohl eher Schwärmerei. Mit dem lief nichts. Keine Ahnung. Ist auch schon ein bisschen her. Ich weiß keinen Namen. Nur, dass sie ihn öfter gesehen und ihn angeschmachtet hat, aber er es nicht gecheckt hat.« Sie schniefte. »Sie hatte mal 'nen Freund, da muss ich aber nachdenken, wie der hieß. Ach, und dann noch den anderen. Das war nur ganz kurz.«

»Machen Sie uns mit Ihrem Mitbewohner bitte eine Liste von all den Menschen, mit denen Polina Kontakt hatte«, sagte Bella Hemberger.

»Hatte Ihre Mitbewohnerin irgendeine Beziehung zur Marienklause?«, fragte Pfeffer. »Ging sie da öfter hin? Hat sie gestern gesagt, dass sie da noch hinmöchte? Vielleicht war sie religiös?«

Becky schüttelte den Kopf. »Nein, sie hat uns nicht gesagt, mit wem sie an dem Abend noch verabredet war. Sie sagte nur, dass es ziemlich wichtig sei, und dabei hat sie so komisch gegrinst. Aber religiös war sie schon. Sie hatte immer ein kleines Amulett mit der Jungfrau Maria getragen. Die Marienklause mochte sie schon, dahin haben wir ab und an einen Spaziergang gemacht. Sie mochte die Atmosphäre, das Mystische, wie sie fand. Sie hat halt immer so verrückte Sachen mit der Jungfrau Maria gesagt, dass die sie beschützen würde und so Zeug eben.«

»Das Amulett«, griff Bella Hemberger das Thema auf. »War es wertvoll?«

»Nein, denke nicht. So eine dünne Goldkette, ich glaube, nicht mal Echtgold, nur vergoldet und ein Emaillebildchen. Nichts Aufregendes. Es wäre übrigens schön, wenn ich es haben könnte«, sagte Becky. »Als Erinnerung an sie. Also, wenn das geht.«

»Dazu müssten wir es erst einmal finden«, antwortete die Hauptkommissarin lakonisch. »Und selbst wenn, dann müssten Sie das mit der Familie regeln. Apropos, können Sie uns die Kontaktdaten zu Polinas Familie geben?«

»Nein.« Becky schnäuzte sich. »Keine Ahnung. Ich weiß nur, dass sie aus der Nähe von Ulm kommt und die Familie aus Kasachstan stammt. Die sind wohl sehr konservativ.«

»Sie sagten, dass Polina für jemanden schwärmte, den sie häufiger sah und dass dieser jemand angeblich nicht weiß oder wusste, dass sie für ihn schwärmte. Vielleicht jemand aus dem Umfeld hier?« Pfeffer behielt bei der Frage Susa Förster genau im Auge. Die reagierte sofort.

»Was soll denn das heißen?«, echauffierte sie sich. »Unterstellen Sie etwa, dass mein Mann … also, mein Mann … mit diesem russischen Flittchen …«

»Flittchen?«, hakte Pfeffer nach. »Eben war sie noch das liebe Kindermädchen, das von Ihren Zwillingen vergöttert wurde.«

»Ich weiß, was ich gesagt habe.« Susa Förster hatte sich wieder im Griff. »Entschuldigen Sie meinen Ausbruch. So eine Nachricht muss man erst verdauen. Und ich kann Ihnen versichern, dass mein Mann sicher kein Interesse an diesem Mädchen hatte.«

»Da sind Sie sicher?«

»Ja. Ich kenne meinen Mann.«

»Sicher?«

»Mein Mann steht auf große Brüste«, antwortete Susa Förster mit selbstbewusstem Lächeln.

»Sie hat ja nur geschwärmt«, warf Becky ein. »Und ich glaube übrigens garantiert nicht, dass es Ihr Mann war, für den Polina geschwärmt hat.«

»Warum nicht? Warum sollte sie nicht für meinen Mann schwärmen?« Susa Förster sah Becky beinahe beleidigt an.

»Weil sie … na ja, verstehen Sie das jetzt nicht falsch …«, wand sich Becky, »weil sie nicht so gut über Ihren Mann gesprochen hat. Sie fand ihn nicht so toll.«

»Will heißen?«, fragte Pfeffer.

»Na ja, sie sagte, er sei voll das A…loch.« Becky sah verlegen zu Boden. »Mehrfach. Immer, wenn sie über ihn geredet hat.«

»Das ist ja eine Bodenlosigkeit!«, schnaubte Susa Förster.

»Tut mir leid, war halt so. Und dass er ein Tittengrabscher ist.«

»Ich verbitte mir das!«, rief Susa Förster.

»Ich kann nur sagen, was Polly gesagt hat«, antwortete Becky.

»Vielleicht auch nur Tarnung«, sagte Bella Hemberger. »Sie schimpft über ihren heimlichen Schwarm, damit es niemandem auffällt.«

»Ach.« Die Krimiautorin machte eine wegwerfende Handbewegung. »Mein Mann kann manchmal sehr streng sein. Vermutlich hat sie deswegen solche Gerüchte über ihn in die Welt gesetzt. Und wahrscheinlich schwärmte sie für den Nachbarsjungen. Mortimer Olberding von nebenan. Fescher Bub, groß, athletisch, sehr angenehme Erscheinung. Ein ...« Susa Förster brach ab und blinzelte den schwärmerischen Ausdruck aus ihrem Gesicht. »Sie wird wohl kaum heimlich in unseren Gärtner verliebt gewesen sein.« Sie lachte künstlich.

»Ja, der Mörder ist immer der Gärtner«, sagte Bella Hemberger lakonisch.

»Und, was meinst du?«, fragte Bella schmunzelnd, als sie wieder im Wagen saßen und zurück in die Stadt fuhren. »Klassiker? Der Gatte hat was mit dem Kindermädchen?«

»Schaut fast so aus«, antwortete Pfeffer. »Und diese Ausgeburt an Sympathie ...«

»Oh, du magst Susa Förster nicht?«, fragte Bella sarkastisch.

»Oh, ich liebe sie! Sie ist dahintergekommen und hat das Kindermädchen umgebracht. Nein, das haut nicht ganz hin, oder?«

»Glaube auch nicht«, sagte Bella und sah aus dem Fenster. Sie kamen an der Tankstelle am Tiroler Platz vorbei. »Nur weil sie eine unsympathische Kuh ist. Ich glaube nicht, dass eine Frau einer anderen Frau solche Verletzungen im Genitalbereich zufügen würde.«

»Und wenn sie ausgerastet ist? Aus Eifersucht? Vielleicht schon.«

»Kann ich mir nicht vorstellen. Dem armen Mädchen wurde etwas, ein Stab oder so, mehrfach brutal in die Vagina gerammt. Das macht keine Frau mit einer anderen Frau.«

»Frauen schneiden Männern die Penisse ab, wenn sie ...«, warf Pfeffer ein.

»Uargh, hör doch auf.« Bella schüttelte sich. »Wobei das etwas ganz anderes ist, da geht es um Rache.«

»Ich wollte damit nur sagen, dass Frauen genauso brutal sein können wie Männer, und es hier auch um Rache gehen kann.«

»Da muss ich dir recht geben.« Bella schwieg eine Weile. »Sie ist Krimiautorin«, sagte sie dann. »Die kann sich viel vorstellen ...«

»Ich kann mir auch viel vorstellen und mache es doch nicht.«

»Das ist mir eh klar, Chef.« Die Hauptkommissarin lachte. »Ich möchte echt mal in deinem Hirn dabei sein. Oder eher nicht! Und jetzt?«

»Jetzt besuche ich unsere Freundin Gerda Pettenkofer in der Rechtsmedizin und schaue, was sie für uns hat. Du sammelst bitte Froggy auf und versuchst, diesen Gärtner zu Hause zu erwischen. Wo wohnt der noch mal? Hasenbergl?«

»Milbertshofen.«

»Milbertshofen. Und vielleicht befragt ihr später auch noch den ominösen Nachbarsjungen Mortimer. Wer hasst sein Kind bitte schon bei der Geburt so sehr, dass er es mit dem Namen Mortimer bestraft?«

»Harlachinger! Und wer hasst sein Kind so sehr, dass er es Maximilian nennt?«, sagte Bella in Anspielung auf ein ihr nur zu bekanntes Problem, dass Maximilian Pfeffer mit seinem eigenen Vornamen hatte. Für ihn war es egal, wie modern der Name längst wieder war, er hasste ihn, weil er für ihn die bayrisch-spießige Amigo-Dumpf-Dödelei verkörperte, die er schon als Kind abgelehnt hatte, weil seine Eltern bayrisch-spießige Amigo-Dumpf-Dödel waren. Noch schlimmer als Maximilian wäre für ihn nur Franz-Josef gewesen – und auch den Namen hatten seine Eltern vor seiner Geburt in die engere Auswahl genommen. Grad noch mal Glück gehabt.

»Spießige Vollpfosten wie meine Eltern«, beantwortete Pfeffer Bellas Frage und grinste. »Aber Mortimer. Also wirklich.«

»Ist dir übrigens aufgefallen, wer tatsächlich für Mortimer schwärmt?«, grinste Bella.

»Oh ja«, antwortete Pfeffer lachend. »Und das nicht zu knapp.«

Währenddessen packte in der Förster-Villa die Reporterin Giselle von Dettmann ihre Sachen zusammen. Tilda Fittkau hatte das Interview sofort abgebrochen, nachdem sie den Grund für den Polizeibesuch erfahren hatte. »Du, Giselle, da hoffe ich schon auf dein Verständnis, gell?« Die Giselle hatte vollstes Verständnis gezeigt. Niemand nahm Notiz von ihr, als sie ihr Smartphone vom Couchtisch nahm, zufrieden feststellte, dass die Aufnahmefunktion noch lief, und es in ihre Handtasche steckte. Sie hatte eine Exklusivstory mit O-Tönen.

6

»Was willst du hier?« Susa Förster machte sich keine Mühe, ihre Ablehnung zu verbergen.

»Meine Enkelinnen besuchen«, antwortete Marlies Förster. »Ich darf doch wohl meine Family besuchen, oder?«

»Nein.« Susa versuchte, ihrer Schwiegermutter die Tür vor der Nase zuzuschlagen.

»Langsam, Darling.« Marlies Förster stellte ihren Fuß in den Spalt und stieß gleichzeitig mit der Faust gegen die Tür.

»Was soll das, Marlies«, sagte Susa entnervt. »Du weißt genau, dass dein Sohn dich hier nicht sehen will. Und ich, ehrlich gesagt, auch nicht.«

»Ach, hat er dir nicht erzählt, dass wir uns neulich ausgesprochen haben und nun alles okay ist?« Marlies lächelte künstlich.

»Nein. Zum einen glaube ich es dir nicht und zum anderen haben wir gerade ganz andere Probleme. Und jetzt nimm den Fuß aus der Tür.«

»Du wirst mich schön reinlassen. Call mal deinen Mann und ask him.«

»Das bespreche ich mit ihm, wenn er heute Abend nach Hause kommt.«

Plötzlich drängte sich Becky dazwischen. »Entschuldigen Sie, Frau Förster, aber ich gehe jetzt. Ich kann nicht mehr bleiben.«

»Hat mein Mann Sie nicht für den ganzen Tag bezahlt?«, fragte Susa Förster schnippisch.

»Doch, schon, aber angesichts der Umstände … Ich kann nicht länger bleiben. Ich bin zu sehr aufgewühlt. Das verstehen Sie doch sicher.«

»Sicher. Sie werden auch verstehen, dass wir anteilig den Lohn zurückbekommen möchten, den mein Mann Ihnen gezahlt hat.«

»Wie bitte?« Becky blieb mit offenem Mund stehen.

»Sie haben mich verstanden.«

Marlies Förster kicherte. »Oh my gosh, so fucking typisch.«

Becky kramte aus ihrer Hosentasche die drei Fünfzigeuroscheine. Spontan drückte sie Susa Förster alles Geld in die Hand. »Ersticken Sie dran«, zischte sie. Dann besann sie sich doch anders und zog das Geld wieder an sich. »Ach, wissen Sie was? Verklagen Sie mich doch.« Becky stürmte davon.

»Wer war das denn?«, fragte Marlies. »Reizendes Mädchen.«

»Das Ersatzkindermädchen.«

»Ach, habt ihr denn diese Polly nicht mehr?«

»Woher weißt du von Polly?«

»Ich … Von Herbert. Er hat mir bei unserer Aussprache alles Mögliche erzählt, er hat auch eure nette Nanny erwähnt.«

»Herbert? Warum sollte er dir so etwas erzählen?«

»Und why not?«

»Hör endlich mit deinem blöden Denglisch auf!«

»Du, das ist unterbewusst. Ich hab schließlich mal in Florida gelebt, und in den Ashrams war halt auch immer Englisch die Language for all …«

»Das mit Florida war 1978, und es waren nur fünf Monate! Fünf Monate, in denen du deinen Sohn hier in Deutschland bei irgendwelchen Hippies zurückgelassen hast wie jedes Mal, wenn du dir in irgendeinem verschissenen Ashram die Seele aus dem Leib gevögelt hast.«

»Ach, Darling. Wir waren ja so weit ahead of you damals. Spirituell, gesellschaftlich und ja, auch sexuell. Immerhin habe ich Kinder bekommen, als ich im richtigen Alter dazu war.«

»Du bist und bleibst ein boshaftes altes Weib!« Susa Förster kämpfte mit den Tränen. »Du weißt ganz genau, dass wir jahrelang vergeblich versucht haben, Kinder zu bekommen, und dass ich jetzt mit über vierzig Mutter geworden bin …«

»Ja, schon gut«, meinte Marlies beschwichtigend. »Tut mir leid. Weißt du, ich musste Karmapunkte sammeln. Weil ich den Vater von Herbert geheiratet habe. Schredder-Förster. Meine Güte! So was habe ich geliebt damals. So. Und jetzt lass mich mal rein.«

»Du bist penetranter als mein Bruder«, giftete Susa Förster.

»Ich nehme das als Kompliment, wobei ich deinen Bruder nur ein einziges Mal bei eurer Hochzeit gesehen habe. Ich schwöre dir, dass alles in Ordnung ist zwischen Herbert und mir. Und wir beide müssen uns auch einmal richtig aussprechen. Got some champagne?« Marlies hatte das nächste Ziel vor Augen, nach dem Smartphone war es Zeit für einen neuen Fernseher.

Becky blieb an der Straße stehen und schluckte einen erneuten Heulanfall hinunter. Was für Arschlöcher! Polly hatte völlig recht gehabt. Die Frau war fast noch schlimmer als der Mann. Eiskalt. Becky versuchte, ruhig zu atmen und sich auf den herrlichen Tag zu konzentrieren. Sommer lag in der Luft. Die arme Polly! Sie hatte sie gerne gemocht. Sie ging langsam die Straße entlang in Richtung Grünwalder Straße. Das Nachbarhaus der Försters war eine prächtige alte Villa, die inmitten eines großen von einer Mauer umgebenen Gartens stand. Vor dem Einfahrtstor standen zwei herrliche Kletterrosen in riesigen Terracottatöpfen. An der Straße links von der Einfahrt lag ein Häuschen, unten eine große Garage mit zwei Flügeltüren und darüber eine winzige Wohnung. Vermutlich war das früher einmal der Pferdestall mit der Dienstbotenwohnung gewesen. Wie ruhig und schön es hier war. Becky blieb stehen und träumte ein wenig davon, in so einem kleinen ruhigen Nest zu leben. Täuschte sie sich, oder bewegte sich der Vorhang am Fenster der kleinen Wohnung ein wenig? Warum auch nicht. Bestimmt vermietet, dachte Becky sich.

»Hey, du.« Becky schrak zusammen, als ihr an die Schulter getippt wurde. Sie wirbelte herum. Da stand ein hübscher Kerl, groß, breit, sportlich, sexy Lächeln. Verdammt sexy Lächeln! Die Sorte Kerl, die ganz genau weiß, dass und wie sie wirkt.

»Ja?«, sagte Becky zögernd.

»Du bist doch die Freundin von Polly, oder?«, fagte er freundlich.

»Äh, kennen wir uns?«

»Nein, ich hab dich aber schon ein paar Mal mit ihr zusammen gesehen. Im Gsindl oder bei 'ner Party und so.«

»Ja«, antwortete Becky gedehnt. »Und du bist?«

»Mo. Ich wohne hier.«

»Echt? Wow.«

»Ja, meine Eltern haben einen Onlineshop für Sextoys und so.«

Becky lachte auf.

»Kein Scheiß«, sagte der Bursche. »Ist wahr. Ziemlich erfolgreich, wie du siehst. Sag mal, Polly war heute nicht da?«

»Ja.« Becky war unsicher, was sie sagen sollte. »Ich habe sie vertreten.«

»Kannst du ihr was ausrichten?« Mo behielt sein sexy Lächeln bei. Das musste Pollys heimlicher Schwarm gewesen sein. Für Becky gab es keinen Zweifel, denn sie war kurz davor, auch für den Kerl zu schwärmen.

»Klar.«

»Ich hab Nachschub.« Mo beugte sich etwas vor und sagte gedämpft: »Die Kräutermischung. Sie weiß schon.«

»Ah«, entfuhr es Becky. »Die hat sie von dir? War immer verdammt gut.« Heimlicher Schwarm und Dealer.

»Ich bürge für Qualität.« Mo grinste schief. »Wenn du mal was brauchst?«

»Verstehe. Gut zu wissen. Gib mir mal deine Nummer.« Nachdem sie die Telefonnummern ausgetauscht hatten, sagte Becky: »Hör mal, Polly wird nicht mehr kommen.« Becky zögerte. »Okay, kurz gesagt, sie ist tot.«

»Wie bitte?«, rief der junge Mann laut aus. Dann sah er sich erschrocken um. Vögel zwitscherten. »Scheiße. Echt? Wieso das? Verkehrsunfall?«

»Nein.«

»Scheiße«, flüsterte er nun. »Aber doch nix wegen Drogen oder so?« Er biss sich auf die Unterlippe.

»Da kriegt einer Schiss.«

»Ich stehe für Qualität, Alter. Keinen Scheiß. Ich verkaufe keinen Dreck … Fuck.«

»Beruhige dich. Keine Drogen. Sie ist ermordet worden.«

»Ach du Megascheiße!«

»Mehr weiß ich auch nicht. Wird wohl morgen in der Zeitung stehen.«

»Fuckfuckfuck.«

7

»Das hatten wir noch nie«, sagte Doktor Gerda Pettenkofer. »Das Mordwerkzeug.«

»Nämlich?« Max Pfeffer sah die Rechtsmedizinerin gespannt an. Sie hatten sich zum Running Sushi am Altheimer Eck verabredet. Sowohl von der Rechtsmedizin als auch vom Polizeipräsidium aus gut zu erreichen und nicht allzu teuer.

»Ihr Haar«, sagte die Medizinerin und tunkte ein Lachs-Sashimi in die Sojasauce. »Man hat sie mit ihrem eigenen Haar erwürgt. Mit ihrem Zopf. Abgeschnitten und dann um den Hals gelegt.«

»Das ist echt neu.« Pfeffer nickte und nahm sich einen Teller Futo-Maki vom Band. »Die Zeugen haben gesagt, dass Polina, ich zitiere, ›Haare bis zum Arsch‹ hatte.«

»Ja, die Kollegen haben ihren Zopf im Gebüsch gefunden. Also einen langen geflochtenen Pferdeschwanz.«

»Hattest du nicht gesagt, dass die Marienklause wohl nicht der eigentliche Tatort war?«

»Habe ich? Da habe ich mich getäuscht. Sie wurde zumindest nicht an der Stelle, an der du sie gefunden hast, ermordet. Da hat der Täter sie hinarrangiert. Den vermutlich eigentlichen Tatort haben die Kollegen erst später hinter der Klause gefunden. Da waren Blut und entsprechende Spuren.«

»Kampfspuren?«

»Eher nicht. Sie muss wohl überraschend angegriffen worden sein. Ich habe eine kleine Beule am Hinterkopf gefunden. Sie muss erst niedergeschlagen worden sein, vermutlich hat sie aber nicht das Bewusstsein verloren. Dann hat der Täter sie am Zopf gepackt und selbigen mit einem Schwung abgeschnitten. Vermutlich mit einem scharfen Messer. Sie wurde mit ihrem eigenen Zopf erwürgt. Die Verletzungen im Genitalbereich hat man ihr erst nach dem Tod zugefügt. Das kann ich mit Sicherheit sagen. Das war … keine Ahnung … ein Wunsch, sein Opfer zu verstümmeln? Ich weiß doch auch nicht, was in diesen kranken Köpfen da draußen vorgeht.«

»Sie wurde also nicht sexuell missbraucht?«

»Weißt du, Maxl, ich finde ›missbrauchen‹ immer so ein missverständliches Wort. Missbrauch suggeriert, dass es auch Gebrauch gibt. Als hätte der Täter sie auch gebrauchen können.«

»Ich weiß, Gerda. Spar dir die Vorträge«, seufzte Pfeffer. »Ich sage das immer. Vor allem bei Kindern. Wenn man Kinder missbrauchen kann, dann kann man sie offenbar auch gebrauchen. Da könnte ich kotzen.« Er flüsterte: »Es sind Kinderficker, keine Kindesmissbraucher.«

»Ganz ruhig, Grauer«, flüsterte Gerda Pettenkofer. »Bin ja bei dir. Okay, also zurück zu unserer Polina. Sie wurde nicht … es gab keine Penetration mit einem Penis, um es mal so zu formulieren. Weder vor noch nach ihrem Tod. Keinerlei Sperma, keine fremden DNA-Spuren im Intimbereich. Auch keine verwertbaren Spuren unter den Fingernägeln. Sie muss wirklich überrascht worden sein. Scheint, als hätte sie den Täter gekannt. Was mich ein wenig stutzig macht, ist, dass die Verletzungen im Unterleib irgendwie … wie soll ich sagen … halbherzig sind. So als hätte jemand versucht, mit einer Stange ein Sexualdelikt vorzutäuschen. Ich weiß nicht, wie ich es ausdrücken soll …«

»Du meinst, der Täter hat ein sexuelles Motiv inszenieren wollen?«

»Ja, so in etwa. Es kommt mir zumindest so vor. Die Verletzungen sind nicht wirklich tief, eher ein diffuses Gestochere. Keine nachgespielte harte Penetration. Nichts, was auf eine wie auch immer geartete Leidenschaft, auf einen Fetisch oder so schließen lässt. Ich weiß nicht. Sieht seltsam aus. Jedenfalls haben wir feine Holzsplitter gefunden. Buche. Es wird sich also um einen Holzstab gehandelt haben. Ach, Todeszeitpunkt war wohl tatsächlich nur kurz vor deinem Eintreffen. Ich würde sagen, eine Viertelstunde, zwanzig Minuten vorher.« Während sie redete und aß, schielte sie immer auf das Laufband neben sich. Als Te-Makis vorbeikamen, schnappte sie sich gleich vier Tellerchen. Pfeffer wartete auf neue California-Rolls und spielte mit den Stäbchen herum.

»Und noch etwas«, fuhr Doktor Pettenkofer fort. »Die Gute hatte sich einiges reingepfiffen. Wir haben in ihren Haaren THC nachgewiesen, sie scheint es also schon länger konsumiert zu haben.«

»Ich habe bei ihr ein Päckchen Kräutermischung gefunden.«

»Na, dann passts ja. Kräutermischungen sind synthetische Cannabinoide, die auf Damianakraut als Träger aufgebracht werden …«

»Ich weiß, was Kräutermischungen sind, Pettenkoferin«, unterbrach Pfeffer. »Ich war bei den entsprechenden Fortbildungen.« Die Kräutermischungen überschwemmen bereits seit Jahren den Markt. Sie waren bis vor wenigen Jahren sogar legal in Headshops zu erwerben. Als Träger dient in der Regel getrocknetes Damianakraut. Das Kraut an sich ist in Südamerika ein beliebtes Hausmittel gegen Zipperlein wie Erkältungen, aber auch ein Aphrodisiakum. Es ist legal und spottbillig, und wenn man es raucht, riecht es nicht nach Marihuana, sondern eher nach Tabak oder Heu. Das macht es beliebt bei den Konsumenten. Das Kraut wird dann mit Aceton befeuchtet, damit es aufnahmefähig ist für die Beflockung mit synthetischen Cannabinoiden. Die Drogen bekommt man billig im Netz und bezahlt meist mit Bitcoins. Pech für die Polizei. Die Kräutermischung kommt in bunten, cool designten Päckchen auf den Markt. Dann raucht man die Mischung ganz normal wie einen Joint, jedoch weniger geruchsintensiv wie eine selbst gedrehte Zigarette. Und mit dem Beliebterwerden der E-Zigaretten steigen viele Konsumenten auf entsprechende Liquids um.

»Außerdem«, so fuhr die Medizinerin fort, »scheint sie vor ihrem Tod irgendein Amphetamin zu sich genommen zu haben. Ein synthetisches Cathinon. Näheres weiß ich noch nicht. Ich tippe auf das übliche Badesalz, das ist spottbillig und überall zu haben.«

Badesalz, was für ein netter Name für eine gefährliche Modedroge, die einen tagelang wachhalten konnte. Bis vor wenigen Jahren ebenfalls ganz legal im Headshop oder im Clearnet zu bekommen. Schön bunt als Pulver oder Tabletten …

»Kann sein, dass unsere Klientin durch den Drogenmix nicht mehr ganz bei sich war und daher ein leichtes Opfer.«

»Sie war also durch das Badesalz vielleicht seit ein, zwei Tagen wach und überdreht und versuchte, mit der Kräutermischung herunterzukommen?«, fragte Pfeffer.

»Keine Ahnung. Schon möglich.« Die Medizinerin zuckte mit den Schultern. »Ja, ist möglich. Oder sie war auf THC und hat dann Badesalz genommen, um sich für etwas aufzuputschen. Hast du nicht gesagt, dass sie in der Nacht jemanden treffen wollte? Würde passen. Sie wollte wach sein. Ist dir bei ihren Mitbewohnern was aufgefallen?«

»Dass die kiffen oder Kräutermischungen rauchen, glaub ich sofort«, antwortete Pfeffer. »Aber die haben nicht den Eindruck gemacht, als ob sie auf Amphetamin sind. Und beide behaupten, es nicht zu konsumieren. Wobei beide im Nachtleben arbeiten.«

»Und du erkennst also, ob jemand auf Amphetamin ist?« Gerda schmunzelte.

»A, meine Liebe, habe ich selbst eine Vergangenheit. Und B, sage ich nur Cosmo.«

»Dein Sohn.« Gerda lachte. »Der Apfel fällt nicht weit vom Stamm. Im Ernst, hat er, na ja, ein Drogenproblem?«

»Nein.« Pfeffer lächelte zufrieden. »Nicht mehr. Wobei er, glaube ich zumindest, nie wirklich eins hatte. Er hat aber sicherlich alles Mögliche ausprobiert. Momentan ist er eher auf dem Gesundheitstrip. Weil er so viel reist. Obst, Gemüse, Smoothies und so.«

»Am Ende wird er noch Veganer!«

»Mal den Teufel nicht an die Wand, Pettenkoferin.«

»Wo steckt er gerade?«

»In München. Heimaturlaub. Geht seinem Bruder auf die Nerven. Bald ist er auf Ibiza gebucht, dann muss er zu Studioaufnahmen nach Montreux. Mehr weiß ich nicht. Aber ich bin ja mit ihm ganz dick auf Instagram befreundet und werde es rechtzeitig erfahren, an welchem exotischen Ende der Welt DJ Cosmo auflegt. Und von wo aus er mir dann Postkarten schickt.«

»Echt?«

»Ja, ich liebe Postkarten. Echt.« Pfeffer strahlte Gerda an. »Und Cosmo schickt mir immer eine, egal, wo er ist. Hast du schon mal

Post aus der Mongolei bekommen? Aus Ulan Bator? Siehste!« Pfeffer lachte. Sein ältester Sohn mit dem altbayerischen Namen Cosmas, von allen schon immer Cosmo genannt, außer von seinem Vater, der sich den Spitznamen erst angewöhnen konnte, als Cosmo bereits volljährig und aus dem Haus war, hatte sich in den vergangenen Jahren erfolgreich als DJ etabliert. Er wurde international gebucht und legte bei allen großen Festivals auf, seit er vor zwei Jahren einen sehr tanzbaren Remix von ›Moon Child‹ gemacht hatte, einem chinesischen Megahit des chinesischen Superstars Faye Cheung, wobei außerhalb Chinas praktisch niemand das Lied oder die Sängerin kannte. Cosmos Remix wurde erst ein überraschender Clubhit, dann stürmte er die Download-Charts und schließlich die regulären Charts. Nun buchten ihn auch große Stars der westlichen Musikwelt für Remixes.

»Und zur Not stalken wir uns gegenseitig per Tracking-App«, fügte Pfeffer noch amüsiert hinzu. Das war in seinen Augen ein totaler Schmarrn, wobei es ursprünglich mal seine eigene Idee gewesen war. Nachdem sein Tim einmal entführt worden war und erst in letzter Sekunde aus den Klauen eines religiösen Fanatikers hatte gerettet werden können, und weil Tim beruflich so viel reiste, hatten sie sich später Tracking-Apps zugelegt. Nur so, um ein sicheres Gefühl zu haben. Irgendwie war das doch beruhigend, auch wenn sie die App praktisch nie genutzt hatten. Später hatte Cosmo sich die App zugelegt. Seine Argumente: Als Bulle sei sein Vater ständigen Gefahren ausgesetzt, vor allem, wenn sich irgendwelche Kriminellen, die sein Vater mal eingebuchtet hatte, später an ihm rächen wollten, ihn entführen und zu Tode foltern oder so. Dann könnte er, Cosmo, ihn retten. Der Junge sah eindeutig zu viel fern, wenn er keine Musik machte. Pfeffers Gegenargument, dass Cosmo ihn gar nicht retten könnte, wenn selbiger in Ulan Bator oder Lima oder Marrakesch auflegen würde, entkräftete Cosmo damit, dass er immer die Nummer von Annabella Hemberger in der Kurzwahl habe und die dann seinen Dad bullenmäßig retten würde.

Gerda Pettenkofer kannte die Geschichten zu gut. Sie amüsierte sich darüber. »Wer hätte das gedacht«, sagte sie. »Dass ihr beide euch mal gut verstehen werdet. Ihr wart ja früher wie Hund und Katze.

Wobei, stimmt nicht, ihr wart wie Hund und Hund – ihr wart ja beide gleich dickköpfig und machomäßige Alpharüden. Machomacho.« Sie machte kurz einen auf Gorilla. »Wenn ich mich recht erinnere, hat es deshalb bei euch immer gekracht.«

»Stimmt«, nickte Pfeffer. »Es war gut, dass er raus ist in die Welt. Weißt du, früher, wenn ich mich mit Cosmo gestritten habe, wenns richtig gekracht hat zwischen uns, dann hat Tim meist gesagt, dass man daran merkt, wie sehr wir uns in Wahrheit lieben würden. Ich meine, ich muss zugeben, dass ich Cosmo wirklich mehr liebe als Florian. Aber sag das bloß keinem der beiden!«

»Ich werde mich unterstehen!« Die Pettenkoferin leerte ihr Bier und gab dem Kellner ein Zeichen für noch eine Halbe. »Und zu deiner Beruhigung, Maxl, jeder, der Augen im Kopf hat, hat schon immer gesehen, dass du Cosmo mehr magst als Flo.« Sie sah Pfeffer in die Augen. »Wie geht es dir, Maxl? Ich meine die Frage ernst. Ich mache zwar meine Späße darüber, aber ich finde wirklich, dass du ziemlich mager geworden bist …«

»Ich laufe eben mehr. Mache weniger Krafttraining, darum habe ich etwas Gewicht verloren.«

»Etwas Gewicht?«, prustete die Medizinerin. »Du bist hager geworden, beinahe ausgezehrt. Du hast das Rauchen wieder angefangen. Ach, was heißt angefangen, du qualmst wie ein Schlot. Manchmal habe ich den Eindruck, du lebst nur noch von Zigaretten und Kaffee. Iss mal was, verdammt noch mal.«

»Ich habe kaum Hunger.«

»Ha, wusste ich es doch. Maxl, wir sind seit Jahren befreundet, du weißt, dass du mit mir reden kannst. Du trauerst immer noch, oder? Nach neun Monaten.«

»Es tut einfach immer noch beschissen weh«, sagte Pfeffer. »Zeit heilt keine Wunden.«

8

Drei Menschen schauten zufällig gleichzeitig auf ihre Smartphones und zwei überlebten es nicht.

Tim de Fries stand mit seinem Fahrrad an der roten Ampel an der Humboldtstraße, Ecke Pilgersheimer Straße. Er hielt immer bei Rot, kompromisslos. Er zückte sein Telefon und schrieb Max Pfeffer eine WhatsApp, dass er gleich zu Hause sein und das Essen vorbereiten würde. Nur noch den Giesinger Berg hinauf und dann …

Tim und Max Pfeffer waren damals erst seit Kurzem Giesinger geworden. Zuvor hatten sie in dem Haus in Obermenzing gewohnt, dass Pfeffers Exfrau den Kindern vermacht hatte, bevor sie an Krebs gestorben war. Das großzügige Haus in einer der besten Wohngegenden Münchens, das die damals noch minderjährigen Brüder Florian und Cosmas Pfeffer geerbt hatten, war über viele Jahre das Heim für die Patchworkfamilie gewesen. Max Pfeffer, der Papa, der sich nach seinem Outing von der Mama hatte scheiden lassen, dessen niederländischer Lebensgefährte Tim de Fries, ein cappuccinofarbener Hüne mit Mandelaugen, Cosmo Pfeffer, der ältere Sohn, der Rebell, der im Dauerclinch mit seinem Vater lag, und Florian Pfeffer, der jüngere Sohn, der im Gegensatz zu seinem Bruder so brav und angepasst war, dass sich Pfeffer und Tim deswegen Sorgen machten. Tim jedenfalls liebten alle drei Pfeffers heiß und innig und umgekehrt. Nachdem schließlich auch Florian volljährig geworden, und damit das Haus endgültig in den Besitz der Brüder übergegangen war, hielten Tim und Pfeffer es irgendwann für angebracht, sich ein eigenes Heim zu suchen. Beide hatten sich zu Zeiten, als es noch finanziell stemmbar gewesen war, in München kleine Immobilien zugelegt: Pfeffer ein Apartment in der Maxvorstadt, Tim eine Wohnung in Milbertshofen und ein kleines, renovierungsbedürftiges Haus mit Minigarten in der Feldmüllersiedlung in Giesing, einer Kleinhausanlage aus dem 19. Jahrhundert gleich hinter der Giesinger Kirche. Natürlich der völlige Alptraum, weil das denkmalgeschützte zweigeschossige Haus in den Augen mancher abbruchreif war. Außerdem lebte eine alte Frau darin, die nicht daran dachte, auszuziehen. Das war kein Problem, bis Tim und Pfeffer das Haus für sich herrichten wollten. Die Alte wehrte sich erfolgreich gegen die Eigenbedarfsklage, fiel jedoch nur wenige Wochen später zufällig die Treppe hinunter und kam in eine betreute Einrichtung. Tim und Pfeffer hatten sich auf die Renovierung gestürzt, Tim begeistert, Pfeffer eher pragmatisch. Nach zwei Jahren, viel Eigenleistung und viel Geld war das Haus fertig. Tim hatte dafür, nachdem der ohnehin angespannte Münchner Immobilienmarkt regelrecht explodiert war und seine Preise die in beliebten europäischen Hauptstädten in den Schatten stellten, schließlich die Wohnung in Milbertshofen verkauft – mit riesigem Gewinn.

Natürlich hatte sich auch Giesing in den letzten Jahren drastisch verändert. Besonders das pittoreske Altbauareal hinter der Kirche. Statt der nächsten Eckkneipe gab es nun eine vegane Eatery, statt des Getränkeladens einen eco-, animal-, human-friendly Klamottenladen. Die Luxusmaximierung machte eben auch vor einem alten Arbeiterviertel nicht halt.

Im August des Vorjahrs waren sie eingezogen, eine Woche später dann hatten sie in aller Stille geheiratet, damit alles geregelt war, falls … Nur die beiden Söhne waren dabei gewesen. Ihre Söhne, denn Tim sah die Buben als seine Kinder, und für die Jungs war Tim Papa zwo. Weil sowohl Pfeffer als auch Tim keinen Schmuck mochten, hatten sie auf Ringe verzichtet.

Dann, zwei Wochen nach der Heirat, stand Tim de Fries-Pfeffer auf dem Heimweg an der Ampel an der Kreuzung Humboldt-, Pilgersheimer Straße und schrieb seine WhatsApp. Er lehnte sich dabei, lässig auf dem Rad sitzend, an den Ampelpfosten.

In diesem Moment sah auch der Fahrer des blauen Corsa, der neben Tim an der Ampel wartete, auf sein Smartphone, weil ihm seine Frau ein Video geschickt hatte, auf dem die kleine Tochter sich mit Spinat vollkleckerte. Gleichzeitig wurde der Fahrer des Brauereilasters, der von der Pilgersheimer nach rechts in die Humboldtstraße einbiegen wollte, von seinem Handy abgelenkt, das auf dem Armaturenbrett lag. Der Lastkraftwagen hatte etwas zu viel Schwung für die Kurve, das Telefon geriet ins Rutschen, drohte unten in den Fußraum zu fallen, und der Fahrer wollte das verhindern. Er sah einen Moment zu lang nach dem Mobiltelefon und bemerkte beinahe zu spät, dass die Fußgänger ebenfalls Grün hatten. Eine Frau huschte über die Straße. Der Lastwagenfahrer riss schnell das Lenkrad nach links, der Laster rauschte haarscharf an der Frau vorbei auf die gegenüberliegende Fahrbahn und drückte den blauen Corsa gegen Tim de Fries und diesen damit gegen den Ampelmasten. Tim und der Corsafahrer waren beide sofort tot gewesen, ohne ihre Blicke vom Smartphone gehoben zu haben.

9

»Was haben wir also?«, fragte Max Pfeffer in den Raum. Eine rhetorische Frage, das wussten die anderen und warteten. Er stand an seiner Espressomaschine, die er von seinem Geld angeschafft hatte und die niemand außer ihm bedienen durfte. Gelegentlich Annabella Hemberger, aber auch nur in Ausnahmefällen. Die Maschine war nicht mehr die jüngste, aber produzierte immer noch den besten Espresso mit der sahnigsten Crema, so wie Pfeffer es sich wünschte. Als Koffeinjunkie konnte er dem gequälten Wasser, das andere als Filterkaffee bezeichneten, nichts abgewinnen. Dass Filterkaffee aktuell wieder bei den jungen Leuten hip geworden war, war für ihn ein Zeichen, dass die Menschen wirklich nichts aus der Vergangenheit lernten. Er stellte Bella und Froggy ihre Espressi hin und machte sich noch einen, bevor er sich auf seinen Schreibtischstuhl setzte.

»Wir haben eine Tote, die mit ihrem eigenen Zopf erwürgt wurde. Sie wurde vorher niedergeschlagen, war aber wohl nicht bewusstlos. Als sie am Boden lag, muss der Täter ihr den Zopf mit einem scharfen Messer oder einer kräftigen Schere abgeschnitten haben, um sie damit zu erwürgen. Außerdem hatte sie einen Mix aus Amphetamin und THC intus. Wieso hat der Täter sie nicht mit dem Messer oder der Schere erstochen?«

»Vielleicht ein Fetisch?«, sagte Erdal »Froggy« Zafer.

»Oder das Werkzeug ist ihm aus den Händen geglitten und er musste schnell handeln. Vielleicht ist das Messer ins Gebüsch gefallen und im Dunkeln wollte der Täter nicht lange danach suchen«, sagte Bella.

»Warum schneidet er ihr aber dann erst die Haare ab?«, fragte Froggy.

»Weil er … hmm, weil er sie demütigen wollte«, überlegte Bella Hemberger. »Oder … halt, ich habe es, er wollte den Zopf ursprünglich als Trophäe mitnehmen. Dann verliert er das Messer, und bevor das Mädchen wieder ganz zu sich kommt und schreit oder so, nimmt er halt den Zopf und erdrosselt sie. Nix mit Trophäe. Aber er muss ja noch das Messer suchen … oder?«

»Richtig.« Pfeffer nickte. »Es wurde kein Messer oder Vergleichbares in der Nähe des Tatorts gefunden. Der Täter muss es also mitgenommen haben. Ebenso der Stock oder was auch immer, mit dem der Täter die Tote noch penetriert hat. Ich habe ihn zwar gesehen, aber …« Pfeffer blickte zur Decke und versuchte, das Bild des Joggers vor sein inneres Auge zu rufen. Nichts, die Begegnung war viel zu flüchtig gewesen. Er seufzte. »Wer weiß … er hatte sicher das Messer und den Stock unter seiner Jacke versteckt. Moment mal, ist der Tierpark nicht videoüberwacht? Vielleicht gibt es ja Kameras, die den Weg vor dem Tierpark filmen. Wenn wir Glück haben, ist dann unser Mann drauf! Check das, Froggy.«

»Es bleibt auch die Möglichkeit, dass der Jogger, den du gesehen hast, gar nichts mit der Tat zu tun hat«, gab Bella zu bedenken. »Vielleicht hat er nur einen Schlenker über die Klause auf seinem Weg gemacht.«

»Auch das.« Pfeffer nickte. »Wir machen auf jeden Fall einen Zeugenaufruf. So. Was noch?«

»Sie wurde nach der Tat entkleidet«, sagte Froggy. »Der Täter hat sie dann nackt arrangiert.«

»Haben wir alle Kleidungsteile gefunden?«, fragte Pfeffer.

»Soweit wir wissen, ja.« Froggy zuckte mit den Schultern. »Jeans, T-Shirt, Unterhose und Socken. Und noch eine Jacke. Alles lag ursprünglich als Bündel arrangiert da, bevor der Hund es auseinandergerissen hat. Sieht so aus, als wollte der Täter alles als Bündel entsorgen, besser gesagt mitnehmen. Wir wissen allerdings nicht, was sie möglicherweise sonst noch anhatte.«

»Was sagen Luciano Russo und Rebecca Magert?«

»Lucky und Becky? Die haben bestätigt, dass es sich bei der Kleidung um die Kleidung von Polly handelt. Sie vermuten, dass sie an dem Abend tatsächlich nur das angehabt hat.«

»Und was sagen Lucky und Becky über den Drogenkonsum an diesem Abend?«, fragte Pfeffer.

»Das, hmm, das haben wir nicht nachgefragt«, brummte Erdal Zafer verlegen.

»Wir haben doch eben erst erfahren, dass sie auch Badesalz konsumiert hat«, sagte Bella mit vorwurfsvollem Unterton. »Und dass sie gekifft haben, hatte die Zeugin Rebecca Magert bereits zugegeben.«

»Gut.« Pfeffer wippte auf dem Schreibtischstuhl ein wenig nach hinten. »Die Mülleimer, Gullys und Altkleidercontainer in der näheren und weiteren Umgebung werden durchsucht? Okay. Der wird ohnehin nicht so blöd gewesen sein, Kleidung oder Tatwerkzeuge einfach wegzuwerfen. Und wie ich dem ersten Bericht von der KTU entnehme, gibt es im Umfeld des Tatorts Spuren zum Säuefüttern.« Er griff nach einem Aktendeckel, nur um ihn gleich wieder auf den Schreibtisch fallen zu lassen. »Die Marienklause ist durchaus frequentiert. Da sind viele Menschen unterwegs. Hinterlassen jede Menge Fußspuren, Fasern oder Müll oder den Kot ihrer Köter. Oder …«, er blätterte in den Unterlagen, »… auch eigenen Kot. Da gab es einen Haufen menschlicher Herkunft. Toll.«

»Vermutlich ein Obdachloser, oder?«, meinte Bella.

»Vielleicht. Die schreiben hier, dass er schon älter als zwei Tage sein muss. Dann dürfte er nicht direkt mit der Tat zusammenhängen«, sagte Pfeffer. »Wir haben aber unzählige Schuhabdrücke. Froggy, bitte die herausfiltern, die zu Sport- beziehungsweise Laufschuhen passen. Männergrößen, ich würde sagen ab dreiundvierzig, eher fünfundvierzig. Der Jogger, den ich gesehen habe, war nicht so klein. Dann noch ein Auge auf alle möglichen Fasern von grauem Baumwollgewebe haben. Das Handy ist auch nicht aufgetaucht. Das wird der Täter entsorgt haben. Vermutlich irgendwo in die Isar geschmissen, damit es richtig unbrauchbar wird, falls man es jemals findet. Sind unsere Leute darauf angesetzt? Also neben Mülleimern et cetera auch die Isar in Tatortnähe abtauchen plus den Auer Mühlbach außerhalb des Zoos. Und was ist mit sozialen Medien?«

»Was?«, fragte Froggy mit weit aufgerissenen Augen. Er hatte schon Mühe gehabt, alles mitzuschreiben. Im Team von Maximilian Pfeffer, da hatte man ihn vorgewarnt, war es nicht möglich, eine ruhige Kugel zu schieben. Aber dass der Kriminalrat immer so ein Tempo vorlegte …

»Facebook, Instagram, YouTube?«, sagte Pfeffer ungeduldig.

»Ja, kenn ich. Ich bin bei Insta.«

»Und? Hast du oder sonst jemand überprüft, ob unsere Kundin dort aktiv war? Was sie gepostet hat? Vielleicht finden wir dort ihren heimlichen Verehrer?«

»Ach so. Ja.« Erdal Zafer sah betreten zu Boden und nickte wie ein Wackeldackel. »Check ich gleich.«

»Was ist mit dem Gärtner?«, fragte Pfeffer. »Diesem Schubert. Ich habe keine Aussage von ihm hier.«

»Beppo Schubert. Den haben wir gestern nicht erreicht«, antwortete Bella Hemberger. »Er war nicht zu Hause.«

Es klopfte ungeduldig.

»Ja bitte«, rief Pfeffer und wippte mit dem Stuhl in eine aufrechte Position zurück.

»Förster, mein Name ist Herbert Förster.« Der Mann von Susa Förster betrat schwungvoll den Raum, brachte eine Wolke kalten Zigarillorauchs mit sich und zog die Tür hinter sich zu. Er war sportlich-leger, aber nobelmarkenfixiert gekleidet. Pfeffer verstand sofort, warum Lucky Försters Frisur als »Arschlochfrisur« bezeichnet hatte. Förster kam mit zur Begrüßung ausgestrecktem Arm forsch zu Pfeffers Schreibtisch und schüttelte allen Anwesenden nacheinander die Hand.

»Sie haben nach mir verlangt«, sagte er und setzte sich ungefragt auf einen der freien Stühle. »Bitte. Legen Sie los. Oder brauche ich einen Anwalt?«

»Herr Förster«, Pfeffer setzte sein charmantes Lächeln auf. »Espresso?«

»Oh, nein danke, da schimpft meine Ärztin. Der Blutdruck.« Er pochte mit der Faust auf seinen Brustkorb. »Was kann ich für Sie tun?«

»Ihr Kindermädchen wurde gestern ermordet …«, begann Pfeffer.

»Das ist eine Tragödie!« Förster schlug die Beine übereinander und wippte nervös mit dem Fuß. »Unglaublich, wozu manche Menschen fähig sind! Entsetzlich. In was für Zeiten wir leben!« Es kamen Worte aus seinem Mund, keine Regungen. »Früher …«

»Wie war Ihr Verhältnis zu Polina Komarowa?«, unterbrach Pfeffer.

»Oh.« Herbert Förster hob tadelnd den Zeigefinger. »Herr Pfeffer. Ich bitte Sie. Soll ich meinen Anwalt herbitten?«

»Eine ganz einfache Frage …«

»Gut. Ich hatte kein Verhältnis mit Polina, wie Sie mit Ihrer Frage unterstellt haben.« Er drückte die Fingerspitzen beider Hände gegeneinander. »Wie Sie vielleicht wissen, bereite ich momentan meine Kampagne für die Stadtratswahl vor. Ich habe einen aussichtsreichen Listenplatz bekommen und werde ihn nicht für eine Affäre mit einem russischen Flitscherl riskieren. Das Mädchen war seit ungefähr einem Jahr bei uns und hat sich gut um die Zwillinge gekümmert. Wir sind sehr spät Eltern geworden, wissen Sie? Wir haben es lange Jahre versucht. Nichts hat geklappt. Ich gehe auf die fünfzig zu, meine Frau ist über vierzig. Nicht ideal für Nachwuchs, aber wir haben nicht aufgegeben, und als es dann endlich geklappt hat, sehr darauf gefreut. Ich kann meiner Frau nicht die ganze Arbeit mit den Kindern zumuten. Zumal sie eine sehr erfolgreiche Karriere hat. Darum haben wir ein Kindermädchen.«

»Wir haben Zeugenaussagen, dass Polina Sie als übergriffig bezeichnet hat.«

»Wie bitte!«, polterte Förster los. »Das ist ja wohl eine Bodenlosigkeit ohnegleichen! Ich bin Frau Komarowa gegenüber nie auch nur ansatzweise übergriffig geworden! Es kann freilich sein, dass ich sie zufällig – ZUFÄLLIG – irgendwo berührt habe. Aus Versehen. Diese blöden #MeToo-Hennen interpretieren doch in alles gleich eine Belästigung hinein …«

»Was als Belästigung empfunden wird, bestimmen nicht Sie, Herr Förster. Es heißt, dass Frau Komarowa einen heimlichen Schwarm hatte«, fragte Pfeffer. »Wissen Sie etwas davon?«

»Oha, schon wieder!« Förster funkelte Pfeffer an. »Sie unterstellen also, ich sei ihr heimlicher Schwarm gewesen, wenn ich schon kein Verhältnis mit ihr hatte?«

»Ich unterstelle schon wieder nichts. Eine ganz einfache Frage …«

»Nein, ich weiß nichts von einem heimlichen Schwarm. Vielleicht stand sie auf den Nachbarsburschen, diesen Mortimer. Ein fescher. Aber ich glaube kaum, dass der auf sie stand.«

»Warum nicht?«

»Weil der …« Förster zog die Stirn kraus. »Der ist … Der kann jede haben, so wie er aussieht und bei dem familiären Background. Wissen Sie, seine Eltern haben einen Erotikversand. Spielzeug für Erwachsene und so. Nicht, dass ich mich damit auskenne oder so was nötig habe … Damit haben sie viel Geld verdient. Sehr viel Geld. Und verdienen es immer noch. Die sind oft unterwegs. Und der Mortimer ist beinahe so eine Art Ziehsohn für uns geworden. Er ist oft bei uns, zum Essen oder einfach so. Nein, glauben Sie mir, der Mortimer hat bessere Chancen bei anderen Frauen, nicht bei so einem Hascherl, das, seien wir doch mal ehrlich, nur so lala hübsch war. Der Mortimer war nett zu Polina, wenn sie sich begegnet sind. Er ist gut erzogen, ein höflicher, freundlicher Bursche. Aber da war nichts zu sehen oder spüren, dass da was gelaufen ist.«

»Was ist mit dem Gärtner oder anderen Nachbarn?«

»Hören Sie, Herr Pfeffer, ich bin fast nie den ganzen Tag zu Hause! Ich habe unser Kindermädchen ziemlich selten gesehen und nie unsittlich berührt. Und irgendwelcher Nachbarschaftsklatsch, wer mit wem oder so, interessiert mich absolut nicht.«

»Sagen Sie, Herr Förster, womit verdienen Sie eigentlich Ihr Geld?«, mischte sich Bella Hemberger ein.

»Ich bin Privatier, das dürfte bekannt sein, oder? Ich habe vor einigen Jahren meine Firma verkauft. Schredder-Förster.«

»Schredder?«, fragte Bella Hemberger verblüfft.

»Ja, Schredder. Maschinen zum Zerschreddern. Habe ich von meinem Vater geerbt. Damals war es ein kleiner Betrieb. Ich habe dann daraus einen großen internationalen Player gemacht. Als ich verkauft habe, waren wir Marktführer bei Kükenschreddern. Sie wissen schon … Männliche Küken werden aussortiert und geschreddert.«

»Ah«, machte Bella. »Kükenschredder.«

»Ja, wir haben natürlich auch andere Schredder produziert, aber bei den Küken waren wir top aufgestellt. Der FoersterCG204 ist nach wie vor unser Topseller. CG, Chicken Grinding, Sie verstehen?« Er lachte selbstverliebt. »Ich habe die Produktion nach Moldawien verlegt und dann gerade noch rechtzeitig verkauft, bevor diese unleidige Diskussion ums Kükenschredderverbot losging. Seitdem kann ich tun, was ich will.« Er verschränkte zufrieden die Hände vor seinem Bauch.

»Und das wäre?«, fragte Pfeffer.

»Ach, ich mach ein bisschen in Immobilien. Kaufe hier und da Häuser auf, lasse sie herrichten und verkaufe dann weiter. Nichts Aufregendes. Aber es macht mir Spaß. Und ich bin in die Politik eingestiegen. Für meine Stadtratskandidatur ist so ein Mord natürlich äußerst ungünstig, Sie verstehen? Darum bitte ich Sie, das alles recht schnell aufzuklären. Und nun entschuldigen Sie mich bitte.« Er machte Anstalten, aufzustehen.

»Eine Sekunde noch«, sagte Pfeffer. »Joggen Sie?«

»Äh, ja, gelegentlich. Warum?«

»Welche Kleidung tragen Sie dabei?«

»Was soll denn das für eine Frage sein.« Förster lachte ungläubig. »Joggingklamotten natürlich.«

»Geht es auch präziser?«, fragte Pfeffer nach. »Haben Sie eine oder mehrere graue Kapuzenshirts oder -jacken?«

»Ja, warum denn nicht?«

»Sie werden sicher nichts dagegen haben, dass ein Kollege sich Ihre Sportkleidung mal ausleiht und näher ansieht.«

»Ach. Hat der einen Fetisch?«, versuchte Förster witzig zu sein.

»Lustig«, sagte Pfeffer trocken. »Waren Sie heute früh joggen?«

»Ja.«

»Wann?«

»So zwischen halb sechs und sechs.« Er kniff die Augen zusammen. Erkenntnis huschte über sein Gesicht. »Verstehe. Demnach habe ich wohl kein Alibi für die Tatzeit, oder? Nein, ich bin niemandem begegnet, den ich kenne oder der mich kennt. Ich weiß nicht, ob mich zufällig jemand gesehen hat, und nein, bevor Sie fragen, ich war nicht an der Marienklause! Ich bin oben entlang dem Isarhochufer gelaufen. Bis zur Großhesseloher Brücke und wieder zurück. Eine kleine Runde nur.«

»Würden Sie uns die Kleidung, die Sie dabei getragen haben, bitte zukommen lassen?«

»Selbstverständlich.« Herbert Förster grinste. »Gerne doch. Die ist dann allerdings frisch gewaschen. Ich gebe meine Sportsachen immer sofort in die Waschmaschine. Ich hoffe, das ist kein Problem.« Sein Grinsen wurde süffisant.

»Kein Problem«, antwortete Pfeffer entspannt. »Sie werden staunen, was unsere Techniker noch alles aus gewaschener Wäsche herauslesen können.«

Försters Grinsen erstarb.

»Und wo Sie schon mal hier sind – Sie sind doch sicher bereit, meinen Kollegen dabei zu unterstützen …«, Max Pfeffer deutete mit dem Kopf zu Erdal Zafer, »damit wir Sie schnell aus dem Kreis der Verdächtigen ausschließen können.«

»Was soll das heißen!« Herbert Förster sprang auf. »Ich werde jetzt meinen Anwalt anrufen. Das ist ja ungeheuerlich.«

»Bitte, nur zu«, antwortete Pfeffer freundlich lächelnd. »Wenn Sie uns nicht freiwillig unterstützen möchten … Es würde nur vieles vereinfachen und auch für Sie günstiger aussehen lassen.«

»Unverschämtheit.« Förster ballte die Fäuste. Er kniff die Augen zusammen und musterte Pfeffer. Normalerweise war er der Alpha. Jetzt musste er sich eingestehen, dass ihm da ein Alpha gegenüberstand und sich hier ein Schwanzvergleich nicht lohnte. Pfeffer hielt dem Blick entspannt lächelnd stand. Förster knurrte: »Na gut, gehen wir.« Er packte Froggy am Oberarm. »Was brauchen Sie? Fingerabdrücke? DNA? Urin?« Er schob den verdutzten Polizeibeamten vor sich her zur Tür, drehte sich zu Pfeffer um und sagte zynisch: »Sperma?«

10

»Das ist empörend!«, fluchte Susa Förster und hielt ihrer Agentin die aktuelle Ausgabe der Münchner Nachrichten unter die Nase. »Bodenlos, dein Freundin Giselle! Was bildet die sich ein.«

Die Agentin nahm der Autorin die Zeitung aus der Hand. »Setz dich, Schatz, und beruhige dich. Kaffee? Was Stärkeres?«

»Ich …«, begann Susa Förster und setzte sich dann schweigend in einen der eleganten Fauteuils, die im Büro ihrer Literaturagentin standen. Von ihrem Sitz aus sah sie genau auf das Regal mit ihren Büchern. Alle ›Basti Daxlberger‹-Ausgaben versammelt, dazu die DVDs mit den Verfilmungen.

Tilda Fittkau orderte über die Telefonanlage zwei Espressi und zwei Williamsbirnenbrand bei ihrer Sekretärin. Dann wandte sie sich Susa zu. »Hör mal, Darling. Die hat einfach ihr Aufnahmegerät mitlaufen lassen und das dann ausgeschlachtet …«

»Widerlich! Hier, ›Bestialischer Mord bei der Queen of Crime‹ … und da, ›Sie wurde totgemacht – so erklärt die Krimiqueen den Mord ihren Kindern‹. Und dann wagt sie es doch glatt auch noch, meinen Mann als ›Kükenschredderkönig‹ zu betiteln und schließlich: ›Ist seine politische Karriere schon am Ende, bevor sie richtig begonnen hat?‹ Gehts noch reißerischer?«

»So ähnlich berichten heute alle Zeitungen, Schätzchen.« Die Sekretärin brachte die Getränke. »Und dein Gatte war nun mal der Kükenschredderkönig.«

»Pah«, machte Susa und kippte den Birnenschnaps in einem Zug hinunter. »Die anderen bringen nur die wenigen Fakten, die die Polizei bei der Pressekonferenz bekannt gegeben hat. Also praktisch nichts, außer der Tatsache, dass es einen Mord gegeben hat und das Opfer zufällig ein paar Tage die Woche bei mir als Kindermädchen arbeitet … gearbeitet hat.«

»Meine Güte, reg dich nicht auf – Giselle hat halt ein bisschen mehr ausgeschmückt.« Tilda sog gierig an ihrer Zigarette und fuhr fort: »Ich habe schon mit ihr gesprochen. Sie ist ganz zerknirscht. Und sie möchte noch ein Exklusivinterview mit dir.«

»Ha! Das kann ich mir denken.« Susa Förster kippte nun auch den Espresso in einem Zug hinunter. »Das kann sie aber so was von vergessen! Diese adoptierte Adelskuh, die sich hochgebumst hat.«

»Angeheiratet, nicht adoptiert«, sagte Tilda trocken.

»Sag ich doch. Hochgebumst.«

»By the way: Ich habe ihr schon zugesagt.«

»Dann sag ihr wieder ab! Du sollst MEINE Interessen vertreten!«

»Susa, Darling. Du begreifst offenbar nicht, dass das die optimale PR für deinen neuen Krimi ist! Ganz unter uns, der ›Basti Daxlberger‹-Hype ist doch ein bisschen abgeflacht, nicht wahr. Die Auflagenzahlen sind bei den letzten beiden Titeln rückläufig. Leicht rückläufig, minimal rückläufig, aber eben doch rückläufig. Dein letzter Krimi hat es nicht mal unter die Top Five der Bestsellerliste geschafft. Und jetzt so was! Ein echter Mord bei der Münchner Mordspezialistin!« Tilda Fittkau klatschte in die Hände. »Großartig!«

»Das ist …«, Susa zog die Stirn kraus, soweit es ihr die letzte Botoxbehandlung noch erlaubte. »Das ist echt ziemlich … widerlich. Ich meine, da ist eine junge Frau ermordet worden …«

»Jaja. Du wirst in deinem Interview natürlich ausführlich dazu Stellung nehmen, wie widerlich du es findest, dass sich die Medien nun auf dich stürzen und das ausschlachten. Zeig dich schockiert und so.« Tilda bestellte bei ihrer Sekretärin noch zwei Williams und zündete sich die nächste Zigarette an. »Und dass dein Mann kein Tittengrabscher ist. Das musst du unbedingt sagen. Ach, und stell dir mal vor, sie kramen die Geschichte mit deinem Bruder hervor. Oder noch schlimmer: Dein Bruder geht nach diesem Mord von sich aus an die Presse.«

»Pffhh«, machte Susa Förster. »Mein Bruder. Was kann der Loser mir schon wollen!«

»Er kann gegen dich Stimmung machen. Hallo! Er hartzt! Er ist bankrott. Er lebt in einem Loch, während seine Schwester in Luxus schwelgt. So was liebt der Boulevard. Nein, wir müssen alle Trümpfe in der Hand halten. Außerdem zahlen sie.«

Susa legte den Kopf schräg und sah ihre Agentin an. »Genug?«

Tilda Fittkau nickte.

»Na gut.«

Die beiden neuen Schnäpse kamen. Susa Förster kippte ihren hinunter und stand auf.

»Glaubst du, dass das so eine spooky Geschichte ist, in der ein Psychopath die Morde aus dem Werk einer bekannten Krimiautorin nachstellt? Weißt schon.«

»Wurde in einem deiner Bücher jemals ein Kindermädchen erdrosselt?«

»Nein.«

»Na also, Darling. Mach dir keine Sorgen.«

»Danke, Tilda. Du kümmerst dich um alles? Gut. Ich muss dann los.«

»So eilig?«, fragte Tilda.

»Muss nach Schwabing, zu meiner Schwiegermutter.«

»Whaat?«, rief Tilda Fittkau theatralisch und riss übertrieben die Augen auf.

»Lange Geschichte«, winkte Susa Förster ab. »Wir verkehren jetzt wieder miteinander. Auf Geheiß meines Gatten hin. Vollidiot.«

»Erzähl! Womit erpresst sie ihn!«

»Was du wieder denkst, Tilda.«

»Wetten, dass?« Die Agentin lehnte sich gegen ihren Schreibtisch und rauchte genüsslich. »Pass bloß auf, Darling, dass die Alte nicht auch noch an die Presse geht. Dein gestörter Bruder und außerdem eine gestörte Schwiegermutter, die ebenfalls am Existenzminimum herumkrebst – gar nicht gut, Susa, gar nicht gut. Deine Schwiegermutter könnte nicht nur Herberts Karriere gefährlich werden. Find heraus, was da genau läuft. Wir müssen vorbereitet sein. Hörst du? Binde sie mit ein, mach einen Deal mit ihr. Der Mord an sich ist negativ genug. Da brauchen wir nicht noch die hartherzige Krimiqueen, die ihre eigene Familie verhungern lässt, oder so.«

»Jetzt dramatisiere das doch nicht. Wir nähern uns als Familie halt wieder an. Ganz normal.«

»Warum glaube ich dir das nicht?« Tilda Fittkau warf resignierend die Arme dramatisch in die Höhe. »Na gut, du musst es wissen.«

»Keine Zeit für weiteren Tratsch. Tschüss.« Susa Förster schnappte sich ihre Handtasche und ging.

11

»Passt grad nicht wirklich«, brummelte der Gärtner und lenkte den Handhubwagen geschickt unter einen der großen Betonkuben im försterschen Wintergarten. Die großen Pflanzbehälter standen auf Kanthölzern, um An- und Wegtransport zu erleichtern. »Ich muss heute die Oliven- und die Orangenbäume rausbringen. Der Winter ist längst vorbei. Gärtner haben viel Arbeit!«

»Ein bisschen spät für die Oliven, oder? Ich stelle meine immer schon im März raus«, plauderte Pfeffer.

»Klar, warum nicht. Oliven halten was aus«, sagte der Gärtner Beppo Schubert, »aber Orangen sind Diven! Wurscht. Ich mach das, was die Kundschaft wünscht. Die wollten die Bäume so lange wie möglich im Wintergarten behalten, zwengs der Atmosphäre oder so. Ich hab jetzt echt wenig Zeit für euch …«

»Wir halten Sie nicht auf«, antwortete Max Pfeffer und tauschte mit Bella Hemberger einen Blick. »Wir folgen Ihnen einfach und Sie erzählen uns ein bisschen was.«

»Und was?« Der Gärtner sah auf und grinste schief. Beppo Schubert war dreiundvierzig, hatte ein breites Arbeiterkreuz und ein paar Kilo zu viel auf den Rippen. Seine kurzen Haare und der gepflegte Bart waren durchgraut, noch nicht so komplett grau wie bei Pfeffer. Brustbehaarung kräuselte sich aus dem rot karierten, weit aufgeknöpften Flanellhemd heraus. Er war ein unauffälliger Typ, die Sorte Mann, die man überall sah und die nirgendwo auffiel.

»Zum Beispiel, wie Sie mit dem Kindermädchen Polina Komarowa ausgekommen sind …«

»Gut. Bestens.« Der Gärtner pumpte mit der Deichsel der Hubameise die Gabel so hoch, dass sie den Pflanztrog mit dem Olivenbaum anhob. Er zog die Ameise hinter sich her auf die Terrasse hinaus, während er weiterredete. »Sie war so ein nettes Mädchen. Ein bisschen schüchtern. Sie hat sich gut mit den Kindern verstanden, soweit ich das beurteilen kann. Dabei sind die Schrazen nicht so einfach. Ach, ich hab meine Arbeit, sie hatte ihre Arbeit.« Beppo Schubert zog die Ameise am Pool entlang bis zu dessen nördlichem Ende. Dort ließ er die Gabel herunter und setzte den Pflanzkübel gekonnt auf zwei vorbereiteten Kanthölzern ab. »Nummer eins hätten wir«, brummte er zufrieden und lächelte. Seine blauen Knopfäuglein blitzten fröhlich. »Wissen Sie, wir haben gerne mal miteinander geredet. Sie hat ein paar Mal mit den Kindern Gärtnern gespielt, und da habe ich sie unterstützt – ist ja nicht verkehrt, wenn die Kleinen ein wenig über Pflanzen lernen, oder? Sie war … nett. Ja, ich weiß, nett ist die kleine Schwester von scheiße, aber das war sie wirklich im besten Sinne. Nett. Ich glaube, sie mochte mich ziemlich. Nein, nicht was Sie jetzt denken! Mehr so daddymäßig, so als älteren Kumpel. Und ich mochte sie als nettes Mädel. Mehr kann ich nicht über sie sagen.«

»Wissen Sie etwas über ihre Freunde? Angeblich hat sie für jemanden geschwärmt …«

»Für mich jedenfalls nicht.« Der Gärtner lachte. »Vielleicht für Morty, den Sonnyboy von nebenan.« Er machte eine Kopfbewegung zum Nachbargrundstück.

»Ist das dieser Mortimer?«, fragte Pfeffer.

»Ja, Mortimer Olberding. Die Pornohubers von nebenan. Schweinkram online. Von denen haben Sie sicher schon gehört.«

Pfeffer nickte amüsiert. »Von denen hört man allenthalben.«

»Und das zu Recht.« Der Gärtner lachte. »Wie peinlich, dass hier Sextoymillionäre sich ins vornehme Harlaching eingekauft haben«, sagte er geziert und rollte mit den Augen. Offensichtlich ein Versuch, seine vornehme Kundschaft zu imitieren. »Skandal! Scherz beiseite. Als ob das Geld der anderen sauberer wäre. Und ich glaube nicht, dass die Polly in den Mo verknallt war. Ja, der Mortimer ist die richtige Mischung aus Schnuckel und Hallodri. Da stehen die Weiber drauf. Aber die Polly … Mei, ich hatte nie den Eindruck, dass da mehr lief. Echt nicht. Die haben ab und zu geratscht und so. Der Mortimer verkehrt hier im Haus ja beinahe so, als wären die Försters seine Familie. Der geht hier aus und ein. Ist ja auch gleich nebenan.«

»Wie ist das Verhältnis der Nachbarn untereinander?«

»Gut, soweit ich das beurteilen kann. Ich hab drüben bei den Olberdings die Garage gemietet für mein Zeugs. Also nicht die Garage, sondern eine Garage. Die, die zur Straße geht, die mit den Doppeltüren. Die haben noch Garagen für ihre Autos auf dem Grundstück.«

»Ach, das alte Garagenhaus, das man an der Straße sieht?«, fragte Pfeffer.

»Genau. Da ist viel Platz, ich kann mit meinem Transporter reinfahren und bringe meine ganzen Gerätschaften unter. Darüber ist eine kleine Wohnung. Winzig. So ein Gästeapartment. Da wohnt der Robert, Robert Nowak, der Bruder von Frau Förster. Eine gescheiterte Existenz, was man so hört.«

»Was man so hört? Sehen Sie ihn nicht, wenn er über Ihrer Werkstatt wohnt?«

»Selten. Der ist komisch.« Beppo Schubert zuckte mit den Schultern und sein Dauerlächeln verschwand für einen Augenblick.

»Inwiefern?«, fragte Bella Hemberger.

»Halt komisch. Ist menschenscheu und grüßt einen nur, wenn man ihn direkt anspricht. Sonst schleicht er immer mit eingezogenen Schultern durch die Gegend und kennt einen nicht. Gestört. Hat wohl mal 'ne Privatinsolvenz hingelegt und hartzt seitdem. Die Olberdings haben ihm die Wohnung aus Mitleid vermietet und weil die Frau Förster ihn aus dem Haus haben wollte.«

»Der Bruder von Frau Förster hat hier im Haus gelebt?«

»Sicher doch. Nachdem er pleite war, wäre er beinahe auf der Straße gelandet. Da hat sie ihn hier im Gästezimmer wohnen lassen. Letztes Jahr im Herbst dann ist er rübergezogen zu den Olberdings. Die Försters wollten ihn aus dem Haus haben, vor allem er. Er nennt ihn immer nur ›Loser-Bob‹.«

»Haben Sie je beobachtet, dass Herr Förster sich Polina Komarowa übergriffig genähert hat? Oder hat sie Ihnen davon erzählt?«

»Nein.« Beppo Schubert zuckte mit den Schultern. »Herr Förster ist eh meistens schon weg, wenn ich komme, und abends kommt er erst, wenn ich schon weg bin. Ich sehe ihn sehr selten. Und ich glaube, dass auch Polly ihn aus denselben Gründen selten sah.«

»Seit wann arbeiten Sie hier?«, fragte Bella Hemberger.

»Seit … lassen Sie mich nachrechnen … hmm, dürften schon fünf, nein sechs Jahre sein. Das war noch, bevor die Zwillinge geboren wurden. Ich habe mich damals selbstständig gemacht und gleich bei den Försters angefangen. Dann habe ich auch die Olberdings und noch ein paar andere Kunden hier in der Gegend dazugewonnen. Ich bin ausgelastet. Kann nicht klagen.« Beppo Schubert machte sich auf den Rückweg zum Wintergarten. Die Ameise rumpelte über die Platten auf der Terrasse. »War übrigens meine Idee hier, das mit den Betonkästen.« Er machte eine ausladende Bewegung mit dem freien Arm in Richtung Haus. »Das Haus ist ein Betonkasten, also passen auch Betonkästen in den Garten.«

»Schaut gut aus«, bekräftigte Bella Hemberger und lächelte den Gärtner an. Der senkte den Blick und schielte zu Pfeffer rüber.

»Ja, und die Leute stehen auf große Pflanzen in großen Kübeln. Viele Kunden hier wollen das. Auch die Olberdings. Mei, ist das eine Hitze heute.« Er wischte sich mit dem Arm über die Stirn. »Wahnsinn, der Mai heuer.«

»Joggen Sie?«, fragte Pfeffer.

»Sehe ich so aus?« Der Gärtner sah an sich hinunter. »Okay, ich sehe so aus, als ob ich es nötig hätte. Nein, ich jogge nicht. Ich hab genug Bewegung bei meinem Beruf.«

»Aber haben Sie Sportkleidung?«

»Sicher.«

»Auch ein graues Hoodie? So eine Kapuzenjacke …«

»Ich weiß, was ein Hoodie ist. Ja, habe ich. Hat doch jeder.«

»Die lassen Sie uns bitte mal zukommen. Fürs Labor.«

»Und wann?«

»Dann, wenn Sie zu uns kommen, um uns durch die freiwillige Abgabe von Fingerabdrücken und DNA-Test bei der Suche nach dem Mörder zu unterstützen«, sagte Pfeffer. »Also spätestens morgen Vormittag.«

»Ich verstehe.« Der Gärtner legte den Kopf schräg und zog die Stirn kraus. Dann lächelte er. »Alles klar, wird erledigt. Sie haben mir noch nicht gesagt, für welchen Zeitraum ich ein Alibi brauche.«

Bella Hemberger lachte auf. »Da haben Sie recht. Wie sieht es mit gestern früh zwischen vier Uhr dreißig und sechs Uhr dreißig aus?«

»Schlecht.« Beppo Schubert kratzte sich am Hinterkopf. »Da war ich … ah, stimmt, wach! Ich stehe immer recht früh auf. Gestern war ich da schon unterwegs. Um vier Uhr dreißig war ich am Großmarkt, Pflanzen einkaufen. Da muss man früh sein, sonst sind die guten Sachen weg. Ja, da müsste es Zeugen geben. Und danach? Ich war ganz früh hier. Da haben alle noch geschlafen. Das mache ich manchmal, um hier den Sonnenaufgang im Grünen zu genießen. Das mag ich, das ist meine Art der Meditation. Ich mach mir einen Kaffee in der Werkstatt, und dann setze ich mich draußen unter die Treppe, die nach oben ins Apartment führt, und höre den Vögeln beim Aufwachen zu. Im Sommer kommt da auch die Sonne als Erstes hin. Bei mir in Milbertshofen findet man kaum eine grüne Ecke.«

»Ich vermute mal, fürs Kaffeetrinken und Vögeln-beim-Aufwachen-zuhören haben Sie keine Zeugen«, sagte Pfeffer. »Das wird wohl die Zeit zwischen fünf und sieben gewesen sein.«

»Möglich. Ja. Ach, der Bob ist irgendwann mal die Treppen raufgestiegen, kam wohl vom Joggen. Fragen Sie mich aber nicht, wann! Ich habe nicht auf die Uhr geschaut und mich nicht bemerkbar gemacht.«

»Und wann ist er losgegangen?«

»Keine Ahnung, da war ich vielleicht noch nicht da oder in meiner Garage.«

»Schnuffiger Typ«, meinte Bella Hemberger, als sie die Förster-Villa verließen. »Marke Kuschelbärchen. I like.«

»Du bist eine verheiratete Frau!« Max Pfeffer spielte den Empörten. »Eine glücklich verheiratete Frau, möchte ich meinen. Und Mutter zweier Kinder, von denen eins, möchte ich betonen, auch noch mein Patenkind ist! Und das, wo ich mit der Kirche so viel am Hut habe wie ein katholischer Geistlicher mit Keuschheit oder die CSU mit C und S!«

»Eben drum«, lachte Bella.

»Ich finde es eh einen bodenlosen Skandal, dass ihr eure Kinder der Kirche in den Rachen geworfen habt.«

»Mei, Chef, wenn es genügend staatliche Kitaplätze gäbe, hätten wir das nie gemacht. Aber man muss realistisch bleiben. Und was das Bärchen angeht, mein lieber Herr Gouvernanterich: Schauen darf man doch mal.«

»Ich wusste gar nicht, dass du auf solch harmlose Bärchen stehst. Dein Severin ist zwar ein Schrank von einem Kerl, aber kein Bärchen.«

»Woher willst du … Ach so, ja richtig.« Bella Hemberger fiel ein, dass ihr Chef und ihr Ehemann sich bei einem Fall auch schon mal wenig bekleidet begegnet waren. Jenem Fall im Glockenbachviertel, bei dem Bella, damals noch mit ihrem Mädchennamen Scholz, Severin Hemberger überhaupt kennengelernt und sich nahtlos in ihn verliebt hatte. Damals hatte Pfeffer einige Tage übergangsweise neben Severin gewohnt. »Ich vergaß, ihr seid ja schon mal zusammen nackt auf einem Sofa gesessen.« Sie zog spielerisch einen Flunsch. »Auf unserem Sofa, das immer noch im Wohnzimmer steht!«

»Oh ja, dein Mann und ich, wir hatten es schon mal verdammt kuschelig«, zog Pfeffer seine Kollegin auf.

»Depp.« Bella Hemberger schlug ihrem Chef auf den Oberarm. Pfeffer grinste.

»Du brauchst dir übrigens keine großen Hoffnungen auf eine wilde Affäre mit dem Gärtner machen«, sagte er dann. »Der hat eher an mir Interesse.«

»Was?« Die Hauptkommissarin blieb stehen und stemmte die Hände in die Hüften. »Echt jetzt? Hallo! Ich hab mit ihm geflirtet!«

»Ach, Bella, glaubs mir, mein Radar irrt sich selten. Ich weiß, wenn ich begehrt werde.«

»Von wegen«, lachte Bella. »Da ist bei dir der Wunsch wohl Vater des Gedankens. Der ist straight as hell. Ich hab schon ein bisserl recherchiert. Er war vierzehn Jahre verheiratet, ist geschieden, keine Kinder. Aber von einer Frau geschieden. Es gab da mal eine Anklage wegen häuslicher Gewalt gegen ihn, aber die hat seine Frau dann wieder zurückgezogen. Kennt man ja, in Scheidungsverfahren wirds gerne unnötig schmutzig.«

»Ich war auch mal mit 'ner Frau verheiratet, Bella-Baby.«

»Dein Radar irrt. Und du checkst so was eh nur bei Kerlen. Dass die Mädels in der Förster-Villa dich gestern inhaliert haben, hast du ...«

»Sehr wohl bemerkt, Bella-Hase. Ich weiß, dass ich in dem Alter bin, in dem ich für alle Frauen jenseits der vierzig ein Sahnestück bin.« Er wackelte kokett mit dem Po. Beide lachten.

»Sahnestück für ältere Frauen, Sugardaddy für Postpubertierende. Wunschtraum für Gärtnerbärchen. Eingebildet sind wir gar nicht.«

»Nein. Dein Chef ist nun mal ein Hottie!« Beide gackerten wie Teenager.

12

Sie hatten alle recht: Mortimer Olberding war ein Schnuckel – hübsch, groß, sportlich gebaut, lausbübisches Lächeln, gewinnend in jeglicher Hinsicht. Dazu gut erzogen. Der Typ junger Mann, der gemeinhin als Schwiegermuttertraum gilt.

»Wie?«, fragte Bella Hemberger ehrlich überrascht, als sie die Personalien aufnahm. »Sie sind erst sechzehn?«

»Ja.« Mortimer lachte offen. »Ich weiß, dass ich älter aussehe. Die meisten schätzen mich auf neunzehn, zwanzig. Bringt auch Vorteile mit sich.«

»Nämlich?«, fragte Pfeffer.

»Ich komme in jeden Club. Ich brauch keinen Muttizettel.«

»Praktisch.«

»Finde ich auch.« Mortimer Olberding lächelte entschuldigend. Sie standen zu dritt vor dem Eingangsportal zu der alten Villa. Die Haustür stand offen, man konnte dem Eingangsbereich ansehen, dass hier viel Geld und durchaus auch Geschmack zu Hause waren. »Ich würde Sie wirklich gerne hereinbitten«, sagte der Bursche und zog die Tür hinter sich zu. »Aber ich muss los. Ich habe Nachhilfe. Eine Stunde.«

»Oh, wo hapert es denn?«, fragte Pfeffer.

»In Mathe. Aber ich habe keine Nachhilfe nötig.« Mortimer zwinkerte Bella Hemberger einen Tick zu frech zu. »Ich gebe die Nachhilfe.« Er schloss ab.

»Kein Problem«, sagte Max Pfeffer. »Dann befragen wir jetzt noch die anderen Nachbarn ringsum und kommen in anderthalb Stunde wieder.«

Susa Förster sah sich mit abschätzig nach unten gezogenen Mundwinkeln um, bevor sie sich setzte. »Das … ist ja entzückend hier«, sagte sie spitz und hob die Plastikvase mit der gelben Plastikblume hoch, die in der Tischmitte auf einer roten Plastiktischdecke stand.

»Das ist natürlich nicht so fein wie bei euch in Harlaching«, antwortete Marlies Förster ebenso spitz. »Das ist noch echtes und ehrliches Schwabing …«

»Ehrlich und Schwabing schließen einander aus«, gab Susa zurück. »So, hier trinkst du also immer deinen … was ist das? Sieht … na ja aus.«

»Cappuccino«, antwortete ihre Schwiegermutter selbstzufrieden.

»Mit Sprühsahne?« Susa Förster lachte laut auf. »Okay, ich verstehe. So schlecht kann es dir in den letzten Jahren nicht gegangen sein, wenn du hier immer Kaffeeklatsch mit Sahne machst. Hier, an der reizenden Kurfürstenstraße mit der Tram vor der Nase.« Der Sarkasmus perlte nur so.

Marlies Förster schloss für einen Moment ihre Augen. Sie war immer noch so geschminkt, wie sie es in den Siebzigerjahren geliebt hatte – mit zu viel hellblauem Lidschatten. Heute trug sie eine künstliche Stoffblume im Haar. »Ich habe mir ein Mal die Woche hier einen Cappuccino gegönnt«, zischte sie und öffnete wieder die Augen. »Ein fucking Mal die Woche! Und dazu musste ich sogar noch sparen. Ich kann mich schon lange nicht mehr bei meinen Freundinnen blicken lassen, weil ich … Ach, was weißt du verwöhntes Gör schon.«

»Ach, ist das der neue Familienfrieden?«, fragte Susa und machte Anstalten aufzustehen. »Dann noch einen schönen Tag.«

»Sit jetzt down.« Marlies packte ihre Schwiegertochter am Arm. »Gut, reden wir Tacheles. Du hast …« Die Kellnerin unterbrach sie und stellte für Susa den Aperol Spritz hin. Als sie weg war, fuhr Marlies fort: »Du hast mir keinen Ton davon gesagt, dass eure Nanny, dass die Polly tot ist.« Sie senkte die Stimme: »Ermordet.« Sie sah sich um. Nur zwei weitere Tische waren besetzt. Die Leute beachteten sie nicht.

»Ja und? Was geht das dich an?«, antwortete Susa Förster.

»Ich war gestern bei dir zu Hause, und du hast not one word davon erwähnt!«, rief Marlies empört.

»Warum sollte ich? Was hast du mit meinem Kindermädchen und deren Tod zu schaffen? Nichts.«

Doch! Das änderte alles! Marlies biss sich auf die Innenseite der Wangen. Nichts sagen. Warte ab, Marlies. Zieh es nur dieses eine Mal noch durch …

»Also, bitte! Geh mir nicht auf die Nerven.« Die Krimiautorin nahm einen großen Schluck von ihrem Spritz. »Und übrigens konnte ich gestern nicht mit Herbert richtig über dich sprechen, weil er im Büro geblieben ist.«

»Die ganze Nacht?«

»Ja, die ganze Nacht. Spar dir deinen süffisanten Unterton, Marlies. Du weißt genau, dass er in seinem Büro auch eine Schlafgelegenheit hat.«

»Und ein Bad und eine kitchen und, und, und.« Marlies Förster lachte. »Das ist eine voll ausgestattete Wohnung, was dein Gatte sein ›Office‹ nennt. Mitten in Schwabing. Es gibt übrigens auch noch Telefon.«

»Und? Er telefoniert nicht gerne. Gut, Marlies, du hast jetzt fünf Minuten. Warum sollte ich hierherkommen? Warum konntest du das nicht bereits gestern mit mir besprechen?«

»Weil da deine Kinder in der Nähe waren. Und die müssen ja nicht alles wissen, was ihre Mutter so treibt.«

»Ich treibe nichts«, schnaufte Susa Förster genervt und trank.

»Entschuldige, falsche Formulierung. Ich meinte, mit wem du es treibst.«

»Wie bitte?«, Susa Förster verschluckte sich und hustete. Die Gäste an den anderen Tischen sahen kurz hinüber, widmeten sich dann aber schnell wieder ihren Angelegenheiten. Marlies klopfte ihrer Schwiegertochter kräftig auf den Rücken.

»Na, na«, sagte Marlies. »Gehts wieder? Also, ich stelle mir das so vor: Ich hätte wirklich wahnsinnig gerne einen neuen Fernseher, so ein Flachbilddings. Flatscreen halt. Mehr nicht. Sieh es als ein Geschenk an deine wiedergewonnene Schwiegermutter.«

»Ich denke nicht daran«, keuchte Susa und hustete erneut.

»Doch, das wirst du«, sagte Marlies sachlich. »Lieferung bitte frei Haus. Und ich möchte zu den üblichen Familienfeiern eingeladen werden. Aber das habe ich ja schon mit Herbert besprochen. Ach, und es wäre really schön, wenn ich ab und zu mal essen gehen könnte oder to the movies oder zwei Mal die Woche meinen Cappuccino … Nur ein Taschengeld. Don't worry. Ich bin anspruchslos.«

»Anspruchslos?«, schnaubte Susa Förster. »Da sitzt meine eigene Schwiegermutter und versucht, mich zu erpressen!«

»Das ist nicht das richtige wording, my dear. Ich wollte es nicht so weit kommen lassen. Aber die Umstände zwingen mich leider …« Sie zuckte mit den Schultern.

»Und Herbert?« Susa sah ihrer Schwiegermutter fest in die Augen. »Erpresst du ihn auch? Ist diese ganze Versöhnungsmasche nur eine deiner billigen Scharaden? Du bist das manipulativste Weibsstück, das ich kenne.«

»Sachte.« Marlies löffelte Sahne aus ihrer Cappuccinotasse. »Ich wollte es nicht, aber die Situation hat sich geändert. Siehst du, Susa, ich habe erst aus der Presse über den Mord bei dir im Haus …«

»Es war nicht bei mir im Haus!«

»Na ja, im übertragenen Sinn. Jedenfalls wäre es nicht gut, wenn nun die Presse erfahren würde, dass deine Schwiegermutter am untersten Rand der Gesellschaft dahinvegetieren muss und …«

»Du vegetierst nicht am untersten Rand der Gesellschaft!« Susa kochte. »Du hast das Geld, das du Herberts Vater abgenommen hast, mit vollen Händen aus dem Fenster geschmissen! Selbst schuld. Und du hast dein Auskommen. Dir fehlt nichts.« Sie wühlte in ihrer Handtasche, förderte das Portemonnaie zutage, holte zwei Fünfzigeuroscheine heraus und knallte sie auf den Tisch. »Hier. Kauf dir Kaviar.«

»Glaub mir, wenn ich das der Presse erzähle, wird es nicht so easy für dich sein, dich wieder reinzuwaschen. Herbert hat schon eingesehen, dass eine glückliche Mutter vorteilhaft für eine glückliche carreer ist. Und was soll ich dir sagen: Diese Monika von Dettmann von den Münchner Nachrichten hat mich schon angerufen, ob ich nicht auch was zu dem Fall zu sagen hätte. Ich habe sie vertröstet. Also, ein großer Flatscreen.«

»Du erpresst mich ganz unverschämt. Hast du neulich nicht noch groß einen auf Karmapunktesammeln gemacht?«

»Ja.« Marlies nickte ernst, dann lächelte sie den Ernst weg. »Karma is a bitch.« Sie nahm die beiden Fünfzigeuroscheine, faltete sie und steckte sie in die Hosentasche.

»Jetzt kommt sie auch noch mit solchen Scheißhaussprüchen«, stöhnte Susa Förster.

»Mach du dir keine Sorgen um mein Karma.«

»Womit erpresst du Herbert?«, fragte Susa und trank ihren Spritz aus.

»You know«, Marlies überging Susas Frage nonchalant, »du hast nicht ein einziges Mal gesagt, dass ich nichts gegen dich in der Hand hätte oder so. Kein Wort, dass du kein Verhältnis hast. Not even once!«

Susa Försters Unterkiefer mahlte, sie schnaufte tief durch die Nase ein und aus. »Also, dann mal raus mit deiner Räuberpistole: Mit wem soll ich denn ein Verhältnis haben?«

»Too late, my dear.« Marlies stand auf und packte den Henkel ihrer Handtasche mit beiden Händen. »Zu spät. Du übernimmst die Rechnung?«

Marlies eilte die Straße hinunter in Richtung Hohenzollernstraße. Ihr Hirn brauste. Polly war ermordet worden. Karma is a bitch. Beides bereitete ihr ernsthaft Sorgen. Sie nahm vor allem die Karma-Sache ziemlich ernst. Für Marlies war das kein Blabla pseudoesoterischer Milleniumsveganer. Als sie ihrer Schwiegertochter das mit den Karma-Punkten erzählt hatte, hatte sie viel über sich verraten, nur hatte Susa das nicht ernst genommen. Marlies wusste, dass sie nicht so weitermachen konnte. Ihren Sohn erpressen, ihre Schwiegertochter erpressen. Nein, Erpressung war letztlich ein viel zu hartes Wort. Sie bat um freundliche Unterstützung. Sie hätte sich allerdings auch nie vorgestellt, dass es so verdammt einfach sein würde! Wie eben bei Susa hatte auch ihr Sohn nicht einmal nachgefragt, was sie denn tatsächlich im Detail wusste. Beide waren sofort eingeknickt. Beide hatten indirekt gestanden. Rechtfertigte das, das Karma herauszufordern? »Mensch, ich will doch nur ein klein bisschen besseres Leben«, murmelte sie halblaut vor sich hin. Materielle Dinge, Smartphone, Flatscreen, das wars schon. Okay, noch ein neues Bett … Polly war ermordet worden. Das änderte alles. Karma is a bitch.

13

Max Pfeffer zog sich aus. Komplett. Er rollte seine Kleidung zu einem kleinen Bündel zusammen, damit sie nicht durch den Kies beschmutzt wurde. Dann setzte er sich auf einen der größeren Steine in die Sonne. Er hätte sich gerne hingelegt, aber auf den unbequemen Kieseln? Auf den sandigeren Stellen der Isarinsel, die man über den Marienklausensteg erreichen konnte, lagen bereits andere Leute. Die meisten nackt. Hier traute man es sich noch. Pfeffer hatte früher im Englischen Garten oder an der Isar immer nackt gebadet. Nackerte gehörten zu München wie die Frauenkirche. Und wie die Frauenkirche waren Nackerte längst eine Touristenattraktion, vor allem bei verklemmten Amerikanern. Was zur Folge hatte, dass es in den letzten Jahren immer weniger Nackerte gab, denn wer wollte sich beim Freikörpersonnenbaden schon von Touris fotografieren lassen.

Pfeffer beobachtete die Flussbadenden, zwei alte Damen um die siebzig planschten kreischend. Ihm war das Wasser definitiv noch zu kalt. Ein leichter Wind kam auf. Das Wassergurgeln, das Rauschen der Baumwipfel, die Tiergeräusche vom nahen Tierpark – Urlaub mitten in der City. Pfeffer zündete sich eine Zigarette an. Wie oft hatte er schon aufgehört? Immer wieder. Einmal war er sogar für fast fünf Jahre clean. Immer wieder angefangen. Und immer wieder hatte es Tim genervt. Natürlich. Kein Wunder. Aber Tim war nie so genervt gewesen, dass er mit Trennung gedroht hatte. Bei Tims Tod war Pfeffer wieder zwei Jahre clean gewesen. Unmittelbar nach der Beerdigung kam der Rückfall. Er musste einfach rauchen. Alle Vernunft, alles Wissen, dass das nichts brachte – im Gegenteil – beiseitegewischt. Nun saß er da am Wasser, nackt im Schneidersitz und betrachtete die brennende Zigarette. Er dachte an Tim und verdrängte sofort den Gedanken, denn er spürte den Kloß im Hals. Denk an die Arbeit!

Mortimer Olberding wollte er sich noch selbst vornehmen. Allein. Bella Hemberger hatte er nach der Befragung der Nachbarn nach

Hause geschickt. Was hieß Befragung: Es war kaum jemand zu Hause gewesen, was nicht nur daran lag, dass am Nachmittag einige noch arbeiten mussten. Sie erfuhren:

»Die Webers? Die sind um die Jahreszeit immer in Südafrika.«

»Die Rachowiaks? Weiß nicht, die müssten auf ihrem Weingut in Südfrankreich sein, denke ich.«

»Warten Sie mal, ich glaube die Brunners sind am Gardasee für die nächsten zwei Monate.«

Und so weiter. Wirklich weiterhelfen konnte niemand. Das Kindermädchen kannten einige vom Sehen. Unterhalten hatte sich nur eine einzige Nachbarin mal mit ihr, als sie ihr mit den Zwillingen auf der Straße begegnet war. Den Gärtner kannten einige, drei beschäftigten ihn auch, und alle waren sich einig, dass das ein ganz netter Kerl war. Und über die Försters konnte oder wollte niemand etwas sagen. Unauffällige Nachbarn, hieß es meistens. Und drei betonten ausdrücklich, dass sie ja noch nie was von »der« gelesen hätten, weil zu anspruchslos. Pfeffer hatte seine Kollegin beauftragt, sich für die weitere Befragung von Nachbarn ein Team zusammenzustellen.

Die einzig halbwegs interessante Befragung hatten sie gleich nach Mortimer Olberding: Sie trafen Robert Nowak zu Hause an, den deutlich jüngeren Bruder von Susa Förster, von seinem Schwager (und nicht nur dem) verächtlich ›Loser-Bob‹ genannt. Robert Nowak – den Namen kannten nur noch wenige in München. Robert, das Nesthäkchen in der Nowak-Familie, Vater Soziologieprofessor, Mutter Heilpraktikerin, elf Jahre nach Susa geboren, war mal eine der großen Hoffnungen des FC Bayern gewesen, er war in der U19-Liga. Galt als eins der herausragenden Talente, spielte leichtfüßig wie ein junger Gott. Die Übernahme in die Profimannschaft war eigentlich nur noch eine Formalität. Doch dann kam der Wiesn-Abend, bei dem ein fliegender Maßkrug den auf dem Biertisch tanzenden und mit der drallen Franzi knutschenden Robert niederstreckte. Beim Sturz brach er sich das rechte Fußgelenk so kompliziert, dass an Training erst einmal nicht mehr zu denken war. An eine Profikarriere eh nicht mehr. Damit änderte sich alles. Aus dem jungen Überflieger wurde der Dauer-Loser, dem einfach nichts mehr gelang. Etliche Rehas später reichte es noch zum Hobbykicken. Des Weiteren gingen schief: eine Ehe, zwei längere Beziehungen, ein Auswanderungsversuch nach Australien (scheiterte am Arbeitsvisum), ein Kneipenprojekt in der Maxvorstadt, zwei Selbstmordversuche (wovon zu seinem Glück nur einer überhaupt als solcher bemerkt wurde), ein Frühstücksbrötchen-Lieferservice, eine Pommesbude im Westend, ein Kaffeemobil – kurz beinahe alles, was er versucht hatte. Vermutlich lag es an Roberts Halbherzigkeit, mit der er alles anging, als wäre er nicht wirklich von dem überzeugt, was er tat (und er war es tatsächlich nicht). Dazu kam noch eine Vorstrafe wegen Körperverletzung. Inzwischen fristete er sein Dasein als der kleine Bruder der berühmten Susa Förster. Er lebte in der winzigen Wohnung über der Garage vor dem Olberding-Anwesen. Zum Apartment führte eine Außentreppe an der Garagenmauer. Man musste nicht auf das Olberding-Grundstück. Robert Nowak hatte nach dem zweiten Klingeln zaghaft geöffnet und die Kriminalbeamten nicht in die Wohnung gebeten.

»Nein, das geht nicht«, hatte er gesagt und hinter sich gedeutet. Weißer Fliesenboden überall, die Fliesen glänzten nass. Pfeffer fragte sich automatisch, warum sich jemand freiwillig weiße Fliesen in die Wohnung legen ließ. Abgesehen von der optischen Anfechtung sah man darauf jedes Staubkörnchen.

»Ich habe gerade aufgewischt.« Er lehnte sich demonstrativ auf den Wischmopp. Die Wohnung sah extrem aufgeräumt und sauber aus. »Ich … ich habe es gerne sauber in meiner Wohnung. Ich glaube, ich muss Sie nicht reinlassen. Wenn es geht, wäre ich dankbar, wenn wir hier stehen bleiben. Sonst muss ich noch einmal alles durchwischen.« Kein Problem für die Beamten. Aufgrund des Spitznamens Loser-Bob hatten sich Pfeffer und Hemberger eher einen dieser Hartz-IV-Typen vorgestellt, die man im Privatfernsehen präsentiert bekam. Nicht einen gepflegten Mittdreißiger mit rasierter Glatze und Dreitagebart, der immer noch die Figur eines Sportlers hatte und offensichtlich ein Putzfreak war. Nein, betonte Robert Nowak, er könne ihnen keine neuen Erkenntnisse zu Polinas Tod liefern. Er kannte das Mädchen, hatte sich auch ab und zu mit ihm unterhalten, aber mehr auch nicht. Früher, als er noch im Haus seiner Schwester nebenan wohnte, da hatte er mehr Kontakt mit Polina gehabt. Aber alles auf rein freundschaftlicher Ebene. Auf die Frage nach seinem Privatleben wich Robert aus. Er müsse eine Trennung verkraften, sagte er, da habe er keine Kraft für neue Beziehungen. Nein, bevor man fragte: Er hatte kein Verhältnis mit Polina, und er war auch nicht scharf auf sie. Und überhaupt sei er momentan sehr eingespannt, weil er eine neue Geschäftsidee habe, die er unbedingt umsetzen wolle: einen Foodtruck …

»Krieg ich auch eine?«

Pfeffer sah auf und musste seine Augen mit der Hand beschatten. Der Mann stand gegen die Sonne. »Oh, Herr Olberding«, sagte Pfeffer. »Ich dachte, wir wollten uns später bei Ihnen oben treffen?«

»Bin früher zurück und dachte mir, wie Sie offenbar auch, dass ich zwischendurch ein kleines Sonnenbad an der Isar einlegen kann.« Mortimer Olberding begann sich auszuziehen. »Die Fluppe nehme ich nachher. Wir haben leider keinen Pool wie die Försters. Mein Alter findet das dekadent und neureich.« Als er nackt war, rollte er wie Pfeffer seine Sachen zusammen und sprintete in die Isar. Er ließ sich mit einem lauten Juchzer ins kalte Wasser fallen und planschte ein bisschen herum. Dann kam er heraus, schüttelte sich wie ein nasser Hund und setzte sich schließlich neben den Kriminalrat.

»Krasser Serratus«, sagte er. »Nice.«

Pfeffer brauchte einen Moment, um zu verstehen, was der junge Mann gesagt hatte. Er hatte ihn für seinen gut definierten Sägemuskel gelobt. »Ah, danke«, sagte Pfeffer. »Ich geb mir Mühe.«

»Ich mag den Sägemuskel.« Mortimer Olberding drehte seinen Oberkörper so, dass Pfeffer seinen Sägemuskel gut sehen konnte. »Alle gehen immer auf Sixpack, Titten und Arsch, dabei sind so kleine Nebenmuskeln viel geiler. Sie haben eh einen nicen Body für Ihr Alter.« Er musterte Pfeffer ebenso unverhohlen wie unschuldig.

»Danke.« Pfeffer lachte. »Ich würde ja gerne ein Kompliment zurückgeben, aber das würde sich doch ein bisschen seltsam anhören, wenn ich jetzt rein theoretisch zu Ihnen sagen würde, Sie hätten einen nicen Arsch.«

»Oh, da könnten Sie schnell …« Mortimer wurde tatsächlich ein bisschen rot. »Das klang ja, als ob ich … Na ja. Sorry.« Er lachte.

»Schon in Ordnung.« Pfeffer schmunzelte und bot dem Burschen die gewünschte Zigarette an. Offenbar fand es der Junge nicht seltsam, splitterfasernackt neben einem ebenso nackten älteren Mann zu sitzen und Muskelpartien zu bewundern, noch dazu, wenn einer der beiden ein Kriminalbeamter und der andere … nun ja, wenn auch noch kein Verdächtiger, so doch ein Zeuge war. Mortimer lehnte sich zurück, stützte sich auf die Ellenbogen und streckte die Beine aus. Max Pfeffer betrachtete den jungen Burschen, der sich seiner Schönheit bewusst war, und überlegte, was wohl ein heterosexueller Kollege an seiner Stelle machen würde, wenn da ein nacktes Mädchen säße. Dem wäre das alles hier wahrscheinlich saupeinlich. Wobei es dem Heterokollegen vermutlich auch saupeinlich gewesen wäre, hier mit einem nackten Burschen zu sitzen. Pfeffer war es das nicht. Er betrachtete Mortimer und fühlte keinerlei Begehren. Nichts. Gut, er hatte sich noch nie zu jüngeren beziehungsweise zu so jungen Männern hingezogen gefühlt. Hübsch anzuschauen, das ja, aber sonst? Man will sich ja auch mal unterhalten …

Es hatte in der langen Trauerphase nach Tims Tod ein paar Tage gegeben (passenderweise an Fasching), da hatte sich Pfeffer ganz bewusst in die Szene gestürzt. Zuvor hatte er gemeinsam mit seinen Söhnen Tims Arbeitszimmer ausgemistet. Er wollte keinen Tim-Schrein oder Ähnliches. Das würde nun sein Arbeits- und Gästezimmer sein – Gästezimmer! Wann hatte er schon mal Übernachtungsgäste! Na gut, vielleicht würde Tims Schwester aus Amsterdam weiterhin ab und an zu Besuch kommen. Er mochte sie und sie ihn. Pfeffer trennte sich sogar von Tims Sammlung: Tim hatte über die Jahre Diktatorenkitsch aus aller Welt gesammelt, Devotionalien von Pol Pot über Mao Tse-tung bis Fidel Castro. Nur die Emailledose mit dem Porträt von Imelda Marcos behielt Pfeffer als Andenken. Den Rest verkaufte Cosmo im Internet, sogar recht gewinnbringend.

Nach der Räumaktion wollte Pfeffer sich betäuben, seine verdammte Selbstdisziplin ausschalten, ganz gezielt und systematisch. Er hatte sich Hottah, die aktuell beliebteste Dating-App für Männer, die Männer mögen, geholt, ein Profil angelegt und sich dann in die Nacht gestürzt. Und gehofft … tja, auf was? Er hatte gesoffen, Poppers gesnifft, sich das erste Mal seit vielen Jahren Ecstasy und Boner Booster reingepfiffen. Alles gleichzeitig. Sollte er doch einen Herzinfarkt bekommen – wurscht! Drogen wurden ihm überall kostenlos angeboten. Er schlief tagelang nicht, er wollte und bekam jede Menge schnellen, belanglosen, gerne auch risikoreichen Sex. Orgiastisch wars, geil wars im Nachhinein betrachtet gar nicht. Seine selbstzerstörerischen vier Tage, die am Aschermittwoch um zehn Uhr morgens endeten, als er am Ende seiner Kräfte auf dem Gärtnerplatz stand und leichter Schneefall einsetzte. Völliger Overkill. Nie ein Wort zu irgendjemanden darüber! Und wie die Tests anschließend gezeigt hatten, hatte er sich glücklicherweise nichts geholt. Die Tage brachten nichts, außer heftigen Kater in Kopf und Muskeln, wunde Stellen am Körper und vor allem an der Seele, mehr Leere und die letztlich nicht neue Erkenntnis, dass egal, wie viele Orgasmen das nicht ersetzen konnten, was er so schmerzlich vermisste: Nähe.

Danach, immerhin, konnte Max Pfeffer das erste Mal seit Tims Tod richtig weinen. Die App hatte er seitdem nicht mehr genutzt.

»Sie wollten mich also sprechen?«, sagte Mortimer.

»Ja, Sie haben sicher inzwischen von dem Mord an Polina Komarowa gehört.«

Der Junge nickte und rauchte. »Schlimme Sache«, sagte er dann nach einer Weile. »Sagen Sie übrigens ruhig Du zu mir. Ich finde das komisch, wenn Sie mich siezen. Nennen Sie mich Mo.«

»Wie gut habt ihr euch gekannt, Mo?«

»Ich war öfter drüben. Wissen Sie, meine Eltern sind viel unterwegs …« Er warf den Kopf zurück und lachte. Sein Adamsapfel tanzte hoch und runter. »Viel unterwegs! Mein Vater ist in China oder Vietnam, da produzieren wir. Aktuell ist er seit fünf Tagen in China, kommt übermorgen wieder. Und meine Mutter … tja, wieder mal auf Entzug.

Offiziell natürlich ist sie mit ihm verreist. Aber ich lüge doch keinen Bullen an … 'tschuldigung, Polizisten.«

»Ihre Eltern lassen Sie einfach so allein? Sie sind noch minderjährig.«

»Mein Vater ist immer nur ein paar Tage weg. Und meine Mutter sitzt auch nicht das ganze Jahr über in Entzugskliniken.«

»Alkohol?«

»Ja. Normalerweise organisieren die beiden das ganz gut. Diesmal hat es sich überschnitten. Momentan sind halt beide mal nicht da. Geht schon. Ich bin ein großer Junge.«

»Ist das nicht seltsam«, fragte Pfeffer. »So alleine in einem großen Haus?«

Mortimer Olberding zuckte mit den Schultern. »Nein, ich habe keine Angst, falls Sie das meinen. Vorne in der Kemenate wohnt ja Loser-Bob. Der ist meist zu Hause, der hartzt ja. Und ich gehe oft rüber zu den Försters, zum Essen und so. Und ich habe beim Berti, also beim Herbert Förster, mal ein Praktikum gemacht. Ganz in Ordnung, der Berti. Böser Immobilienhai!« Er lachte fröhlich. »Wir machen manchmal Sport zusammen. Der achtet auch auf sich.«

»Zum Beispiel Joggen?«

»Nein, eher selten. Da passen unsere Zeiten nicht. Ich gehe selten joggen …«

»Gestern früh zum Beispiel?«

»Gestern früh? Keine Ahnung … Halt, nein, da war ich sicher nicht laufen. Ich hab bis halb sieben geschlafen. Danach dann Schule.«

»Sie gehen ins Albert-Einstein-Gymnasium hier in Harlaching?«

»Wäre naheliegend, nein, aufs Wilhelmsgymnasium.«

»Oha«, machte Pfeffer. Das Wilhelmsgymnasium im Lehel, immerhin Oberbayerns ältestes humanistisches Gymnasium, galt als Kaderschmiede. Mortimer musste wirklich etwas auf dem Kasten haben. Hier reichten wohlhabende und einflussreiche Eltern nicht aus.

»Auch nur 'ne Schule«, sagte Mortimer. »Okay, Sie wollen sicher wissen, was zwischen Polly und mir lief. Nichts. Wir hatten nichts miteinander. Sie war nett, immer ein Sonnenschein, aber sehr verschlossen.« Genau das hatten Polinas Mitbewohner auch gesagt. »Wenn ich zum Mittagessen drüben bei Försters war, war sie oft dabei. Wir haben über dies und das geratscht. Sie war ein Bollywoodfan. Hat für diesen Typen mit den grünen Augen geschwärmt, Hrithik Roshan, voll der Zungenbrecher. Drum hat sie auch so auf Hamed gestanden.«

»Hamed?«, fragte Pfeffer.

»Ja, das war mal so ein Praktikant vom Beppo, eben erst im Frühjahr. Afghane. Sah tatsächlich dem Hrithik Roshan ähnlich, zumindest diese hellen grünen Augen hatte er. Für den hat Polly geschwärmt.«

»Und?«

»Was und? Nichts weiter, der war 'ne Woche oder so mit dem Beppo unterwegs, hat rumgegärtnert und war dann wieder weg. Ich glaube nicht, dass da was gelaufen ist. Polly war viel zu schüchtern, um ihn anzusprechen.«

»Interessant«, sagte Pfeffer nachdenklich. »Ihre beste Freundin und Mitbewohnerin wusste zwar, dass Polina für jemanden geschwärmt hat, aber nicht für wen. Und Sie, also du … dir hat sie sich anvertraut?«

»Ne, hat sie nicht.« Mortimer lachte wieder entwaffnend. »Ich habe Augen im Kopf. Ich habe sie ein paar Mal gesehen, wie sie heimlich Fotos von Hamed gemacht hat und so. Und wie sie ihn angeschaut hat. Da konnte ich eins und eins zusammenzählen. Und was die Freundin betrifft – vielleicht lügt die ja.« Er zog schelmisch die linke Augenbraue nach oben.

»Was wurde aus Hamed?«

»Keine Ahnung, das müssen Sie den Beppo fragen. Haben Sie eigentlich den Loser-Bob angetroffen?«

»Ja«, sagte Pfeffer.

»Und?«

»Was und? Ich werde dir sicher keine Details unserer Befragung verraten.«

»Hat er Ihnen von seinem Foodtruck erzählt«, fragte Mortimer, und als Pfeffer nickte, fuhr er grinsend fort: »Der Bob hat immer verrückte Ideen. Der ist schon mit so vielen Projekten pleite gegangen, dass er einem fast leidtun könnte. Der kann froh sein, dass seine Schwester ihn unterstützt. Und der Herbert übrigens auch. Der schimpft zwar immer über ihn und hat ihn aus dem Haus geekelt, aber er will nun in diese Foodtruck-Sache mit einsteigen, beziehungsweise ihn finanzieren. Leute sind seltsam.«

»Das stimmt«, antwortete Pfeffer. »Vor allem, wenn es um die Aussagen von Minderjährigen geht. Wir haben uns jetzt ja nur unterhalten. Ich würde dich aber gerne noch zu mir ins Büro bitten. Mit einem Anwalt deines Vertrauens. Ich bin sicher, dass ihr einen Familienanwalt habt. Komm mit dem baldmöglichst zu uns ins Präsidium, und dann machen wir ein Protokoll.«

Mo nickte. »Ja, Vernehmungen von Minderjährigen nur im Beisein eines Anwalts.«

»Eben.« Pfeffer musterte den jungen Mann. »Woher weißt du das?«

»Ich schaue fern.«

14

Das Nachhausekommen war immer noch das Schlimmste. Nicht mehr so schlimm wie am Anfang, doch es kostete Max Pfeffer immer noch Überwindung, die Tür zu dem Haus in der Gietlstraße aufzuschließen, hineinzugehen und sich nicht nach einer Umarmung von Tim zu sehnen. Ja, es wurde langsam besser. Vor allem, seit Frühling war und er ein bisschen im kleinen Garten werkeln konnte. Das gab ihm sogar manchmal ein wohliges Gefühl. So viel hatte er früher nie im Garten gemacht – und in ihrem alten Haus in Obermenzing hatten sie einen deutlich größeren Garten. Würde er nun so ein wunderlicher Alter werden, der langsam verwahrloste, sich in seinen vier Wänden verschanzte, jeden Tag eine Flasche harten Schnaps literte und im Garten mit den letzten überlebenden Blumen sprach? Pfeffer dachte manchmal daran. Wäre gar nicht mal das Schlechteste. Wobei er viel zu diszipliniert war, um auch nur ansatzweise zu verwahrlosen und mit dem Trinken anzufangen. Das mit dem Rauchen stand auf einem anderen Blatt. Da kam er mit Disziplin nicht weiter.

Tim und Pfeffer hatten das Haus beim Umbau beinahe völlig entkernen lassen, alle nicht tragenden Wände wurden rausgehauen. Im Erdgeschoss war so eine großzügige Wohnebene mit halb offener Küche und großen Terrassentüren zum Garten hin entstanden, im Obergeschoss zwei große Räume, das Schlaf- und ein Arbeits- und Gästezimmer sowie ein Badezimmer. Vom Garten und vom Obergeschoss aus sah man die Spitze des Giesinger Kirchturms.

Pfeffer ging ins Wohnzimmer. Wie immer grüßte er mit einem »Hallo, Buddha« im Vorbeigehen den antiken, stark verwitterten hölzernen Buddha auf dem Sideboard, den Tim und er mal von einer Reise nach Laos mitgebracht hatten und schaltete das Digitalradio ein. Ein Bossa-Nova-Sender. In den letzten Wochen war ihm fast immer nach Bossa Nova, der Leichtigkeit wegen, nach der er sich sehnte. Sonst bevorzugte er Cool Jazz oder Electronic Beats. *Tall and tan and young and lovely …* Eben schnurrte sich Eartha Kitt durch ›Girl from Ipanema‹, wobei es bei ihr der ›Boy from Ipanema‹ war.

Es klingelte kurz, dann wurde ein Schlüssel ins Schloss gesteckt und wenig später flog die Eingangstür schwungvoll auf.

»Dad!«, rief Cosmas Pfeffer. »Keine Panik, ich bins nur.«

»Brauchst nicht schreien«, antwortete Pfeffer. »Bin eben erst reingekommen und gerate nicht in Panik, wenn mein Sohn mich besucht.«

»Hi, Dad.« Seit Tims Tod umarmte Cosmo seinen Vater bei jeder Begrüßung. Das hatte er früher nie getan. Cosmo nannte seinen Vater schon immer Dad, Florian hingegen Papa.

»Was hatten wir über unangemeldete Besuche gesagt …«, sagte Pfeffer.

»Mann, Dad, wenn du irgendwann mal wieder einen Kerl hier haben solltest … es gibt nichts, was ich nicht schon gesehen hätte.« Cosmo ließ seine Umhängetasche im Flur auf den Boden fallen. »Und du kommst langsam in das Alter, wo man nicht weiß, ob du es noch bis zum Telefon schaffst, wenn du fällst oder so, und dann fressen dich die Katzen bei lebendigem Leib, und du wärest froh und dankbar um jeden, der hier einfach so aufschließt und hereinspaziert.«

»Muss ich mir nur noch die Katzen zulegen.« Pfeffer boxte seinen Sohn semischmerzhaft auf den Oberarm.

»Au! Sorry, war in der Nähe im Giesinger Bräu, Meeting mit … ach, interessiert dich eh nicht … wegen einer neuen CD … soll die Beats liefern … und dachte, ich schau mal kurz vorbei. Bin gleich wieder weg. Wollte nur kurz was mit dir besprechen. Bierchen?« Cosmo ging in die Küche und holte zwei Flaschen Augustiner aus dem Kühlschrank. Max Pfeffer trank nie, wenn er alleine war. Aus Prinzip und weil er keinen Bock darauf hatte. Bier gabs im Kühlschrank nur, weil ab und an jemand vorbeikam, eigentlich ohnehin nur seine Söhne, Freunde hatte er keine. Als Cosmo durchs Wohnzimmer ging, sagte auch er im Vorbeigehen »Hallo, Buddha«. Vater und Sohn setzten sich dann raus in den Garten auf die Bank, die noch ein wenig späte Sonne abbekam. Die Pfingstrosen blühten im schönsten Rosa, die Goldakelei hielt mit frischem Gelb dagegen.

»Geiler Tag«, meinte Cosmo zufrieden. Sie stießen an und tranken. Pfeffer zündete sich eine Zigarette an. »Hör auf mit dem Scheiß, Dad«, sagte Cosmo. Eher vor sich hin, denn er wusste, dass Standpauken keinen Sinn bei seinem Vater hatten.

»Was hältst du davon«, begann Cosmo, »wenn ich den Zwerg rausschmeiße aus dem Haus.« Obwohl die Pfeffer-Söhne inzwischen beide erwachsene Männer waren, der eine bald Mitte zwanzig, der andere fast zwanzig, konnten sie nicht mit der infantilen Kabbelei aufhören. Cosmo nannte seinen kleinen Bruder Florian fast immer Zwerg oder Spast. Florian konterte mit Honk und Vollpfosten. Machtworte von Max Pfeffer hatten nie gefruchtet, und er fragte sich, ob die beiden sich auch noch als alte Männer so anpflaumen würden. Höchstwahrscheinlich. »Du weißt ja, der Zwerg wohnt mit seiner Maus unten.« Florian war ganz im Gegensatz zu Cosmo alles andere als ein Hallodri. Er hatte mit sechzehn seine erste Freundin, und bislang war es auch die einzige. Es sah ganz danach aus, als würde diese Schülerliebe eine lebenslange werden. »Und ich habe das Obergeschoss. Da hab ich schon einiges umgebaut. Mein Studio eingerichtet und so …«

Max Pfeffer wusste das. Als sie so auf der Bank saßen, breitete Cosmo also seinem Vater die Zukunftspläne aus. Er wollte seinen Bruder auszahlen (»Geld genug habe ich«), damit der aus dem gemeinsam von der Mutter geerbten Haus auszog und sich etwas Eigenes suchen konnte. Dann wollte er das Haus komplett umbauen zu einem Aufnahmestudio mit Wohntrakt für sich und einer weiteren Wohnung (»Das kann ich als Gesamtpaket auch mal an Bands oder so vermieten«).

»Verdienst du so gut?«, fragte Pfeffer zwischenrein.

»Ja, Dad. Keine Sorge. Und ich muss einfach Schulden machen, damit das Finanzamt nicht alles auffrisst. Ach, apropos. Tim und du, ihr habt doch vor ein paar Jahren die gesamte Installation im Haus erneuern lassen, Bäder und Küche und so. Das hat doch sauviel Geld gekostet.«

»Hat es«, bestätigte Pfeffer.

»Das zahle ich dir zurück.«

»Musst du nicht.«

»Doch, möchte ich aber. Ihr habt das Haus über all die Jahre für uns in Schuss gehalten. Für den Zwerg und mich. Ihr habt euer Geld in unser Haus gesteckt. Jetzt möchte ich dir was zurückgeben.«

»Dann überleg dir was anderes«, sagte Pfeffer.

»Was denn?«

»Keine Ahnung. Lad mich zu einer schicken Reise ein oder so.«

»Okay«, sagte Cosmo gedehnt.

»Keine Angst«, lachte Pfeffer. »Du musst nicht mit mir verreisen! Ich lass mich aber gerne mit einer sauteuren exklusiven Reise an ferne Gestade überraschen.«

»First-Class-Flug?«

»Mindestens.«

Sie lachten, wobei Cosmo es ernst meinte und insgeheim beschloss, seinen Vater mit einer Luxusreise nach Australien zu überraschen, First-Class-Flug inklusive.

Und so verging der Abend, sie ratschten, bestellten später Pizza beim Lieferservice und ratschten weiter. Pfeffer vergaß bis auf einen Augenblick den Mord und alles drumherum, sie ratschten, bis Cosmo irgendwann nach Hause ging. Es war einer der schönsten Abende, die Max Pfeffer in den letzten Monaten erlebt hatte. Einfach so.

15

Erdal Zafer ließ die Verdunklung im Besprechungsraum herunter und richtete den Beamer ein. Frühbesprechung für alle, die an dem Fall Polina beteiligt waren. Froggy war bestens vorbereitet und freute sich, dass der Chef ihm die Moderation übertragen hatte. Beinahe konnte er ihm sogar in die Augen sehen.

»So, meine Damen und Herren«, sagte Pfeffer. »Danke, dass Sie alle gekommen sind. Fangen wir gleich an. Bitte, Kollege Zafer.«

Froggy begann mit der Präsentation. »Wir haben nach Polina Komarowas Kontakten in den sozialen Medien gesucht. Danke hier an die Kollegen vom Cybercrime, die mich so unkompliziert und auf dem kleinstmöglichen Dienstweg unterstützt haben.« Alle klopften auf die Tischplatten. Die entsprechenden Kollegen nickten lächelnd. »Unser Opfer war nicht sehr viel online unterwegs. Wir haben sie auf keiner der beliebten Dating-Plattformen oder so gefunden. Auch nicht auf Facebook.«

»Auf Facebook sind doch eh nur noch die Alten«, warf eine junge Kollegin von der Spurensicherung ein. Die anderen Unter-Dreißigjährigen lachten.

Froggy räusperte sich. »Wir haben sie bei Instagram und bei TikTok aufgespürt. Für alle, die nicht wissen, was das ist, das ist eine chinesische App, ein Videoportal für Musikvideos und kurze Videoclips. Die meisten posten dort Lip-Syncs von bekannten Stars.« Er startete ein Video, auf dem man Polina im Sari zu indischer Musik tanzen sah. »Dort sind praktisch nur solche Tanzvideos von und mit ihr. Wenige, möchte ich betonen. Sie hat auf TikTok und Instagram nur wenige Follower. Allerdings haben wir dann doch noch was gefunden: Sie war auf vk.com ziemlich aktiv! Auch hier: Für alle, die es nicht kennen, das war früher mal VKontakte.com, Russlands Antwort auf Facebook. Sehr beliebt. Dort war Polina gut unterwegs.« Froggy ließ schnell hintereinander mehrere Einträge durchlaufen. »Leider alles in kyrillisch, also russisch. Ich habe mir schon mal ein paar Postings von unserer Dolmetscherin übersetzen lassen. Es geht meist um Bollywood und indische Filme. Und um Schwärmerei für einen gewissen … Har… Chr…Riht… jedenfalls Roshan …«

»Hrithik Roshan«, rief eine Kollegin. »Kennt doch jeder.«

»Jeder vielleicht nicht, eher jede«, konterte Froggy für seine Verhältnisse verdammt schlagfertig. »Dieser Hrithik Roshan ist ein Superstar im indischen Kino. Für den hat sie also geschwärmt und sich mit anderen russischen Mädchen ausgetauscht. Es ging um nichts anderes. Offenbar sind einige von ihnen Freundinnen aus ihrer Kindheit, bevor die Familie nach Deutschland kam.« Er ließ weitere Screenshots durchlaufen. »Sie erwähnt in anderen Postings gelegentlich die Försters, aber quasi nur, um damit vor den Freundinnen anzugeben. So diese ›Ich bin Kindermädchen bei einer großen Schriftstellerin‹-Nummer und so. Einmal erwähnt sie den Nachbarjungen, ohne seinen Namen zu nennen.«

»Halt!«, rief Pfeffer plötzlich. »Mach mal zurück. Nein, noch ein Bild, ja, stopp.« Auf dem Bild sah man einen Garten mit blühenden Bäumen, unter einem der Bäume stand ein junger Mann, der gerade in Richtung Kamera blickte. Zufällig, nicht in Pose.

»Der sieht ja aus wie Hrithik Roshan«, rief die Kollegin aus, die vorhin meinte, dass den jeder kenne. »In jung.«

»Richtig«, bestätigte Pfeffer. »Nur ist das der Garten von Familie Förster, wo Polina als Kindermädchen gearbeitet hat. Das hier müsste also Hamed sein, von dem Mortimer erzählt hat.« Er erklärte kurz die Zusammenhänge.

»Der heimliche Schwarm«, sagte Bella Hemberger. »Was blüht da? Apfel?«

»Zwetschge«, sagte Froggy. »Dieses Jahr war die Baumblüte recht früh wegen des milden Winters, die Fotos sind im März entstanden.«

»Zu diesem Hamed, Bella, findet ihr bitte alles heraus«, sagte Pfeffer. »Ich möchte ihn morgen hier in meinem Büro haben. Danke.«

»Klar, Chef«, sagte Bella und sortierte ihre Unterlagen. »Ich habe übrigens folgende Neuigkeit: Die Kollegen haben doch noch das

Objekt gefunden, mit dem Polina im vaginalen Bereich malträtiert wurde. Es ist das abgesägte obere Ende eines Holzstiels, völlig handelsüblich, vierundzwanzig Millimeter Durchmesser, Buchenholz, Rundkopf. So einer, wie er an Besen, Schneeschaufeln, Harken et cetera zu finden ist. Er lag im Gebüsch hinter der kleinen Marienkapelle. Jetzt kommt die schlechte Nachricht: keine verwertbaren Fingerabdrücke. Nichts.«

»Entschuldigung, Kollegin«, mischte sich Froggy ungehalten ein. »Ich war noch nicht fertig.« An seiner rechten Wange pulsierte ein Muskel.

»Ach?« Bella sah ihn provozierend an.

»Ja, ach.« Froggy schenkte Bella Hemberger einen finsteren Blick und blendete dann weitere Fotos ein. Viele Selfies von Polina, ein paar Fotos mit ihren Mitbewohnern Becky und Lucky, teilweise an der Isar, und einige weitere Fotos von Hamed im Förster-Garten. »Wir haben bisher ihr Smartphone nicht gefunden, das dürfte bekannt sein«, erläuterte Froggy. »Wir haben aber ihre Nummer. Und das zuständige Telekommunikationsunternehmen war sehr kooperativ. Wir haben eine Liste mit Anrufen der letzten vier Wochen, eingehend und ausgehend. Außerdem, das seht ihr gerade, ihre Cloud. Sie hat ihre Fotos, oder zumindest einen Teil davon, automatisch in der Cloud gespeichert. Wie wir alle sehen können, ist auch hier dieser Hamed dabei. Außerdem – und jetzt wirds spannend – noch das hier. Die letzten Bilder ihres Lebens.« Das nächste Foto, das der Beamer an die weiße Wand warf, war komplett unscharf und pixelig. Mit viel Fantasie konnte man darauf eine Hütte inmitten von Bäumen bei Dunkelheit erkennen. Unter der Hütte flackerte an zwei Stellen Licht.

»Die Marienklause«, entfuhr es Pfeffer.

»Und das Licht?«, fragte Bella.

»Unterhalb der Klause ist die Grotte mit der Quelle. Da stellen die Leute gerne ewige Lichter rein.« Er deutete auf den untersten Lichtschein. »Und auch in der Klause gibt es ewige Lichter.« Er zeigte auf den etwas höheren Lichtschein. »Polina hat also kurz vor der Begegnung mit dem Mörder …«

»Sorry, dass ich unterbreche, Chef«, sagte Froggy. »Das ist nur ein Standfoto von dem kleinen Video, das sie gemacht hat. Spoiler-Alarm: Es bleibt unscharf und zappenduster.« Er ließ das Video laufen. Man erahnte die Marienklause, auf die sich die Filmende zubewegte. Man hörte sie leise amten. Dann schwenkte die Kamera herum, Polina kam ins Bild. Sie lachte. »Jetzt wirds bald spannend!«, sagte sie und machte noch »Huaah«, als würde sie sich gruseln. »Mal schauen, wie die Geschichte weitergeht.« Sie lachte noch einmal und drehte die Kamera wieder zur Marienklause. Man hörte, wie sie sagte: »Ich kanns irgendwie noch nicht glauben, dass ich echt jetzt hier bin …« und »Ich bin schon soo gespannt. Pops, pops, pops. Pops Twentythree. Das wird echt …« Sie war nun hinter der Klause und brach mitten im Satz ab, als man einen dumpfen Schlag hörte. Das Bild begann zu wackeln, die Kamera fiel zu Boden. Dann wurde alles schwarz.

»Ende«, sagte Froggy. »Der Täter muss bemerkt haben, dass sie filmte, und hat das Telefon sofort zerstört, vermutlich zertreten.«

»Sie scheint keine Angst zu haben«, sagte Pfeffer. »Es wirkt so, als freute sie sich auf ein Zusammentreffen mit wem auch immer. Wer oder was ist ›Pops Twentythree‹? Okay, Leute, Kollege Erdal Zafer ist für alle der Ansprechpartner, was mit Social Media und so weiter zu tun hat. Froggy, du sammelst das alles. Bitte checken, welche Follower Polina hatte, vor allem auch, wen sie geblockt hatte und wer sie geblockt hatte. Vielleicht kommen wir so weiter. Gut. Was ist mit den Eltern?«

»Die sind momentan im Heimaturlaub in Kasachstan«, sagte Bella Hemberger, »in Nurșultan, dem einen oder anderen noch unter einem der alten Namen Astana oder auch Zelinograd oder Aqmola bekannt, die benennen ihre Hauptstadt alle naselang um. Die Kollegen dort versuchen, sie aufzutreiben. Bislang nicht gelungen.«

Pfeffer blätterte in den Unterlagen und zog den Bericht über den silbernen Armreif hervor, den er bei der Ermordeten gefunden hatte. »Bevor ich alles lese …«, sagte er und ließ den Satz offen stehen.

Ein Kollege von der Spurensicherung fühlte sich sofort angesprochen. »Der Armreif ist eine klassische Silberlegierung aus 925er Silber, also Sterlingsilber. Ist auch so punziert. Die anderen Punzen sind aus Syrien. Der Reif ist die Replik eines antiken Armreifs, versiegelt mit einem normalen Zweikomponentenlack, ein haltbarer Anlaufschutz. In der Innenseite befindet sich eine Gravur auf Arabisch. Es ist ein Name: Elvedin. Ein Männername. Interessant sind die beiden Widderköpfe an den Enden. Der eine lässt sich nämlich abschrauben. Darin haben wir das gefunden. Einen zusammengerollten Zettel, auf dem ›Pops23‹ steht.« Er strahlte, als er eine Klarsichttüte mit dem Zettel über den Tisch schob. »Das, was die Ermordete kurz vor ihrem Tod sagte. Es ist übrigens nicht die Handschrift der Ermordeten. Fingerabdrücke? Ja. Von unserer Toten und noch einige Fragmente, die leider zu spärlich sind, um sie zuweisen zu können. Und dann haben wir noch einen guten Abdruck von Elvedin selbst. Einen auf dem Reif und einen auf dem Papier. Dieser Elvedin ist offenbar der Eigentümer des Armreifs. Er heißt Elvedin Saqqaf. Den haben wir in der Datenbank gefunden. Er ist vor drei Jahren erfasst worden, als er in Deutschland den Asylantrag gestellt hat. Müsste in einer der Münchner Asylunterkünfte zu finden sein. Bayernkaserne oder so.«

»Könnte der identisch mit unserem Hamed sein?«, fragte Bella Hemberger.

»Nein«, der Kollege schüttelte den Kopf. »In der Datenbank sind auch Fotos von Elvedin Saqqaf, der sieht diesem Hamed und dem indischen Schönling nicht mal ansatzweise ähnlich.«

»Gut, das checkst du, Froggy«, sagte Pfeffer. »Noch was?«

»Ja, wir haben Spuren von Erde am Reif gefunden. Marginal, aber dennoch. Es ist also davon auszugehen, dass der Armreif zumindest mal auf dem Erdboden gelegen hat.«

»Also kann Polina ihn irgendwo beim Spazierengehen gefunden und aufgehoben haben«, sagte Pfeffer. »Trotzdem, warum versteckt sie ihn? Das wird immer seltsamer hier, oder? Was hat ein kasachisches Kindermädchen, das auf einen bollywoodesken Schönling namens Hamed steht, mit dem Schmuck eines syrischen Asylbewerbers zu tun?«

»Und das in unserem schönen München«, fügte Bella sarkastisch hinzu.

Die Morgenbesprechung brachte noch ein paar weitere Erkenntnisse: Mehrere Zeugen hatten Polina Komarowa in Clubs an der Sonnenstraße gesehen. Zuletzt der Barmann vom Harry Klein um kurz nach drei Uhr früh. Es habe getanzt, das Mädchen mit den langen Haaren. Alleine, soweit er das beurteilen konnte. Die Durchsuchung von Papierkörben, Kanalschächten, kleinen Gehölzen, Altkleidercontainern und so weiter hatte bislang nichts gebracht, keine Kleidungsstücke, kein Messer, kein Handy. Ebenso waren die bisherigen Tauchgänge in der Isar und im Auer Mühlbach erfolglos gewesen.

16

Als sie in den frühen Morgenstunden nach Hause kamen, bemerkten sie zunächst gar nicht, was passiert war. Als Erster stand Lucky auf. Den Schlaf aus den Augen reibend, trabte er ins Bad, um zu bieseln. Dabei fiel ihm auf, dass die Tür zu Polinas Zimmer einen winzigen Spalt offen stand. Das Polizeisiegel war durchtrennt worden. Lucky bekam eine Gänsehaut und war nun wacher als wach.

»Becky!«, schrie er und stürzte ins Zimmer seiner Mitbewohnerin.

»Wassn?« Becky versteckte ihren Kopf unter dem Kissen. »Hau ab, Lucky, und lass mich noch schlafen.«

»Becky!« Lucky riss ihr die Bettdecke weg. »Bei uns ist eingebrochen worden!«

Zwanzig Minuten später saßen Lucky und Becky in der Küche, rauchten Kette und tranken entweder Kaffee (Becky) oder abwechselnd Kaffee und Erdbeermilch (Lucky). Kriminalrat Pfeffer und Hauptkommissarin Hemberger kamen in die Küche, um der Spurensicherung in Polinas Zimmer nicht im Weg zu stehen.

»Gut, dass Sie uns gleich angerufen haben«, sagte Pfeffer. »Und Sie haben nichts angefasst?«

Lucky und Becky schüttelten unisono den Kopf. »Die waren auch hier in der Küche«, sagte Becky dann. »Da im Regal haben sie alle Dosen und Gläser aufgemacht.«

»Und im Bad auch«, fügte Lucky hinzu. »Und die waren bei mir im Zimmer! Während ich geschlafen habe.«

»Woher willst du das denn wissen?«

»Meine asiatische Winkekatze stand nicht so da, wie ich sie hinstelle«, erklärte er.

»Du bist besoffen heute Nacht dagegengekommen …«

»Nein. Ich bin mir sicher. Sie steht immer gleich!«

»Scheiße, ob das das Kanakenpack von der Brücke war?«, sagte Becky und umschlang ihre Knie mit den Armen. Ihre roten Locken fielen halb vor ihr zartes Gesicht. Auf Nachfrage erklärte sie, dass sich direkt gegenüber von ihrem Balkon drei oder vier (so genau wusste sie das nicht) Obdachlose eingenistet hatten. Vor dem Haus begann die Candidbrücke, die den Mittleren Ring hinauf auf den Giesinger Berg zur Tegernseer Landstraße führte. Unter einem Teil der Brücke befand sich ein großer Parkplatz. Die Brückensäulen waren auf Wunsch der Stadt von Streetartkünstlern bemalt worden, um dem unschönen Ort ein wenig Farbe zu geben. Hier standen immer auch einige alte Wohnmobile oder stillgelegte Transporter, in denen Menschen lebten. Wer es nicht einmal zu einem Wohnmobil gebracht hatte, schlief ganz am Anfang der Brücke zwischen Autos und Mauer. Pappkartons und Deckenberge zeugten von ihrer Anwesenheit. »Von denen sind mal zwei in die Wohnung unter uns eingestiegen. Oder wollten das. Das habe ich von oben gesehen«, fuhr Becky fort. »Die sind die Regenrinne hochgeklettert. Ich hab die sofort angeschrien, und dann sind sie wieder runtergesprungen und weggerannt. Seitdem lassen wir die Balkontür nicht mehr auf, wenn niemand auf dem Balkon ist. Wer weiß …«

»Wurde die Balkontür aufgebrochen?«, fragte Max Pfeffer.

Lucky deutete wortlos hin. Sie war unversehrt.

»Eben«, sagte Pfeffer. »Es gibt nirgendwo Einbruchsspuren. Das bedeutet, dass der Täter einen Schlüssel hatte. Ich vermute stark, dass es Polinas Schlüssel ist.«

»Wir müssen sofort das Schloss austauschen«, flüsterte Becky.

»Es sieht ganz danach aus, dass der oder die Täter gezielt in Polinas Sachen nach etwas gesucht und vielleicht auch gefunden haben. Wer weiß. Ihr Schmuck ist jedenfalls noch da«, sagte Pfeffer. »Was könnten die Täter Ihrer Meinung nach gesucht haben?«

Becky und Lucky zuckten gleichzeitig die Schultern. Während Lucky sich mit eingezogenem Kopf seiner Erdbeermilch hingab, schob Becky ein Blatt Papier über den Tisch. »Hier«, sagte sie, »alle Kontakte von Polly, die uns eingefallen sind. Von manchen haben wir die Telefonnummern, von manchen die Adressen oder auch nur ein Insta-Profil. Keine Ahnung.«

Pfeffer nahm den Zettel und las. Die Familie Förster stand darauf, der Gärtner Beppo, der Nachbarsjunge Mo sowie noch weitere Kurz- oder Spitznamen.

»Der Dennis«, sagte Becky, beugte sich vor und deutete auf den Zettel, »der war ihr Freund letztes Jahr im Herbst. Ein Wiesn-Flirt. Das ging nur einen Monat. Und hier der Robbie, der war danach mal mit ihr kurz zusammen. Den kenn ich aber nicht, den hat sie nie mit hergebracht. Der hat sie, glaube ich, dann genervt, weil er so super anhänglich war. Von dem weiß ich leider nur das Insta-Profil.«

»Danke Ihnen, das wird uns hoffentlich weiterhelfen.« Pfeffer steckte den Zettel ein. »Sagt Ihnen zufällig ›Pops23‹ etwas?«

Beide schüttelten den Kopf.

»Eins noch«, Becky sah angestrengt auf die Tischplatte und holte Luft. »Also, es geht hier um Mord, darum muss ich es Ihnen sagen, oder? Also, dieser Mo, der hat der Polly Drogen verkauft.«

»Wie bitte?«, entfuhr es Pfeffer.

»Ja, er hat mich neulich vor dem Haus der Försters angesprochen und gesagt, dass ich Polly ausrichten soll, dass er neuen Stoff dahat. Da hab ich ihm gesagt, dass die Polly tot ist, und er hat ganz schön das Zittern bekommen.«

»Damit haben Sie uns sehr geholfen«, sagte Bella Hemberger.

Als die beiden Polizeibeamten die Wohnung verlassen hatten, meinte Bella nur: »Was für ein Früchtchen!« In der Wohnung zündete sich Lucky eine neue Zigarette an und flüsterte, damit es die Spurensicherer nebenan nicht hören konnten: »Musste das sein? Den hätten wir doch gleich für uns … Weißt schon.«

»Ja, hab ich auch gedacht.« Becky schlürfte geräuschvoll vom Kaffee. »Aber das wird hier eine Nummer zu groß, Lucky. Polly ist brutal ermordet worden, falls es dir nicht in deinen süßen Erdbeermilchschädel geht. Die haben hier eingebrochen. Hier bei uns! Das fühlt sich für mich alles echt scheiße an. Und da habe ich auch kein Problem damit, mal einen kleinen Dealer zu opfern.«

17

»Dann auf zu Mister Green Eyes. Hamed Bakhtari.« Pfeffer schnallte sich an. »Ich habe vorhin mit deinem heimlichen Schwarm Beppo, dem Gärtner, telefoniert. Der hat mir gesagt, dass Hamed in der Unterkunft in der Blumen-, Ecke Pestalozzistraße lebt.«

»Das ist eine Unterkunft für unbegleitete minderjährige Flüchtlinge«, sagte Bella Hemberger. »Auf den Fotos sah der mir nicht mehr minderjährig aus.« Sie schnallte sich an. Pfeffer startete den Wagen. Er hatte Musik der kapverdischen Sängerin Cesária Évora eingelegt. Musikalische Erinnerungen an die Zeit mit Tim. Es machte ihn nicht mehr traurig, die Musik zu hören, er fühlte sich dadurch mit Tim verbunden.

»Der oder die Täter haben was gesucht?« Pfeffer stellte die rhetorische Frage und beantwortete sie gleich selbst. »Unseren Silberreif von Elvedin Saqqaf.«

»Sieht ganz danach aus«, bestätigte Bella. »Was ist nur daran? Wertvoll ist er nicht, und er ist auch nicht mit Drogen oder Diamanten oder Mikrochips gefüllt.«

Das blaue Gebäude an der Pestalozzistraße, Ecke Altstadtring war ein dreigeschossiger Behelfsbau. Man hatte vor einigen Jahren ein altes marodes Mietshaus abgerissen und den Behelfsbau zur Zwischennutzung hochgezogen, bis irgendwann der richtige Neubau angegangen werden würde. Damals ein neues Konzept, dass die Stadt Flüchtlinge nicht mehr in Randgebieten unterbrachte, sondern mitten in der Innenstadt. Die Jungs hier teilten sich zu zweit die einfach eingerichteten Zimmer. Schon im Eingangsbereich müffelte es nach Käsefüßen und Jungsumkleide.

»Hamed Bakhtari.« Die Hausleiterin nickte. Sie trug ihre braunen Haare asymmetrisch kurz, war kräftig gebaut, hatte große Hände, die garantiert zupacken konnten, und besaß die roten Bäckchen einer Bilderbuchlandfrau. Sie sah aus wie eine Erna – und hieß tatsächlich so. Erna Grieshuber. Sie saß mit den Kriminalbeamten in der Gemeinschaftsküche der Unterkunft. »Klar. An den kann ich mich gut erinnern. War ein netter Junge.« Sie reichte Bella Hemberger das Foto aus dem försterschen Garten zurück.

»War?«, fragte Bella Hemberger.

»Ja, war. Er ist weg.«

»Und wohin?«

»Weg.« Erna Grieshuber machte mit beiden Pranken eine Verpuffungsgeste. »Hat sich in Luft aufgelöst, der Hamed. Eines schönen Tages ist er nicht mehr heimgekommen. Wir haben eine Vermisstenmeldung gemacht, was übrigens Ihre Kollegen damals nicht die Bohne interessiert hat, und das wars dann. Bisher. Nun sind Sie da, und es scheint etwas zu geben, warum Hameds Schicksal doch jemanden interessiert. Oder ändert sich der Status seiner Aufenthaltserlaubnis? Soll er abgeschoben werden?«

»Nein. Wir sind, wie gesagt, von der Kriminalpolizei. Er könnte womöglich ein wichtiger Zeuge für uns sein«, sagte Pfeffer. »Wie war er so? Was hat er gemacht? Auf dem Foto wirkt er gar nicht mehr minderjährig, nicht wahr?«

»Er war recht fleißig in der Schule, wollte unbedingt einen Abschluss machen. Mit Quali. Und dann vielleicht sogar die Mittlere Reife. Er war nur in Mathe schwach, ansonsten hatte er eine gute Prognose.« Die Heimleiterin beugte sich vor und spielte mit einem Kugelschreiber. »Hören Sie, ich will Ihnen mal was über solche Jungs wie Hamed sagen. Ja, der war bestimmt keine sechzehn mehr, ich schätze mal zwanzig, einundzwanzig. Damit ist er hier beileibe nicht allein. Aber wenn es so in seinen Papieren steht, dann gilt das für uns. Und glauben Sie mir, viele kennen tatsächlich nicht ihr wahres Alter. Die anderen müssen beim Alter schwindeln, was bleibt ihnen auch anderes übrig, wenn sie in der Fremde die Chance auf eine Ausbildung, eine Zukunft haben wollen?«

»Frau Grieshuber, wir sind nicht hier, um die möglichen Chancen von Flüchtlingen zu diskutieren. Uns geht es nur um Hamed …«, sagte Bella Hemberger.

»Wissen Sie, was die Jungs hier manchmal für ein beschissenes Heimweh nach Afghanistan haben?« Erna Grieshuber ließ sich nicht beirren. »Die sind teilweise schon seit Jahren unterwegs. Die meisten sind tatsächlich als Minderjährige, als Kinder losgegangen, von ihren Familien losgeschickt worden, damit sie nicht den Taliban in die Hände fallen und damit ...«

»Frau Grieshuber«, unterbrach nun Pfeffer. »Bitte konzentrieren wir uns auf Hamed Bakhtari. Es geht nicht um seinen Aufenthaltstitel!«

»Wussten Sie, dass Hamed zunächst in Athen gestrandet war? Und dass er dort, wie übrigens leider ganz viele Jungs, seinen Körper verkaufen musste, um überhaupt etwas zu essen zu haben? Der ist auf den Strich gegangen. Verstehen Sie? Und da ist er nicht der Einzige. Und wenn es Jungs wie Hamed dann nach Deutschland geschafft haben, dann sollen wir sie einfach wieder rausschmeißen, die Jungs? Die Jungs, die sich von alten geilen Säcken in den Arsch haben ficken lassen, nur wegen der Hoffnung auf ein irgendwie besseres Leben ... « Sie haute mit der rechten Faust in die linke Handfläche.

»Frau Grieshuber, bitte, wir ermitteln in einem Mordfall«, sagte Pfeffer.

»Mord? Davon haben Sie ja gar nichts gesagt!« Die Heimleiterin sprang von ihrem Stuhl auf. »Oh nein, sagen Sie bitte nicht, dass unser Hamed irgendwen umgebracht hat!«

»Nein, beruhigen Sie sich. Wie schon gesagt, suchen wir ihn als möglichen Zeugen.«

Erna Grieshuber ließ sich schwer auf den Stuhl fallen. »Hamed ist am 3. April verschwunden. Das weiß ich noch genau. Er hatte einige Wochen zuvor im März ein zehntägiges Schulpraktikum bei einem Gärtner gemacht. Beppo Dings ... Schubert. Danach wollte Hamed unbedingt auch Gärtner werden. Wobei – er hat immer davon geträumt, mal ein Filmstar zu werden. Wie alle Jugendlichen. Weil er so aussah wie irgendein Bollywoodschönling, hat er manchmal gesagt, dass er nach England gehen will, um dort ein Star zu werden. Kindergeschwätz! Oh, da ist ja Massoud.« Sie winkte einem jungen Mann zu, der an der offenen Küchentür mit sorgsam antrainierter Lässigkeit mit den Händen in den Hosentaschen vorbeischlurfte. Er blieb stehen und kam zögernd herein.

»Massoud, das sind Frau Hemberger und Herr Pfeffer von der Polizei«, stellte die Betreuerin vor. Der junge Mann blickte unschlüssig zwischen den Beamten hin und her und biss sich auf die Unterlippe. Furcht spiegelte sich in seinem Gesicht wieder.

»Keine Angst, Massoud«, beschwichtigte Erna Grieshuber. »Es geht nicht um dich, sondern um Hamed. Komm schon her. Massoud hat sich mit Hamed das Zimmer geteilt. Vielleicht kann er Ihnen weiterhelfen.«

»Ich glaube nicht«, sagte Massoud leise und sah verlegen zu Boden. »Ich habe schon alles gesagt, als er verschwunden war. Da habe ich schon nichts gewusst. Er wollte die Schule fertig machen und dann eine Ausbildung. Und er wollte vielleicht nach England gehen, um Bollywoodfilme zu machen.«

»Hatte er denn keine Freundin?«, fragte Bella Hemberger. »Er sah doch sehr gut aus, wie der …«

»Hrithik Roshan«, unterbrach Massoud strahlend. »Ja, Hrithik ist cool! Der ist der Beste. Und Hamed sah aus wie Hrithik, nur in jung. Die Girls waren alle verrückt nach ihm und …« Er brach ab, zuckte mit der Schulter und fuhr dann fort: »Er wollte gerne in England Filmstar werden oder im Garten arbeiten. Das hat ihm Spaß gemacht. Und den Herrn Schubert fand er ganz cool. Er wollte gerne bei dem vielleicht eine Ausbildung machen. Na. Wurde nichts draus. Hamed ist weg.«

»Können Sie sich einen Grund vorstellen, warum Hamed hätte abhauen wollen oder müssen?«

»Nein.«

»Ist er nach England abgehauen?«

»Nein, dann hätte er sich bei mir gemeldet. Hundertpro.«

»Hatte er Ärger mit Mädchen? Oder wegen Drogen oder anderen kriminellen Machenschaften?«

»Machenschaften, hihi«, machte Massoud. »Das ist ein lustiges Wort. Nein, Hamed hat geraucht, Zigaretten, wie wir alle. Sonst nichts. Ab und zu ’ne Shisha, machen auch alle. Und in den letzten Wochen hatte er keine Freundin. Ich weiß wirklich nicht, warum er fort ist. Er hat … er war am Tag zuvor völlig normal. Nichts Besonderes.«

Pfeffer legte den beiden ein Foto von Polina Komarowa vor. »Kennen Sie dieses Mädchen?«

»Nein.« Erna Grieshuber und Massoud schüttelten den Kopf.

»Und was sagt Ihnen ›Pops23‹?«

»Nichts«, sagten beide unisono.

18

»Mein Vater ist weg«, sagte der Junge und verschränkte trotzig die Arme vor der Brust. Er trug ein FC-Bayern-Shirt, Rückennummer 6, Thiago, und eine blaue Trainingshose von Adidas, die ihm etwas zu kurz war. Die Füße steckten in Adiletten. Der Bub war neun und sprach perfektes Deutsch. Daher dolmetschte er für seine Mutter, die außer ein paar genuschelten Floskeln angeblich kaum ein Wort Deutsch sprach oder verstand. Die Mutter Bahira saß auf dem Sofa, trug Jeans sowie ein modisches Shirt und hatte zum Erstaunen der Beamten einen flotten Haarschnitt in Blond. Neben ihr auf dem Sofa saßen noch die achtjährige Nur und die sechsjährige Yasemin. Beide ganz artig und riesenäugig.

»Wie heißt du?«, fragte Bella Hemberger.

»Esat«, sagte der Junge. »Esat Saqqaf. Esat heißt Löwe.«

»Esat ist ein schöner Name«, sagte Bella, der Junge lächelte zaghaft. »Du bist nicht gut auf deinen Vater zu sprechen?«

»Wie denn? Er hat uns im Stich gelassen«, sagte der Junge hart. »Das macht ein Mann nicht. Ein Mann kümmert sich um seine Familie.«

»Er hat euch sicher unter vielen Entbehrungen hierhergebracht«, sagte Bella. »Er hat euch vor dem Krieg in eurer Heimat schützen wollen.«

Der Junge zuckte mit den Schultern und sah trotzig aus dem Fenster. Auf den unteren Teil der Scheibe hatten die Kinder mit Fensterfarben Schmetterlinge gemalt. Die Familie von Elvedin Saqqaf, dessen silbernen Armreif man bei der Ermordeten gefunden hatte, lebte in einer kleinen Wohnung in Ramersdorf, in einem von mehreren Wohnblocks, deren Fassaden in leuchtenden Farben bunt gestrichen waren, um über die graue Umgebung hinwegzutäuschen. Die Blocks lagen direkt an der Auffahrt zur Autobahn nach Salzburg, vom Balkon aus sah man auf den Drive-in von Burger King. Als Pfeffer und Hemberger durch die Anlage gegangen waren, war ihnen aufgefallen, dass Kinder trotzdem fröhlich spielten und Mütter lachend und ratschend zusammensaßen. Im Treppenhaus roch es nach exotischen Gerichten. Die kleine Zweizimmerwohnung der Familie Saqqaf ging direkt auf den Burger-King-Parkplatz hinaus. Immerhin konnte man auch den Turm der Ramersdorfer Marienkirche sehen. Zwei Zimmer, Küche, Bad, Balkon für fünf Personen, sechs, wenn der Vater hier wäre. Esat war der Älteste. Die Kinder teilten sich offenbar ein Zimmer, das andere diente als Wohn- und mütterliches Schlafzimmer. Die Möblierung war spärlich, aber praktisch, und alles war geradezu peinlich sauber. Auf einem kleinen Tisch stand ein alter Computer. An den Wänden hingen fertige Puzzles von Münchner Motiven, Theatinerkirche, Monopteros, die Eisbachsurfer. Und ein Foto, das die glücklich lächelnde Familie zeigte. Die Kinder waren noch deutlich kleiner. Eine hübsche Familie, Papa und Mama waren beide attraktiv-orientalisch und die Kinder niedlich.

Nun sagte die Mutter etwas auf Arabisch. Der Bub antwortete ungehalten und sagte dann auf Deutsch: »Meine Mutter will wissen, ob Sie eine Nachricht von meinem Vater haben.«

»Nein«, antwortete Pfeffer. »Ja, doch, vielleicht. Sagt ihr ›Pops23‹ etwas?«

Der Junge übersetzte zwar nicht, dennoch reagierte die Mutter. Sie schüttelte den Kopf.

»Werden wir jetzt abgeschoben?«, fragte der Junge.

»Nein, keine Angst«, sagte Bella Hemberger. Sie hatten den Status der Familie abgeklärt, sie hatten eine Aufenthaltsgestattung. »Wir sind hier, weil wir wissen wollen, wo dein Vater ist, beziehungsweise seit wann er weg ist.«

»Seit elf Monaten und sieben Tagen«, sagte der Junge wie aus der Pistole geschossen.

Bella pfiff erstaunt durch die Zähne.

»Und warum habt ihr ihn nicht als vermisst gemeldet?«, fragte Pfeffer.

»Weil … wir waren bei der Polizei, meine Mama und ich, und ich habe alles genau erklärt, aber die haben uns nach Hause geschickt und sich nicht für uns interessiert.«

Bahira Saqqaf gab einen Wortschwall von sich.

»Meine Mutter sagt, dass die Polizei kein Interesse an einem syrischen Flüchtling hat. Sie sagt, die Polizei war nicht nett. Aber wir brauchen ihn hier, er ist das Familienoberhaupt. Wir haben sogar Onkel Robbie mitgenommen, und der hat laut mit den Polizisten geschimpft, aber das hat nichts genutzt.«

»Wer ist Onkel Robbie?«, fragte Pfeffer.

»Onkel Robbie«, antwortete der Junge. »Der hilft uns immer bei den Papieren und so. Seit wir hier in München sind.«

»Er ist bei einer Hilfsorganisation?«

»Ja, ehrliches Amt.«

»Das heißt Ehrenamt«, rief die Schwester Nur vom Sofa aus.

»Ja, ehrenamtlich!«, sagte Esat nach kurzem Stirnrunzeln. »Eh-ren-amt-lich. Onkel Robbie hilft uns ehrenamtlich. Immer wenn wir ihn brauchen.«

»Ist das der Armreif von deinem Papa?« Bella Hemberger hielt den in einer durchsichtigen Plastiktüte verwahrten Reif hoch. Bahira Saqqaf begann zu kreischen und wollte nach der Tüte schnappen. Die Hauptkommissarin zog schnell ihre Hand zurück. »Ich deute das mal als ein Ja.«

»Haben Sie meinen Vater gefunden?« Esat sah die beiden Kriminaler mit großen Augen hoffnungsvoll an. Bei der Mutter zitterte die Unterlippe, als wäre sie kurz vorm Losheulen.

»Nein, haben wir nicht«, antwortete Max Pfeffer. »Haben sich deine Eltern gestritten, als dein Vater verschwand? Gab es irgendeinen Ärger?«

Der kleine Esat zuckte mit den Schultern. »Nein, meine Mama hat manchmal geschimpft, wenn er noch ausging, aber das passierte nicht oft. Er trank gerne mal ein Bier.«

»Mit wem?«

»Weiß ich nicht.«

Die Mutter mischte sich energisch ein. Offenbar verstand sie doch einiges. »Meine Mutter sagt, dass er kein Trinker war. Das soll ich Ihnen sagen. Er war kein Trinker. Sie hat ihm ab und zu ein Bier am

Abend erlaubt.« Er grinste kurz. »Vorne im Bierstüberl an der Ecke. Sie weiß aber auch nicht, mit wem er sich dort getroffen hat.«

»Hat dein Papa hier Bekannte? Verwandte? Oder einen besten Freund?«, fragte Max Pfeffer.

»Meine Mann hat nur eine beste Freund!«, ergriff Bahira Saqqaf plötzlich das Wort. »Das ist Froggy …«

»Wie bitte?«, platzen Pfeffer und seine Kollegin unisono heraus.

»Froggy? Heißt er Erdal?«, fragte Pfeffer. »Erdal Zafer?«

Die Mutter, ungehalten über die Unterbrechung, kniff böse die Augen zusammen. »Nein, warum sagen solche Sachen? Er heißt Anwar. Froggy Spitzname. Weil Anwar Musiker. Spielt Trompete und hat immer ganz dicke Backen.« Sie blies ihre Wangen auf. »Darum Froggy. Froggy war beste Freund von meine Mann seit Kinder. Froggy und meine Mann war wie Brüder. Und dann war Krieg, und dann an eine Tag war mein Mann und seine beste Freund auf die Straße bei uns in Aleppo, und dann ist plötzlich Kopf von Froggy explodiert wie … wie Wassermelone. Heck… Heckschütze. Dann laufen meine Mann sofort nach Hause, hat noch Blut von Froggy am ganze Körper, wir habe Koffer packen und dann sofort los. Sofort. Meine Mann uns hierhergebracht! Immer für uns gesorgt. Immer. Hat Kinder getragen auf dem Weg. Immer gut. Meine Mann ist eine gute Mann. Hier keine Freund für ihn, nur Familie.«

»Mama und Papa haben nie gestritten«, sagte Esat. »An dem Abend war alles gut. Er war ganz happy, weil er eine Arbeit gefunden hatte. Am nächsten Morgen ist er gegangen und nicht mehr heimgekommen. Er wollte doch am Samstag mit uns ins Sea Life im Olympiapark! Da haben wir uns schon so darauf gefreut. Auf die Haie! Aber er ist nicht mehr heimgekommen. Und dann waren wir bei der Polizei, und die haben uns gesagt, dass sie ihn nicht finden können, also, dass er keinen Unfall oder so hatte, und dass sie nur nach ihm suchen, wenn Gefahr im Anzug ist.«

»Im Verzug«, korrigierte Bella leise. »Das ist richtig. Weißt du, Esat, bei erwachsenen Menschen muss ein besonderer Grund vorliegen, damit die Polizei ermittelt, verstehst du? Wenn er zum Beispiel selbstmordgefährdet ist oder geistig verwirrt oder Medikamente braucht. Traf das auf deinen Vater zu?«

»Nein.«

»Meine Mann ist eine gute Mann«, sagte die Mutter.

»Äh, ja. Wenn ein volljähriger Mensch in Deutschland seine Familie verlässt und verschwindet, dann kann er das tun, ohne dass die Polizei tätig werden muss«, erklärte Bella weiter. »Sie müssen nicht aktiv suchen. Deinen Vater haben sie aber in der Vermisstenkartei aufgenommen, weil er … nun ja, ein Flüchtling ist. Er wird also schon gesucht. Aber eher indirekt. Und wenn er nicht irgendwo in Europa von der Polizei zufällig aufgegriffen wird, dann bleibt er verschwunden.«

»Das ist doch ein … Schmarrn«, sagte der Junge mit gerunzelten Augenbrauen. »Die Familie braucht ihn doch, den volljährigen Mensch! Da muss die Polizei was tun.«

»Nein, muss sie nicht, auch wenn ich … wenn wir beide dich gut verstehen können.«

»Hatte dein Vater ein Handy?«, fragte Pfeffer.

»Ja, aber das ist weg. Mit ihm.«

Die achtjährige Nur, die bisher neben der Mutter auf dem Sofa gesessen hatte, stand plötzlich auf, ging zu ihrem Bruder und umarmte ihn. Er legte fürsorglich seinen Arm über ihre Schulter. »Woher haben Sie Papas Armreif?«, sagte das Mädchen mit weit aufgerissenen Augen.

»Der … den hat jemand gefunden«, sagte Pfeffer. »Da waren die Fingerabdrücke drauf, und wir wollten den Armreif ihm zurückgeben.«

»Den nehme ich«, sagte die kleine Nur.

»Nein, den nehme ich. Ich bin sein Sohn«, sagte Esat.

»Den bekommt keiner von euch beiden. Wir werden ihn so lange behalten, bis wir euren Vater gefunden haben.«

»Warum?«

»Das ist … ähm, nach deutschem Recht so«, improvisierte Bella Hemberger. »Der Armreif ist so wertvoll, dass man ihn nur dem Besitzer zurückgeben darf, nicht mal seinem Sohn.«

Der Bub kniff die Augen zusammen und sagte: »Schmarrn.« Dann zuckte er mit den Schultern und sagte etwas auf Arabisch zu seiner Mutter. Die antwortete ausgiebig. Zuletzt sagte sie auf Deutsch: »Es ist schön hier. Wir fühlen uns hier wohl.«

»Ja, Mama«, sagte der Junge. »Okay. Wir wollen den Reif gar nicht. Geben Sie ihn meinem Vater, wenn Sie ihn finden, und sagen Sie ihm, dass er gar nicht mehr heimkommen soll!« Wasser stand in seinen Augen. Er schniefte. »So, haben Sie noch Fragen?«

»Ja, was war das für eine Arbeit, von der dein Vater gesprochen hat?«

»Weiß nicht.« Esat redete mit seiner Mutter auf Arabisch.

Bahira Saqqaf sagte zwischendrin auf Deutsch: »Meine Mann war Beamte. Stadt. Behörde. Kultur, Musik. Gute Arbeit in Aleppo bis Krieg kam.« Als sie schwieg, sagte der Junge: »Mama sagt, dass die neue Arbeit in der Gastronomie war. Küchenhilfe. Aber sie weiß nicht wo. Vielleicht weiß es Onkel Robbie.«

»Dann schreib uns mal Onkel Robbies Namen und seine Telefonnummer auf.« Bella Hemberger schob Esat ihr Notizbüchlein hin. Der schrieb etwas hinein. Da stand seine Mutter auf, schrieb ebenfalls etwas in das Büchlein, schlug es dann zu und gab es der Kommissarin. Zu ihren Kindern sagte sie etwas auf Arabisch, streng. Dann ging sie mit den Polizisten hinaus ins Treppenhaus.

»Sie haben gute Geschichte erzählt mit Armreif von meine Mann«, sagte sie dann. »Gut für Kinder. Ich weiß, ist nicht Wahrheit. Das ist englische Sterlingsilber. Ist nicht so wertvoll. Hundert Euro oder so. Sagen Sie mir Wahrheit. Mein Mann ist tot?«

»Das wissen wir wirklich nicht.«

Sie nickte und schluckte. »Er ist Verbrecher?«

»Nein«, antwortete Bella Hemberger. »Das nicht. Wir versprechen aber, dass wir ihn nun suchen werden.«

»Gut. Ich habe Ihnen geschrieben die Name von der Mann, bei der meine Mann Arbeit hatte. Ist nicht Onkel Robbie. Onkel Robbie hat nur geholfen zu finden Arbeit.«

»Was hätte ich denn sonst sagen sollen?«, fragte Bella Hemberger leicht aggressiv auf dem Weg zurück zum Wagen. Der Verkehrslärm vom Mittleren Ring und der Autobahnauffahrt nervte sie zusätzlich.

»Hab ich auch nur den Hauch eines Vorwurfs geäußert?«, antwortete Pfeffer abwehrend. »Wir haben ihn ja überprüft. Es lag nichts gegen ihn vor. Nie polizeilich auffällig geworden. Er schien ein braver Familienvater gewesen zu sein. Entweder unser Elvedin Saqqaf wollte untertauchen, aus welchen Gründen auch immer, dann wird man vielleicht nie wieder von ihm hören, oder unser Elvedin Saqqaf tappt irgendwann einmal in eine Polizeikontrolle, dann wird man wieder von ihm hören. Oder …« Er zuckte mit den Schultern.

»Oder«, ergänzte Bella. »Er ist längst tot.«

»Abgetaucht oder tot. Die Kollegen sollen alle unbekannten Toten der letzten elf Monate und … wie viele Tage? … na, der letzten zwölf Monate überprüfen und mit Elvedin Saqqaf vergleichen. Ebenso die der letzten zwei Monate mit Hamed Bakhtari. Bayernweit und Österreich dazu. Kümmere dich bitte drum.«

»Sollten wir mit ihren Fotos einen öffentlichen Zeugenaufruf starten?«

»Und welcher Richter soll uns das mit welcher Begründung genehmigen?«

»Ich meine ja nur«, sagte Bella Hemberger. »Froggy könnte es zum Beispiel an die Presse geben, ohne dein Wissen. Er ist ja gerne mal überaktiv und schießt über sein Ziel hinaus. Und dann muss er eben auch die Konsequenzen tragen ….«

»Du bist böse, Annabella Hemberger. Sehr böse.« Pfeffer lachte.

»Ich habe den besten Lehrmeister.«

»Redest du von mir? Danke. Egal, wie … Handyortung können wir auch vergessen, das genehmigt aktuell kein Richter.« Pfeffer grübelte. »Ach, ich habe eine Idee. Diese Tante von den Münchner Nachrichten …«

»Giselle von Dettmann.«

»Genau die kommt doch seit Neuestem immer zu unseren Pressekonferenzen. Ich habe da einen Job für dich, Bella, nach der heutigen Pressekonferenz.«

Bella lachte kurz auf und nickte. Es versprach grenzwertig zu werden, da war sie gerne dabei.

»Mensch, Polina, du kleines kasachisches Mädchen«, seufzte Pfeffer, »was hast du mit den beiden Männern zu tun? Vor allem, warum hattest du den Armreif? Den hast du nicht zufällig gefunden. Nie im Leben.«

Bella Hemberger schaute in ihr Notizbuch. »Ich habe da so eine Ahnung«, sagte sie und hielt Max Pfeffer die Seite vor die Augen, auf der der kleine Esat Onkel Robbies Namen (mit einem Blümchen über dem I) und Telefonnummer aufgeschrieben hatte. Darunter stand mit schiefen Blockbuchstaben ein weiterer Name mit Telefonnummer und »Nord-Schwabing«.

»Und wenn ich dir jetzt sage, dass ich mir das gleich beim ersten Mal, als von Onkel Robbie die Rede war, gedacht habe?«, sagte Pfeffer.

»Dir glaube ich das sogar.«

»Und der andere überrascht mich da auch nicht mehr.«

19

Mortimer Olberding erschien in Begleitung des Familienanwalts, Doktor Ludger Bohm, rotgesichtig. schnurrbärtig und feist, klassischer Amigotyp, CSU-gestählt. Max Pfeffer beschloss, die Befragung des Jungen alleine zu übernehmen.

»Mein Mandant hat mir gesagt, dass Sie ihn bereits ohne Beisein eines Anwalts vernommen haben«, sagte Doktor Bohm zur Begrüßung. »Ich glaube, ich muss Sie nicht darauf hinweisen, dass Sie sich damit gewissen Ärger eingehandelt haben.«

»Habe ich nicht«, antwortete Pfeffer. »Ich habe Herrn Olberding nicht ohne Anwalt vernommen, sondern mich nur mit ihm beim Sonnenbaden locker unterhalten, ergo: Ich habe mir keinen Ärger eingehandelt. Und außerdem haben wir hier keine Vernehmung, sondern nur eine Befragung. Herr Olberding ist möglicherweise Zeuge eines Mords. Und ich möchte Sie, Doktor Bohm, auch darauf hinweisen, dass Herr Olberding mich bereits gebeten hat, ihn zu duzen und mit Mo anzusprechen. Espresso, die Herren?«

Nachdem alle einen Espresso vor sich hatten, berichtete Mortimer im Wesentlichen das, was er Max Pfeffer schon an der Isar erzählt hatte. Er präzisierte auf Nachfragen seine Angaben, wann Hamed bei Beppo Schubert sein Praktikum gemacht hatte, die Daten stimmten mit den Angaben der Heimleiterin und des Gärtners überein. Und er betonte, dass er Polina mehrfach dabei gesehen habe, wie sie heimlich Fotos von Hamed Bakhtari gemacht hatte. Als Pfeffer ihm ein Foto von Elvedin Saqqaf vorlegte, schüttelte Mo den Kopf. Nie gesehen. Ebenso den silbernen Armreif.

»Ich glaube, ich muss dann noch was sagen«, druckste Mortimer schließlich herum und sah zu seinem Anwalt. Der nickte. »Ich glaube, dass Robert Nowak auf Polina stand oder sogar etwas mit ihr hatte.«

Pfeffer zog überrascht die Augenbrauen nach oben. »Nämlich?«

»Er hat sie ein paar Mal fotografiert. Nicht heimlich wie bei Polina und Hamed, sondern so richtige Pseudo-Fotoshootings mit Posen und so. Da hat er mit seinem Smartphone gestellte Fotos von ihr gemacht. Angeblich, um neue Foto-Apps und -Filter auszuprobieren. Und Polly hat mitgemacht. Sie wurden auf gewisse Weise ziemlich vertraut miteinander. Und ich bin mir sicher, dass dann zwischen den beiden was lief.«

»Mo, bitte überleg nun genau: Hast du jemals gesehen, wie Polina Komarowa und Robert Nowak Zärtlichkeiten ausgetauscht haben, sich geküsst haben oder auch nur berührt?«

»Nein, habe ich nicht, aber ich bin mir fast sicher …«

»Das reicht«, mischte sich der Anwalt ein. »Drängen Sie meinen Mandanten nicht zu Spekulationen. Wir dürften damit ohnehin fertig sein, nicht wahr?«

»Fast.« Pfeffer lächelte sibyllinisch. »Noch einen Espresso? Nein? Gut. Mo, wir haben in Polinas Leichnam Cathinone und Cannabinoide nachweisen können.«

Der junge Mann zog scharf die Luft ein und kniff die Augen zusammen.

»Wir haben außerdem die Aussage einer Zeugin, der gegenüber du dich als Polinas Dealer zu erkennen gegeben hast …«

»Was für ein Unsinn«, sagte Anwalt Bohm laut. »Jetzt reicht es, Herr Kriminalrat.«

»Ich habe noch keine Frage gestellt …«

»Und wenn?«, sagte der Anwalt. »Da gibt es eine, EINE Aussage einer angeblichen Zeugin. Wie weit, glauben Sie, dass Sie damit kommen? Im Zweifel wird es Aussage gegen Aussage sein. Und der junge Herr Olberding hat eine ausgezeichnete Reputation.«

»Aber von Herrn Olberding haben wir ja noch gar keine Aussage.«

»Die wird er auch nicht machen!«

»Nun, dann wird uns Herr Olberding zumindest erklären können, warum wir darauf seine Fingerabdrücke gefunden haben.« Max Pfeffer legte das Tütchen Kräutermischung, das er bei Polina im Schmuckkasten gefunden hatte, auf den Tisch.

»Da will jemand meinem Mandanten etwas unterschieben«, sagte der Anwalt.

»Sie hat mir davon was angeboten«, sagte Mo plötzlich. »Das war zwei Tage vor ihrem Tod. Ich habe das Ding da kurz in der Hand gehabt, das stimmt. Aber ich habe es nicht ihr gegeben. Sie hat es aus ihrer Handtasche gezogen und mir angeboten, einen mit ihr zu rauchen.«

»Und?«

»Was und? Ja, wir haben einen geraucht. Das haben wir immer wieder mal. Ab und an. Selten. War nice. Sie hat mich immer dazu eingeladen! So what?«

»Und Badesalz? Hast du Badesalz konsumiert oder vertickt?«

»Ich verticke nichts«, antwortete Mo und setzte sein Idealer-Schwiegersohn-Lächeln auf. »Ich gebe zu, dass ich mit Polina ein paar Mal einen geraucht habe. Punkt. Macht doch jeder. Ich habe weder ihr oder sonst jemandem Drogen verkauft. Durchsuchen Sie mich. Los.«

20

»Wir sind ein bisschen weiter, Chef«, sagte Bella Hemberger. Sie setzte die Brille ab und rieb sich die Nasenwurzel. Froggy setzte sich an den Besprechungstisch. Bella blieb zunächst stehen. »Robert Nowak ist ein ganz heißer Kandidat. Er folgte Polina auf TikTok, ebenso auf der russischen Plattform und Instagram. Bei TikTok hatte Polina ihn blockiert. Bei der russischen Facebook-Kopie und Insta nicht. Vielleicht hat sie dort vergessen, ihn zu blocken, oder er hat sie dort nicht belästigt. Wir konnten zumindest keine Kommentare von ihm finden. Robert Nowak hat auf seinem Insta-Profil drei Fotos von Polina gepostet, tatsächlich mit Filtern bearbeitet. Er hat irgendwas mit ›Photoshop-Skills‹ dazugeschrieben. Unser Mortimer ist Polina bis gestern auch auf Instagram gefolgt. Gestern hat er sich entfolgt. Übrigens ebenso Robert Nowak, kaum war Polina tot, entfolgen sich die Verdächtigen. Interessant auch, dass Polina auf Insta unserem Hamed Bakhtari gefolgt ist! Die beiden haben aber nicht kommuniziert.«

»Moment«, sagte Pfeffer, »muss man bei diesen Plattformen nicht die Freundschaftsanfragen annehmen und Hamed hat einfach so …«

»Nein, Chef«, unterbrach Froggy mit undefinierbarem Lächeln. Wie immer sah er an Pfeffer vorbei. »Wenn du ein öffentliches Profil bei Insta hast so wie Hamed, dann kannst du ihn einfach liken und ihm folgen. Hamed hat viele, meist weibliche Follower. Auf seinem Profil sind fast nur Selfies von sich, meist oben ohne, meist in Posen, die er bei Hrithik Roshan … hey, ich kann den Namen unfallfrei aussprechen! … dem Bollywoodgott, abgeschaut hat. Hrithik Roshan ist ziemlich gut trainiert und unser Hamed wollte ihm offenbar nacheifern. Den letzten Eintrag hat Hamed einen Tag vor seinem Verschwinden gemacht. Nichts Auffälliges, keine Andeutungen, nichts. Nur er lachend beim Shisharauchen. Elvedin Saqqaf schien überhaupt nicht in sozialen Netzwerken unterwegs gewesen zu sein. Wir haben ihn nicht gefunden.«

»Ihr habt also ohne richterliche Genehmigung …«, begann Pfeffer, doch Froggy unterbrach ihn: »Nein, bis dahin nicht. Denn wir haben die Jungs ganz normal über die Suchfunktionen gesucht und gefunden beziehungsweise nicht gefunden.«

»Die Namensliste von unserem Lieblingsduo Becky und Lucky haben wir auch durch«, übernahm Bella wieder. »Dieser Dennis ist tatsächlich nur ein Exfreund, ein Wiesn-Flirt. Er konnte sich kaum noch an Polina erinnern, ist seit Weihnachten mit einer neuen Freundin gesegnet und hat für die Tatzeit ein Alibi. Dann ist da noch eine Freundin, wohl eher Bekannte, die mit Polina aber schon seit Wochen keinen Kontakt mehr hatte. Interessant, neben unserem Robert Nowak ist noch diese Dame hier.« Sie deutete auf den letzten Namen auf der ziemlich kurzen Liste. Pfeffer las ihn.

»Ja, und?«, fragte er.

»Du liest keine Zeitung?« Bella schüttelte den Kopf. »Echt, Chef. Also, hier steht Marlies. Laut Luciano Russo ist das die alte Frau, die er und Polina gelegentlich beim Containern getroffen haben und mit der Polina auch mal Kaffeetrinken gegangen ist. Marlies. Und Marlies heißt auch die Mutter vom Kükenschredderkönig. Marlies Förster. Zufall? Und jetzt komm mir nicht damit, dass Marlies in der Nachkriegszeit einer der beliebtesten Modenamen war.«

»Doch, wollte ich gerade sagen.« Pfeffer grinste. »Danke, ihr seid klasse. Und hier, Bella, habe ich zwei Fotoabzüge von Hamed und Elvedin für dich. Du weißt Bescheid.«

Nach der täglichen Pressekonferenz im Medienzentrum des Polizeipräsidiums verstreuten sich die Journalisten schnell. Seit dem Mord im Umfeld der bekannten Schriftstellerin und des angehenden Stadtpolitikers waren die Pressetermine immer gut besucht, nicht nur die üblichen Polizeireporter der Tageszeitungen kamen. Auch Giselle von Dettmann, die sonst nur bei enormem Klatschpotenzial an Polizeipressekonferenzen teilnahm (bei den Mordfällen Sedlmayr und Moshammer hatte sie damals selbstverständlich immer in der ersten Reihe gesessen), packte ihre Tasche und wollte eben gehen, als Hauptkommissarin Bella Hemberger an sie herantrat. Die Polizistin trug einen gut gefüllten Aktendeckel unter dem Arm.

»Frau von Dettmann?«, sagte sie. »Haben Sie noch kurz Zeit für mich? Großartig.«

Die beiden Frauen gingen hinaus auf den Flur.

»Sie können sich vorstellen, dass mein Chef nicht sehr erfreut war, als er Ihren ersten Bericht über den Mord im Hause Förster gelesen hatte«, begann Bella Hemberger. Dann zwinkerte sie vertraulich. »Weil Sie Ihr Aufnahmegerät haben mitlaufen lassen, als wir Frau Förster befragt haben …«

»Ich wusste nicht, dass ich das nicht verwenden darf«, log die Journalistin schlecht.

»Keine Bange«, die Hauptkommissarin gab sich kumpelhaft. »Ist ja auch nichts passiert. Wissen Sie, Sie scheinen mir eine recht engagierte Recherche zu betreiben. Es wäre möglich, dass Sie Dinge erfahren, die wir noch nicht wissen. Sie haben da ja ganz andere Möglichkeiten als wir, die wir uns an alle möglichen Gesetze halten müssen. Daher würde ich gerne … hoppla …« Bella Hemberger rempelte ungeschickt gegen eine Feuerschutztür im Flur und ihr Aktendeckel fiel herunter. Lose eingelegte Papiere und Fotos verteilten sich auf dem Boden. »So ein Mist!«, fluchte Bella.

»Ich helfe Ihnen.« Giselle von Dettmann bückte sich und half beim Aufsammeln. Sie stutzte kurz, als sie die großen Fotoabzüge von Hamed Bakhtari und Elvedin Saqqaf in die Hand nahm.

»Ah, die beiden.« Bella Hemberger lächelte dankbar und nahm die Fotos an sich. Statt in den Aktendeckel zurück, legte sie die Fotos darauf.

»Haben die Herren auch mit dem Mord zu tun?«, fragte Giselle von Dettmann betont unbefangen.

»Das ist gut möglich. Sie verstehen, dass ich dazu nichts sagen kann.«

»Vorhin in der Pressekonferenz hat Ihr Chef aber auch nichts dazu gesagt.«

»Ja, na ja.« Bella Hemberger wand sich ein wenig. »Das sind mögliche Zeugen, nach denen wir suchen. Das hat sich heute erst ergeben, und darum konnten wir es noch nicht für die PK vorbereiten. Morgen dann gehts an die Öffentlichkeit.« Sie legte die Mappe mit den Fotos obendrauf auf eine Fensterbank. »Na, ich hol uns erst mal einen Kaffee. Gleich um die Ecke ist ein Automat. Ja, ich weiß. Automat! Aber der macht echt den besten Cappu nördlich von Mailand. Müssen Sie probieren.« Sie lachte kokett. Die Reporterin lachte mit. »Bin gleich zurück.«

Kaum war Bella Hemberger um die Ecke verschwunden, zückte Giselle von Dettmann ihr Smartphone und fotografierte die Porträts von Elvedin und Hamed. Als die Hauptkommissarin mit zwei Bechern dampfenden Cappuccinos zurückkehrte, nahm die Journalistin einen Becher und sagte: »Vielen Dank, aber ich habe ganz vergessen, dass ich noch einen Termin habe. Ich muss leider los und nehme den Kaffee to go.«

21

»Jaja, ich komm ja schon.« Herbert Förster schlüpfte in den Morgenmantel und lief barfuß durch das Arbeitszimmer zur Wohnungstür. Sein Blick fiel auf die Klamotten, die auf dem Boden verstreut lagen. Er bückte sich im Vorbeigehen und hob Jeans, T-Shirt und den schwarzen Sweater mit dem großen weißen ›Minga‹-Schriftzug auf. Es klingelte erneut. »Ja, Herrschaftszeiten!«

Herbert Förster riss die Tür von seinem Arbeitsapartment, wie er es nannte, auf. »Susa?«, fragte er erstaunt. »Was machst du hier für einen Terror? Kannst du nicht anrufen, wenn du vorbeikommen willst?«

»Ach, ich dachte, ich überrasche dich mal mit einem Frühstück.« Susa Förster hielt einen Bastkorb in die Höhe. »Alles dabei für ein Weißwurschtfrühstück.«

»Was soll das, Susa?«

»Was das soll?« Susa Förster drängte sich an ihrem Mann vorbei in die Wohnung, ihm flüchtig ein Bussi auf die Wange hauchend. »Ich denke, wir müssen mal reden. Und dich erwischt man in letzter Zeit kaum noch. Du bist ständig hier, übernachtest hier, und fast habe ich den Eindruck, dass du mir aus dem Weg gehst.«

»Oh, Mann.« Herbert Förster stöhnte und kratzte sich mit der freien Hand am Hintern. Frisch aus dem Bett, ohne Gel im Haar, sah er aus wie ein geplatztes Sofakissen. »Susa-Maus, ich habe eine Kampagne für die Stadtratswahl vorzubereiten …« Es klingelte erneut. »Was denn noch?!«, rief Förster ungehalten.

»Ich habe deine Mutter eingeladen.«

»Du hast was?« Försters Stimme überschlug sich. »Du hasst sie. Ich hasse sie! Und sie hasst uns.«

»Das stimmt, aber wir sind nun mal eine Familie, und es wird Zeit, dass wir versuchen, einen neuen Anfang zu finden. Besonders jetzt, in dieser unangenehmen Situation, mit dem Mord und so«, sagte Susa Förster, während sie den Korb in der Küchenecke auspackte. »Und gerade du solltest wegen der Wahl deine Familie nicht vernachlässigen.«

Das Arbeitsapartment von Herbert Förster bestand aus einem kleinen Flur, von dem drei Türen abgingen. Eine führte in einen loftartigen Raum mit Schreibtisch, großer Sofalandschaft, riesigem Flachbildschirm und ein wenig Kunst. Alles schlicht und erlesen, genauso wie in der Villa in Harlaching. In einem Regal standen kleine Architekturmodelle von Häusern, die er billig gekauft, aufgemotzt und dann sehr teuer wiederverkauft hatte. Das Modell des aktuellen Objekts, ein historischer Vierseitenhof bei Tegernsee, den Herbert für die Familie ausbauen wollte, thronte auf dem großen Arbeitstisch. Eine Ecke in dem offenen Raum beherbergte eine moderne, bestens ausgestattete Küche. Die anderen Türen im Flur führten zu einem Schlaf- und einem Badezimmer. Das Schlafzimmer hatte noch eine zweite Tür in den großen Loftraum. Das Apartment befand sich im ausgebauten Dachgeschoss eines Gründerzeitaltbaus in der Elisabethstraße in Schwabing.

Marlies Förster hatte sich herausgeputzt mit einer frischen roten Ranunkel im Haarband. Sie schwirrte überdreht in den Raum, nachdem Herbert ihr geöffnet hatte, drehte Pirouetten und trällerte überdreht: »Good morning!«

»Hast deine Tabletten nicht genommen?«, knurrte Herbert. Er öffnete schnell die Tür zum Schlafzimmer, warf die zusammengesammelten Klamotten achtlos hinein und zog die Tür hinter sich zu.

Susa setzte einen Topf mit den Weißwürsten auf und befüllte die Kaffeemaschine. »Klischee«, sagte sie trocken. »KKK. Die berühmten drei K: Kinder, Küche, Kirche. Ach, nee, doch vier Ks – Klischee!«

»Selbst schuld, wenn du hier so reinplatzt«, grummelte ihr Mann. »Wer ist eigentlich bei den Kindern?«

»Die Renate von schräg gegenüber. Bis elf Uhr kann sie aufpassen.«

»Ich freu mich so, dass wir mal alle zusammenkommen«, flötete Marlies.

»Hast du getrunken, Mutter?« Herbert schnüffelte. »Du hast getrunken. Früh um acht. Glückwunsch.«

»Ein Piccolöchen für meinen Kreislauf. Das frühe Aufstehen. Das Wetter. Die Hitze. Und das im Mai. Nobody can stand that.«

Bei Weißwürsten, Brezn und süßem Händlmaier-Senf (»Hast du keinen mittelscharfen Senf?«, motzte Herbert. »Kein Mensch isst Weißwürscht mit scharfem Mustard«, sagte Marlies. »Ich schon«, antwortete Herbert.) sowie Kaffee und alkoholfreiem Weißbier saßen sie dann schweigend und futterten. Die Spannung in der Luft war beinahe greifbar.

»So, was ist jetzt?«, fragte Herbert Förster schließlich ungehalten und warf seine Serviette auf den leer gegessenen Teller. Er fingerte eine Packung Zigarillos aus seiner Morgenmanteltasche, holte einen heraus und zündete ihn an. Er inhalierte auf Lunge. »Können wir bitte wieder zum Tagesgeschäft übergehen?«

»Don't be so aggressive«, sagte seine Mutter barsch. »Das warst du schon immer, schon als kleiner Junge ...«

»Dass das an dir liegt, schon immer lag, kam dir noch nie in den Sinn?«

»Mach mich nicht für dein Leben verantwortlich«, antwortete Marlies. »Ich habe dir immer alles gegeben. Du solltest es besser haben als meine Generation. Free of all this patriarchalischem Nazi...«

»Ich habe keine Lust, mir das wieder und wieder anzuhören.« Herbert Förster stand auf. »Es ist dieselbe Leier wie vor zehn Jahren, und vor zwanzig und vor dreißig. Wenn du auch nur ein Mal auf mich und meine Bedürfnisse eingegangen wärst, aber nein, es musste immer nach dir gehen. Wer steckt seinen Sohn denn bitte in diesen grauenhaften antiautoritären Kindergarten, den deine Kifferfreunde aufgemacht haben? Ich habe das gehasst! Ich wollte nicht dort sein. Nie. Ich denke, ich habe meine Abneigung nicht nur in Worten deutlich gemacht, sondern auch darin, dass ich tagelang nur gekotzt habe und ständig Nasenbluten hatte.«

»Du hast schon immer gerne dramatisiert, Junge«, sagte Marlies gleichgültig. »You never knew, was gut für dich ist.«

»Du auch nicht, Mutter!«, brüllte Herbert. Zu seiner Frau gewandt fuhr er leiser fort: »So, zufrieden? Es hat keinen Sinn.« Er rauchte hektisch.

»Ja, ich habe versagt«, sagte Marlies weinerlich. »Ich wollte dich zu einem free spirit, zu einer großen Seele erziehen. Alles, wirklich alles habe ich dafür gegeben. Du solltest dich frei entwickeln können. In alle Richtungen. And now? Ein verklemmter, kleingeistiger philistine, wie sagt man gleich auf Deutsch? Spießer. Just like dein Vater.«

»Solange du Vaters Geld hattest, war er gar nicht so spießig, oder?«, giftete Herbert zurück.

»Kükenschredderer!«, rief Marlies aus. »Flauschige, kleine gelbe Lebewesen, die noch nicht einmal einen Sonnenaufgang erlebt haben …«

»Das hast du gewusst, als du ihn geheiratet hast«, antwortete ihr Sohn. »Und es hat dir nicht geschadet, als du dich hast scheiden lassen. Im Gegenteil. Die zerschredderten kleinen Flauschwesen haben dir deine Ashrams und Aurareinigungen bezahlt und deine Yogalehrer, die dir alles Mögliche beigebracht haben, was nicht nach Yoga aussah!«

»Das war Tantra.«

»Ich war ein Kind! Verdammt noch mal. Kein Kind möchte seine Mutter nackt verknotet mit einem langhaarigen Hungerhaken sehen.«

»Ich sag es doch, Spießer. Du bist eine einzige Enttäuschung für mich. Du hattest alle possibilities und hast dich für das hier entschieden.« Sie spuckte die Worte regelrecht aus und machte eine umfassende Handbewegung. »Money, money, money. Und jetzt krönst du das alles noch, indem du für diese Nazipartei in den Stadtrat gehst!«

»Das ist die CSU!«, brüllte Förster.

»That's what I say«, antwortete seine Mutter.

»Jetzt ist gut«, meinte Susa Förster streng. »Ich dachte, ihr habt euch ausgesprochen? Und versöhnt?«

»Wer behauptet denn so was?«, knurrte Herbert und versuchte seine wilden Haare mit den Händen hinter den Ohren zu bändigen. Zwei tiefe Zigarillozüge auf Lunge.

»Deine Mutter.«

»Ha!«

»Habt ihr nicht? Oder doch?« Susa Förster sah zwischen Schwiegermutter und Ehemann hin und her.

»Ich versuchte nur, meine Mutter wieder etwas in die Familie einzubinden«, sagte er schwach.

»Wegen deiner Wahl«, sagte Marlies.

»Ja und? Was ist daran verkehrt?«

»Aha! Na bitte!«

»Und du weißt ganz genau, dass das nicht der …«, er brach ab. »Okay. Und sag nicht, dass es dir nicht nützen würde.«

»Passt auf«, sagte Susa Förster. »Vergessen wir doch, was war. Konzentrieren wir uns auf die Zukunft. Auf eine wie auch immer geartete gemeinsame Zukunft. Ohne Anfeindungen, ohne emotionale Erpressung – wie erwachsene Menschen. Bitte.« Sie schenkte sich neuen Kaffee ein und rührte meditativ lange einen Löffel Zucker hinein. »Marlies hat mir gesagt, dass du sie wieder unterstützt. Du hast ihre Miete reduziert und ihr ein neues Mobiltelefon geschenkt. Warum auch immer! Das ist doch schon ein Anfang, oder? Und ich schenke ihr einen Flachbildschirm. Der ist unterwegs.«

»Ach, du schenkst ihr was?« Herbert Förster setzte sich wieder an den Tisch. »Warum?«

»Weil … weil ich genug Geld habe und auch was abgeben kann.«

Herbert Förster schloss die Augen und schüttelte leicht den Kopf. »Also doch«, sagte er dann nach einer Weile gefährlich leise. »Also doch!«, brüllte er dann.

»Was denn?«, fragte Susa.

»Du betrügst mich also doch, du Schlampe!«, schrie Herbert Förster. »Und die alte Kuh weiß es und erpresst dich damit. Ich habe es geahnt! Wer ist es? Wer? Dein schleimiger Lektor vom Verlag, der immer das Sabbern anfängt, wenn er dich sieht? Oder der schmierige Lamborghini-Arsch von gegenüber? Ha, nein, ich weiß, der verfickte Typ von …«

»Geht das schon wieder los«, stöhnte Susa. »Du mit deiner krankhaften Eifersucht …«

»Offenbar berechtigt!«, brüllte Herbert. Er deutete auf das Modell des Vierseitenhofs, den er für die Familie umbauen wollte. Wenn er näher dran gestanden hätte, hätte er es gepackt und gegen die Wand geschleudert. »Für wen mache ich denn das alles? Für uns! Für uns und die Kinder! Und du fickst mit irgendeinem Kerl?«

»Halt du deine Klappe!«, schrie Susa zurück. »Mister Unschuldig! Du hast angefangen! Ich habe dir das damals verziehen! Und ich war mit den Zwillingen schwanger!«

»Oh, das werde ich mir wohl bis an mein Lebensende anhören dürfen.« Herbert Förster warf die Hände verzweifelt in die Höhe. »Wozu haben wir die Therapie gemacht? Hmm? Es hat mir leidgetan. Ich habe mich bei dir entschuldigt! Es war mein Fehler, okay?« Er atmete tief durch, zählte innerlich langsam bis zehn und beruhigte sich, so gut es ihm eben möglich war. Er ging zu seiner Frau und umarmte sie von hinten. Sie zuckte zusammen, blieb aber in seinen Armen. »Bitte«, sagte er eger gepresst denn sanft. »Wir haben uns damals geschworen, dass es vorbei und vergessen und verziehen ist.«

»Ja«, stimmte Susa Förster nach einigem Zögern hinzu.

Abrupt löste sich Förster von seiner Frau. »Moment mal, raffiniert von dir! Fast wäre ich darauf reingefallen. Immer schön von dir ablenken. Aber nicht mit mir. Mit wem betrügst du mich?« Er packte sie fest an den Handgelenken.

»Lass los, du tust mir weh.« Er ließ nicht los, sie versuchte, sich zu befreien, was allerdings nicht gelang. Plötzlich ließ ihre Gegenwehr nach, sie starrte ihrem Mann direkt in die Augen. Erkenntnis leuchtete auf. »Moment. Moment! Du schenkst deiner Mutter was? Einfach so? Ihr habt euch ganz offenbar nicht ausgesprochen und versöhnt. Sie erpresst dich. Du hast eine Affäre. Du bist hier die Schlampe! Tilda hat mich gewarnt! Sie hat mich gewarnt. Lass mich los, du Kotzbrocken! Von wegen Friede, Freude, Eierkuchen wegen der Stadtratswahl!«

»Du machst dich lächerlich«, antwortete Herbert Förster und stopfte die Hände in die Taschen seines Morgenmantels.

»Sag bloß nicht, dass du tatsächlich was mit unserem Kindermädchen hattest!«

22

Max Pfeffer hatte diese Schwabing-Sperre. Er konnte das Viertel noch nie leiden, früher nicht, und jetzt erst recht nicht. Er war ein Kind des Schlachthofviertels, quasi das diametral entgegengesetzte München. Aufgewachsen in der Zenettistraße, wo es meist noch richtig nach Schlachthof roch – der unverwechselbare Mix aus Blut und Kot – und nicht nach Erbschaft und Chanel. Damals gab es noch den Pferdemarkt am Sonntag und die Kühe wurden noch über die Rampen von den Güterwaggons entladen. Lange her, inzwischen war das Schlachthofviertel eins der hippsten und teuersten der Stadt. Nur beschwerten sich nun die Anwohner, wenn es nach Schlachthof roch. Aber wie es in seiner Kindheit war, hatte ihn geprägt. Das war sein München. Schwabing war schon damals immer eine andere Welt, ein ganz anderer Kosmos. Und das blieb es. Es hatte ihn nie dort hingezogen, und wenn er in Schwabing war, fühlte er sich immer unwohl. Schwabing, das waren für ihn die Touristenmassen und dazwischen die Vorgestrigen, die Alten, die dachten, sie seien noch junge Rock-'n'-Roller, die Tücherfrauen, die sich alle (immer noch!) für Künstlerinnen hielten, die schrulligen Botoxopfer, die dachten, dass ›kess‹ immer noch ein Modewort sei, die alten Stenze mit weißen Sommeranzügen und Strohhüten, die so gerne den Monaco Franze gaben, die Bussi-Bussis und Adabeis, die Has-Beens, die immer noch verzweifelt um Aufmerksamkeit buhlten, kurz: alle, die den Anschluss zur Gegenwart längst verpasst hatten.

Und dann der Elisabethmarkt. Den mochte Pfeffer sowieso nie. Der kleine Wochenmarkt gegenüber der Schauburg: der romantische Lieblings-Place-to-Be für alle Schwabinger – oder doch nur die schillernde Fakeversion eines echten Markts. Optisch, das musste selbst Pfeffer zugeben, wars romantisch hier. Und dort fand Pfeffer denn auch den einzig freien Parkplatz weit und breit. Die paar Meter die Elisabethstraße hinunter waren nicht schlimm. Bella Hemberger beeilte sich, mit ihrem Chef Schritt zu halten. Beide waren hochzufrieden, dass die Aktion mit Giselle von Dettmann am Vortag so gut geklappt hatte. Die Fotos von Hamed und Elvedin prangten auf dem Titel der Münchner Nachrichten, darüber die Schlagzeile: »Was wissen die beiden über den Marienklausen-Mord?«

Als sie das Haus von Försters Arbeitsapartment erreichten, verließ gerade eine Frau das Gebäude. Die Polizeibeamten nutzten die offene Tür und klingelten nicht. Als sie oben ankamen, hörten sie die heftige Auseinandersetzung zwischen dem Ehepaar Förster. Bella Hemberger, eben schon bereit zu klingeln, zog ihre Hand zurück. Gemeinsam lauschten die Kriminaler eine Weile. Schließlich öffnete sich vorsichtig die Tür, und ein schlankes Mädchen schlüpfte heraus. Sie trug eine Skinny Jeans und einen schwarzen Pulli mit der Aufschrift ›Minga‹. Sie sah Pfeffer und seine Kollegin erstaunt an, während sie leise die Tür hinter sich zuzog.

»Und Sie sind?«, fragte Bella Hemberger.

»Niemand«, antwortete das Mädchen. Schmal und zierlich, wie sie war, konnte man sie auf vierzehn schätzen, oder auch erst zwölf. Das Mädchen wollte sich an den Beamten vorbeidrängen.

»Moment, junges Fräulein«, sagte Bella Hemberger streng. »Das war schon ernst gemeint. Wer sind Sie?«

»Geht Sie das was an? Nein. Habe ich was verbrochen? Nein. Also bitte.« Die Kleine straffte die Schultern und hüpfte schnell die Treppen hinunter.

»Halt, Polizei!«, rief Bella Hemberger. Pfeffer hielt sie am Arm zurück, dem Mädchen nachzulaufen.

»Die kriegen wir schon noch«, sagte er. »Der Förster wird uns nicht verheimlichen können, was für minderjährige Mädchen sich aus seiner Bude schleichen.« Pfeffer klingelte nun.

Nach einer Weile riss Förster die Tür auf und brüllte: »Ja, was?« Dann: »Na, Sie haben uns noch gefehlt.«

Die Kriminalbeamten betraten das Arbeitsapartment und grüßten. Susa Förster verdrehte nur die Augen, ihre Schwiegermutter rief »Guten Morgen« und lächelte künstlich.

»Sie sind Marlies Förster, vermute ich«, sagte Max Pfeffer. »Das trifft sich gut, dass Sie auch hier sind.«

»Was wollen Sie?«, fragte Herbert Förster scharf.

»Zunächst, Herr Förster, kennen Sie diese beiden Männer?« Bella Hemberger holte die Fotos von Elvedin und Hamed heraus. Susa und Herbert Förster bestätigten, Hamed Bakhtari zu kennen, als Praktikant bei ihrem Gärtner. Bei Elvedin Saqqaf nickte nur Herbert.

»Ja, das ist der Elvedin, der sollte bei mir als Aushilfe anfangen. Mein Schwager Robert hatte das eingefädelt. Er macht so ehrenamtliche Flüchtlingshilfe und so einen Schmarrn.« Förster drückte den Stummel seines Zigarillos aus.

»Welche Art von Aushilfe?«, fragte Pfeffer.

»Mein Schwager Robert hatte damals noch ein Kaffeemobil, mit dem er auf dem Parkplatz des Euro-Industrieparks stand, oder auch auf Flohmärkten, Weihnachtsmärkten, der Auer Dult und woanders unterwegs war. Da er ein Insolvenzverfahren laufen hat, gehörte das Kaffeemobil offiziell mir. Also musste ich auch mögliche Aushilfen einstellen. Wie diesen Elvedin. Doch der ist nur am ersten Tag zur Arbeit erschienen und dann nie wieder. Den habe ich nur ein Mal, nein, zwei Mal kurz gesehen. Schien ganz brauchbar, der Kerl. Ein bisserl klein, aber das sind die ja alle. Bob war ziemlich verzweifelt, als der nicht mehr auftauchte beziehungsweise als er erfuhr, dass der ganz verschwunden ist. Dann hatte der Bob seinen zweiten Bandscheibenvorfall und musste das Kaffeemobil eh aufgeben. Voll der Versager.«

»Wir haben gehört, dass Ihr Schwager einen Foodtruck plant …«

»Ja, ganz gutes Konzept. Keine klassischen Burger, sondern Exoten-Burger aus Känguru, Springbock, Strauß, Zebra, Krokodil und so. Wo, wenn nicht in München, kann so was laufen? Den finanziere ich. Irgendwas muss der Kerl ja machen«, grummelte Herbert Förster. »Er ist ja gar nicht so verkehrt und bemüht sich. Seine Bandscheibe ist operiert und er möchte was machen. Besser so, als dass er den ganzen Tag zu Hause rumhängt und mir auf der Tasche liegt.«

»Für den engagierst du dich also«, sagte seine Mutter schnippisch.

»Und an mich denkst du nur, wenn ich dir a gun auf die Brust setze.«

»Mutter!«

»Erzählen Sie ruhig weiter, Frau Förster«, sagte Pfeffer. »Wir müssen uns ohnehin mit Ihnen unterhalten. Es scheint nämlich so, als ob Sie das Mordopfer Polina Komarowa, das Kindermädchen Ihrer Enkel, recht gut gekannt haben.«

»Was?!«, riefen Susa und Herbert Förster unisono.

»Ja, I did.« Marlies nahm ihre Kaffeetasse und schlürfte zeitgewinnend. »Dass mein Sohn und ich nicht die perfekte Beziehung haben, haben die Herrschaften von der Polizei sicher schon gecheckt. Ich habe in den letzten Monaten, ach was, years! … oft meine Lebensmittel … na, wisst ihr, was containern ist? Es ist wirklich unverantwortlich, was alles weggeworfen wird. Das ist alles noch gut! Ich bin natürlich nicht hier in Schwabing containern gegangen. Was, wenn ich Bekannten in die Arme laufen würde! Also bin ich mal nach Moosach, meistens aber nach Giesing. Und da habe ich die Polly kennengelernt und den Lucky, und die Polly hat mich now and then auf einen Kaffee und Kuchen beim Bäcker eingeladen.«

»Du containerst?«, fragte Susa Förster. »Herbert, wusstest du das?«

»Sie hat es mir neulich gesagt.«

»Das wäre für deine Wahl tatsächlich katastrophal, wenn das herauskäme«, sagte Susa Förster.

»Eben«, antwortete Herbert Förster. »Verstehst du mich jetzt?«

»Das mit der Affäre ist noch nicht vom Tisch«, zischte Susa Förster.

»Allerdings!«, antwortete ihr Mann.

»Zurück zu Polina Komarowa«, sagte Pfeffer. »Sie sagten, Sie waren mit dem Mädchen öfter Kaffee trinken. Haben Sie dabei über die häusliche Situation bei Ihrem Sohn gesprochen?«

»Surely.« Marlies schmunzelte. »Das gute Kind wusste ja nicht, dass ich die Mutter bin. Ich gebe gerne zu, dass das nicht sehr nett von mir war, aber ich fand es so amusing, durch sie immer im Bilde zu sein, was bei meinem Sohn passiert …«

»Du bist so was von das Letzte!«, grollte Susa Förster.

Marlies Förster ignorierte ihre Schwiegertochter. »Den einen jungen Mann von dem Foto, den hat Polly angebetet. Der war Pakistani … oder Afghane? … Na, so eine Art Neger halt. Pretty boy. Mit dem war sie in love, hat sich aber nicht getraut. Und dann, na ja …« Sie rutschte auf ihrem Stuhl hin und her. »Ich muss es einfach sagen, dann hat sie davon berichtet, dass mein Sohn ihr nachgestellt hat …«

»Was für ein Blödsinn!«, rief Herbert Förster.

»Ich wusste es!«, schrie Susa Förster.

»Langsam!«, sagte Pfeffer streng. »Was hat sie Ihnen erzählt?«

»Dass er sie bei jeder Gelegenheit begrabscht und ihr eindeutige Angebote macht, und sie hat mich um Rat gefragt, ob sie ihm nachgeben soll, weil er sie irgendwie anzieht und vor allem, weil sie revenge an Susa möchte, weil die immer so mies zu ihr ist …«

»Das schlägt dem Fass den Boden aus!«, rief die Krimiautorin.

»Ich berichte nur, was sie mir gesagt hat«, sagte Marlies Förster entspannt. »It's about murder!«

»Herr Förster«, übernahm wieder Max Pfeffer. »Hatten Sie ein Verhältnis mit Frau Komarowa?«

»Nein! Zum letzten Mal: nein!«

»Haben Sie sich ihr genähert, sie bedrängt oder gar mit ihr Sex gehabt – in welcher Form auch immer?«

»In welcher Form auch immer? Nein!« Herbert Förster war längst krebsrot angelaufen und zerrte mit beiden Händen an den Gürtelenden seines Morgenmantels, als wollte er sich selbst den Bauch abschnüren. »Ich habe sie nicht ein Mal angerührt!«

»Das haben Sie neulich in meinem Büro anders dargestellt«, sagte Pfeffer ruhig.

»Ja, dreht mir einen Strick draus! Okay, ich habe sie womöglich mal aus Versehen oder aus Scherz irgendwo berührt. Das kann doch niemand ausschließen, dass man mal jemanden aus Versehen berührt. Aber ich habe ihr nicht nachgestellt! Das können Sie ruhig als meine finale Aussage protokollieren!«

»Ich weiß nur, was sie mir sagte«, meinte Marlies leise.

Herbert Förster beugte sich zu ihr hinunter. Ein Spuckeregen begleitete seine Worte: »Du kannst alles vergessen! Die Mietsenkung, das neue Smartphone, die Besuche bei deinen Enkelinnen. Alles! Du bist von nun an tot für mich. Punkt.«

»Also doch«, sagte Susa Förster. »Die Alte erpresst dich. Weil du mit dem Kindermädchen geschlafen hast.«

»NEIN!«, brüllte Förster.

»Nein«, sagte auch seine Mutter zum Erstaunen aller. »Ich habe nichts davon gesagt. Not one word. Nicht, dass er mit ihr Sex hatte, nur dass er ihr nachstellte. Und das ist ja das Interessante! Ich habe Herbert bei unserem Gespräch damals not one single word davon gesagt, was Polly erzählt hat. Ich habe nur sehr diffuse Andeutungen gemacht. Übrigens auch neulich bei unserem Gespräch, liebe Susa, im Café. Du hast nicht nachgefragt, was ich womöglich weiß, du hast sofort eingewilligt, mich zu unterstützen. Right? Ich habe keinen einzigen Namen genannt …«

»Das wird immer schöner!«, kreischte Susa Förster. »Das hast du also neulich gemeint? Ich bin darauf reingefallen, weil ich dachte, du weißt von …« Sie biss sich auf die Unterlippe.

»Ja?«, fragte ihr Mann. »Von wem? Von wem! Lass mich raten, es ist nicht der Gärtner. Auf solche unscheinbaren, behaarten Naturburschen stehst du nicht. Oh, mein Gott. Ich bin so blind. Ich kanns selbst nicht glauben, wenn ich es ausspreche.« Förster schlug sich an die Stirn und holte tief Luft. »Es ist Mortimer, habe ich recht?«

Susa Förster sah ihren Mann ruhig an. Dann senkte sie kurz den Blick und als sie wieder hochsah, sagte sie: »Er tut mir einfach gut.«

Herbert Förster setzte sich wie in Trance auf einen Stuhl und starrte vor sich hin. »Du fickst einen Teenie. Dafür kommst du in den Knast«, flüsterte er. »Die lässt sich von einem Kind bespringen!«

»Also bitte. Er ist sechzehn, keine zwölf, und sehr reif für sein Alter«, antwortete Susa.

Marlies Förster klatschte in die Hände und lachte.

»Du brauchst dich gar nicht zu freuen«, sagte Susa beherrscht. »Du hast versucht, mich zu erpressen und hast dich eben selbst verraten.

Du bekommst nichts mehr von mir. Vergiss alles. Wenn du so saudumm bist, deine Waffen aus der Hand zu geben …«

»Ich habe mir das längst wohl überlegt«, antwortete ihre Schwiegermutter. »Du lachst darüber, aber für mich ist es sehr wichtig, dass ich ein good Karma habe. Ja, ich hätte mich über einen Flatscreen und ein neues Bett gefreut. Ich habe lange darüber meditiert und meine geistigen Führer befragt und erkannt, dass ich der Wahrheit verpflichtet bin. Ein Leben in Armut kann ich weiter ertragen. Ein Leben mit schlechtem Gewissen nicht. Ich habe den mistake gemacht, mich von materiellem Besitz blenden zu lassen. Das weiß ich inzwischen.«

»Ich kotz gleich«, sagte Herbert Förster.

»Große Performance«, sagte Susa Förster. »Alles für Sie, meine Damen und Herren von der Kripo. Die große Marlies-Förster-Show … Hast du mit Giselle von Dettmann schon über deine Exklusivstory verhandelt?«

Max Pfeffer und Bella Hemberger, die der Eskalation mit großem Interesse folgten, ohne eingreifen zu wollen, tauschten einen Blick und schwiegen weiter. Das war mehr, als sie erhofft hatten.

»Ist das jetzt die Nacht der langen Messer?« Herber Förster stemmte sich stöhnend von dem Stuhl hoch. »Ja? Wollt ihr noch mehr? Wollen wir es uns jetzt noch so richtig geben?« Er machte eine ausholende Geste zu den Kriminalbeamten. »Jetzt, vor großem Publikum? Bitte sehr!« Er ging zur Schlafzimmertür und riss sie schwungvoll auf. »Ihr wollt alle wissen, mit wem ich meine Gattin, die erfolgreiche Queen of Crime, betrüge?«

Alle starrten gebannt auf die offene Tür. Soweit man sehen konnte, war der Raum bis auf ein zerwühltes Bett leer.

»Kannst rauskommen«, sagte Herbert. »Oha, da kommt ja gar niemand!« Er schaute wie ein Scripted-Reality-Darsteller im Privatfernsehen übertrieben überrascht in die Runde und zog die Tür wieder zu. Man konnte fühlen, wie die im Raum angestaute Spannung sofort verpuffte. Er schlug die Tür zu. Er hatte sich wieder voll im Griff, bemühte sich um einen ruhigen Politikerton. »So, Susa, bitte geh jetzt. Alles andere besprechen wir später. Ich denke, du weißt, was zu tun ist. Ich werde mich duschen und dann nachkommen. Und du, Mutter, verlässt bitte umgehend meine Wohnung. Ich halte weiterhin meine Zusagen, was die Miete angeht, und den Flatscreen sollst du von mir aus auch haben. Ich gehe davon aus, dass du und deine geistigen Führer wissen, was ich im Gegenzug erwarte.«

Nachdem seine Frau und seine Mutter das Apartment verlassen hatten, sah Förster den Kriminalbeamten herausfordernd in die Augen.

»Na, war es das, was Sie sich vorgestellt haben?«, fragte er. »Die kaputte Bourgeoisie, sich selbst zerfleischend? Der korrumpierbare Möchtergernpolitiker, der widerliche Busengrabscher …«

»Herr Förster«, unterbrach Max Pfeffer ruhig. »Eine Frage noch. Wer war das junge Mädchen, das vorhin aus der Tür geschlichen ist?«

»Was?« Förster riss panisch die Augen auf. »Wo rausgeschlichen? Wie? Keine Ahnung.«

»Sie wissen, wen ich meine.«

»Nein!«

»Oh, bitte, Herr Förster!«, rief Pfeffer genervt. »Wollen wir nun wirklich dieses Spielchen spielen? Sie haben ein Verhältnis zu einer offenbar sehr jungen Frau. Meine Kollegin und ich haben gewiss keinen Geist aus Ihrer Wohnung schleichen sehen.«

Herbert Förster lief schnell zum Schlafzimmer, riss die Tür wie vorhin auf und sah sich im Zimmer um. »Scheiße«, brüllte er. »Wie blöd ist die denn? Ich dachte, die versteckt sich im Schrank oder so.«

»Wer?«

Herbert Förster lachte verzweifelt und setzte sich aufs Bett. »Gut, Sie haben mich. Okay. Ja. Ich gestehe. Ich … habe eine Freundin.«

»Das Mädchen eben war höchstens vierzehn!«, rief Bella Hemberger.

»Die ist siebzehn!«, rief Förster ebenso laut zurück. »Ich bin nicht völlig verblödet! Und habe auch keinen Bock auf den Knast. Und … na ja, also, jetzt, wo es eh raus ist: Sie ist auch mein Alibi für den Morgen, an dem Polina ermordet wurde. Ich war mit meiner Freundin hier.«

»Warum haben Sie das nicht längst gesagt?«, fragte Pfeffer.

»Weil es niemanden etwas angeht! Meine Frau nicht und vor allem nicht die Eltern von Sam. Samantha. Sie ist aus gutem Haus, macht bald das Abitur. Das wäre ein Skandal …«

»Geben Sie uns bitte Samanthas Kontaktdaten.«

»Und wenn ich das nicht möchte?«

»Dann behindern Sie polizeiliche Ermittlungen. Fragen Sie Ihren Anwalt, was dann passiert.«

»Okay. Ich gebe Ihnen ihre Telefonnummer. Hier bitte. Rufen Sie sie an, aber bitte … Diskretion! Das alles bleibt bitte unter uns.«

»Polina Komarowa war ebenfalls sehr schlank und mädchenhaft«, sagte Pfeffer.

»Dazu habe ich alles gesagt, Herr Pfeffer«, zischte Förster. »Guten Tag.«

23

»Robert Nowak?«, fragte Bella Hemberger, als sie zurück in Richtung Elisabethmarkt gingen.

»Aber so was von Robert Nowak«, antwortete Pfeffer. Weil die Sonne schien und die Blumen blühten und es gar so romantisch aussah, lud Pfeffer seine Kollegin dann spontan zu einem Cappuccino auf der Terrasse vom Café Wintergarten am Elisabethmarkt ein. So schön es auch war, es brachte keine Veränderung in Pfeffers Schwabing-Meinung.

»Ich glaube Förster«, sagte Pfeffer. »Er ist ein Kotzbrocken, aber er war eben sehr glaubwürdig. Er hat womöglich versucht, Polina zu begrabschen, aber er hatte kein Verhältnis mit ihr.«

»Ich muss leider zugeben, dass ich das auch glaube«, pflichtete Bella Hemberger bei. Eine Dreiviertelstunde später parkten sie vor der Olberding-Villa in Harlaching. Robert Nowak versuchte auch diesmal wieder, die Beamten am Betreten seiner Wohnung zu hindern, doch vergebens.

»Bitte ziehen Sie dann wenigstens …«, begann er unterwürfig.

»Wie bitte?«, sagte Max Pfeffer und schritt durch den kleinen Vorraum in den Wohn-, Schlaf-, Arbeitsraum mit Kochnische. Alles sehr klein, sehr beengt, aber Nowak schien ein Händchen für Einrichtung zu haben. Die wenigen Möbel waren weiß oder hellgrau, alles harmonierte, an den Wänden hingen gerahmte Poster von abstrakten, nichtssagenden Kunstwerken. Geschmack hatte er und einen Putzfimmel. Alles blitzte, nirgends ein Staubkörnchen. »Schön haben Sie es hier. So ordentlich und sauber.«

»Ich geb mir Mühe.« Robert Nowak setzte sich völlig verkrampft auf das Sofa. Er trug eine einfache Jeans, ein weißes T-Shirt und weiße Socken. Er fuhr sich nervös über den kurz rasierten Schädel und überkreuzte dann die Arme, wobei er die Hände unter die Achseln klemmte. Irgendwie hatte Pfeffer ein Déjà-vu. Dieselben Klamotten hatte Nowak schon bei ihrem letzten Treffen getragen.

Max Pfeffer nahm wortlos die Fotos der beiden vermissten Männer aus der Aktentasche und legte sie auf den Couchtisch.

»Ja, Elvis und Hamed«, sagte Robert Nowak. »Elvedin. Hab ihn immer Elvis genannt. Warum zeigen Sie mir die Bilder? Ich verstehe das nicht. Elvis ist seit einem Jahr wie vom Erdboden verschluckt, und mit Hamed habe ich kaum Kontakt gehabt. Der war beim Benno Praktikant.« Er deutete dabei auf den Fußboden und meinte die Garage darunter, die der Gärtner als Lager gemietet hatte.

»Was wir interessant finden, Herr Nowak«, begann Pfeffer, »ist die Tatsache, dass Sie sowohl Polina Komarowa kannten als auch Elvedin Saqqaf und Hamed Bakhtari …«

»Wie meine Schwester und mein Schwager und viele andere auch…«, unterbrach Robert Nowak nervös.

»Langsam. Ja, das stimmt teilweise. Aber Ihre Schwester kannte Elvedin nicht. Ihr Schwager hat ausgesagt, dass er Elvedin nur ein oder zwei Mal gesehen hat. Sie waren der Einzige, der regelmäßigen Kontakt zu Elvedin Saqqaf hatte.«

»Ja, und?« Er zuckte mit den Schultern. »Was ist daran verboten?«

»Nichts.« Max Pfeffer holte den silbernen Armreif hervor. »Kennen Sie den Reif?«

»Ja, den trug Elvedin immer.«

»Wie kommt er dann in den Besitz von Polina Komarowa?«

»Was?« Robert Nowak krampfte zusammen und zog die Schultern hoch. »Keine Ahnung. Vielleicht hat er ihn verloren?«

»Kannten sich Elvedin und Polina?«

»Nein, nicht dass ich wüsste.«

»Erzählen Sie, wie es war, als Sie Elvedin das letzte Mal gesehen haben.«

»Da gibt es nicht viel zu erzählen. Elvis hat sich total gefreut, dass er endlich einen Job hatte, wenn auch nur als Aushilfe und Tassenspüler bei meinem Kaffeemobil. Wir waren den ganzen Tag auf dem Parkplatz vom Euro-Industriepark. Lief gut. Es war letztes Jahr im Juni. Strahlend blauer Himmel, das weiß ich noch. Richtig sommerlich. Elvis war richtig glücklich. Er wollte danach noch in die Stadt und irgendwas machen. Keine Ahnung. Ich kannte ihn schon seit seiner Ankunft in München, also gut drei Jahre oder so, aber ich wusste nicht jeden Schritt, den er gemacht hat. Er redete nicht viel über sein Privatleben oder sein Innerstes oder so Zeugs. An dem Nachmittag hat er sich von mir ganz herzlich verabschiedet, das hat er übrigens immer. Er war immer sehr herzlich. Ein ganz liebevoller Vater. Ein feiner Mensch. Mei, die arme Familie. Und nein, ich kann mir beim besten Willen nicht erklären, warum er abgehauen sein sollte. Ich hatte nie den Eindruck, dass es in der Familie große Spannungen gab.«

»Was denken Sie, was mit ihm passiert ist?«, fragte Bella Hemberger.

»Ich glaube ja, dass er … na ja … umgebracht wurde«, sagte Robert Nowak nachdenklich und knetete seine Hände. »Fragen Sie mich nicht, warum. Ich hab so ein komisches Gefühl, wenn ich an ihn denke. Oder er ist irgendwo verunglückt und liegt in der Isar oder so, und seine skelettierte Leiche wird erst in ein paar Jahren zufällig von Spaziergängern gefunden. Irgendwie so was. Oder er fiel der Organmafia in die Hände und wurde ausgeschlachtet.« Er schüttelte sich. »Ich bin mir tief innen drin sicher, dass er tot ist. Elvis war nicht der Typ, der sang- und klanglos abhaut. Zu diesem Hamed kann ich nichts sagen. Außer dass die Polly auf ihn gesponnen hat.«

»Das haben Sie also bemerkt?«

»Das hat jeder bemerkt.«

»Und es wurde auch bemerkt, dass Sie auf Polina gesponnen haben«, sagte Max Pfeffer.

»Was?« Robert Nowaks Kopf, eben noch tief zwischen den Schultern, fuhr wie bei einer Schildkröte hervor. »Das …«, stotterte er. »Mei, ich hab halt mal ein paar Fotos von ihr gemacht. Mehr aber auch nicht! Ich hab nicht auf sie gesponnen.« Er knetete seine Hände.

»Wollen Sie uns die Fotos mal zeigen?«, fragte Hauptkommissarin Hemberger.

»Klar, warum nicht.« Robert Nowak zog sein Smartphone aus der Hosentasche, wischte darauf herum und reichte es dann Pfeffer. »Bitte, nur zu, Sie können sich alle Fotos anschauen. Ich habe damals eine neue Foto-App installiert und wollte die ausprobieren.«

»Mit so freizügigen Fotos?« Pfeffer zeigte seiner Kollegin ein paar der Aufnahmen. Polina Komarowa war zwar auf allen Bildern noch angezogen, aber eben nur gerade noch. Sie verfügte nicht über eine nennenswerte Oberweite, doch nur noch ein Restchen Stoff verhinderte, dass die Brustwarzen blitzten.

»Das wollte Polly so«, sagte Robert Nowak trotzig. »Sie hat sich in Pose geschmissen und die Bluse so weit geöffnet. Ich hab nichts gesagt! Sie wollte wohl sexy Fotos für Instagram oder so.«

»Die haben wir auf Pollys Account nicht gefunden, dafür auf Ihrem.«

»Ja, der Polly haben sie dann doch nicht so gut gefallen.«

»Warum haben Sie Polina nach ihrem Tod sofort entfolgt?«

»Eben darum. Ich wollte nicht in Verdacht geraten, irgendwas näher mit ihr zu tun gehabt zu haben.«

»Wenn wir jetzt Ihr Smartphone durchsuchen würden, Herr Nowak«, sagte Max Pfeffer. »Was würden wir dann beispielsweise in Ihren Chatverläufen finden? Auf WhatsApp oder Facebook oder, oder, oder?«

»Ich verstehe nicht …«

»Haben Sie die Fotos von Polina an irgendwen verschickt?«

»Schauen Sie ruhig!«

»Bella, du hast gehört, dass Herr Nowak mich dazu aufgefordert hat?« Dann rief Pfeffer die verschiedenen Messenger-Dienste auf. SMS, iMessage, WhatsApp und Threema fand er. Nirgendwo ein Chat mit Polina, auch keiner mit Elvedin oder Hamed. »Wir haben jetzt natürlich weder die Zeit noch die Muße, alles genau durchzusehen. Aber wenn wir das Handy unseren Spezialisten gäben, Herr Nowak, die zum Beispiel gelöschte Chatverläufe wiederherstellen können, was würden die dann finden?«

»Geben Sie mir sofort mein Telefon zurück!« Robert Nowak sprang auf und griff nach seinem Telefon. »Das dürfen Sie nicht. Ich will das nicht.« Als er sein Smartphone wieder in der Hand hatte, ließ er sich aufs Sofa fallen. »Meine Güte! Was ist so schlimm daran? Ich habe natürlich alle Chats mit Polly gelöscht, als ich von dem Mord erfahren habe. Ich dachte … hmm.« Er verstummte.

»Waren Sie in Polly verliebt?«, fragte Bella Hemberger.

»Nein, war ich nicht.« Er verdrehte die Augen.

»Warum musste sie sterben?«

»Was weiß denn ich?«, brauste Robert Nowak auf. »Ich war es nicht! Ich habe sie nicht umgebracht. Ich … Ja, ich habe kein Alibi. Aber ich war es nicht. Das müssen Sie mir glauben.« Er sah flehentlich von Pfeffer zu Hemberger. »Wirklich.«

»Warum sollten wir?«, sagte Pfeffer ungerührt. »Nur weil Sie hier eine schöne Show abziehen?«

»Nein, weil ich es nicht war!«

»Dürfen wir uns mal ein bisschen bei Ihnen umsehen?«

»Klar, nur zu. Durchwühlen Sie alles! Tun Sie so, als wäre ich gar nicht existent«, sagte Robert Nowak larmoyant.

Bella Hemberger verdrehte die Augen. Ein Blick in den Kleiderschrank verriet Pfeffer, warum er ein Déjà-vu hatte: Nowak hatte nur weite T-Shirts und Jeans sowie ein paar graue Hoodies.

»Ich steh auf Basics«, sagte Nowak ungefragt. »Und von allen grauen Hoodies habe Ihre Kollegen neulich Faserproben genommen. Zufrieden?«

»Er wars«, sagte Bella Hemberger leise zu ihrem Chef, als sie die Wohnung verlassen hatten und die Außentreppe hinuntergingen.

»Er wars nicht«, antwortete Pfeffer.

»Was wetten wir?«

»Ich wette nie.«

»Feigling.«

»Es spricht viel gegen ihn«, sagte Pfeffer. »Nur haben wir noch keine Beweise. Ich werde trotzdem morgen versuchen, mit dem, was wir haben, einen Durchsuchungsbeschluss und vielleicht einen Haftbefehl zu erwirken. Mit oder auf seinem Handy könnten wir was finden, denke ich. Ich habe vorhin schneller gewischt, als er es bemerkt hat. Er hat ein Album mit Selfies, die meisten nackt und Details von seinem Pimmel.«

»Du meinst, die hat er Polly geschickt?«

»Wer weiß …«

»Bis wir sein Smartphone in die Finger bekommen, wird er alles gelöscht haben.«

Die eine Flügeltür der Garage stand offen, als sie unten ankamen. Dicht davor stand der weiße Transporter des Gärtners. Beppo Schubert werkelte in seinem Lager herum. Er füllte eben aus einem großen Sack Erde in ein Pflanzgefäß. Der Gärtner trug wieder ein Karohemd, dazu eine grüne Latzhose und einen großen, etwas derangierten Strohhut. Als er die Polizeibeamten bemerkte, grüßte er fröhlich lächelnd.

»Die Hand gebe ich besser nicht«, rief er. »Versifft!« Er stellte den Sack Erde ab, drückte die Erde im Topf etwas an und wischte sich die Hände an einem Tuch ab.

»Sie sehen ja aus wie aus dem Gartenkatalog«, sagte Bella Hemberger verschmitzt.

»Finden Sie?« Schubert lachte breit. »Dann ist das Ziel erreicht. Wissen Sie, die Kundschaft hier hat eben ein bestimmtes Bild von gewissen Berufen.«

»Keine Sorge«, gackerte Bella Hemberger, »Sie entsprechen voll dem Klischee.«

»Und euer Dialog eben auch«, sagte Max Pfeffer, was bei den beiden anderen zu einem Heiterkeitsausbruch führte. »Viel zu tun, hm?«, sagte Pfeffer deshalb.

»Ja, im Mai gehts rund.« Der Gärtner deutete auf einen große Pflanztrog vor sich, in den er Erde hineingeschaufelt hatte. Neben dem Trog stand ein recht ansehnlicher Granatapfelbaum. »Den wollen die Webers von drüben für ihre Terrasse. Und dann ist es Zeit für die ganzen Tomaten. Alle wollen eigene Tomaten ziehen. Möglichst exotische Arten.« Er deutete auf mehrere Steigen voller kleiner Tomatenpflanzen. »Gelbe und schwarze sind momentan besonders in. Da bin ich noch ein wenig beschäftigt.«

»Pflanzen und großziehen dürfen Sie«, sagte Bella Hemberger. »Und die Ernte fahren Ihre Kunden ein.«

»So sieht es aus. Alle geben dann vor allen mit ihren tollen selbst gezogenen Tomaten an.«

»Wie hat sich eigentlich Hamed angestellt?«, fragte Pfeffer, um die Schäkerei zu unterbinden.

»Ach, ganz gut«, antwortete der Gärtner. »Es waren ja nur zehn Tage. Ich glaube, es hat ihm Spaß gemacht.«

»Hat er Ihnen davon erzählt, dass er vielleicht mal nach England wollte, um dort Filmstar zu werden?«

»Ja.« Beppo Schubert lachte wieder herzlich. »Das hat er mehr als ein Mal. Das war seine fixe Idee. Ich habe heute in der Zeitung gelesen, dass er als Zeuge gesucht wird und offenbar unsichtbar geworden ist. Wenn ich meine bescheidene Meinung dazu äußern darf: Der hat es irgendwie nach England geschafft, und in ein paar Jahren werden wir ihn auf der großen Kinoleinwand bewundern können.« Er lachte wieder.

»Warum haben Sie uns nicht gesagt, dass Polina auf Hamed stand? Das hat offenbar jeder mitbekommen. Sie ausgerechnet nicht?«

»Doch, habe ich.« Beppo Schubert nickte. »Sorry, hab ich wohl vergessen zu sagen. Schien aber einseitig gewesen zu sein. Er hat mich nie darauf angesprochen. Polina hingegen hat auch Wochen, nachdem er gar nicht mehr bei mir war, über ihn gesprochen, na, geschwärmt.«

»Wissen Sie, dass es Gerüchte gibt, Sie hätten ein Verhältnis mit Frau Förster?«

Der Gärtner brach in schallendes Gelächter aus. »Das«, japste er«, das wäre wirklich der Knaller … Nein, da können Sie ganz beruhigt sein. Ich habe garantiert kein Verhältnis mit Susa Förster.«

»Was, wenn Nowak recht hat«, sagte Pfeffer auf der Rückfahrt mitten hinein in das Schweigen, hervorgerufen dadurch, dass er und Bella ihren Gedanken nachhingen.

»Wie meinst du das?« Bella setzte sich aufrechter hin.

»Wenn unsere Migranten tatsächlich tot sind. Beide. Vielleicht ermordet und verscharrt. Keine Ahnung. Und Polina hat zufällig den Armreif irgendwo gefunden, und das hat der Mörder von Hamed und Elvedin mitbekommen. Sie hatte sich in der Früh mit jemandem getroffen, und zwar ohne Angst. Auf dem letzten Video wirkte sie eher freudig. Sie hat also ihrem Mörder vertraut und ihn nicht als Bedrohung wahrgenommen.«

»Du schaust zu viel Netflix«, kommentierte Bella.

»Netflix hab ich gar nicht«, konterte Pfeffer. »Ich bin altmodisch und schaue lineares Fernsehen.«

»War ja klar, Opa. Und selbst wenn, warum sollte jemand die beiden Migranten töten?«

»Drogengeschäfte? Menschenhandel? Verletzte Ehre? Ein perverser Sexkiller? Es gäbe viele Möglichkeiten.«

»Klar, und der Mörder ist der Gärtner.«

»Ist er das nicht immer?« Beide lachten. Pfeffer fuhr fort: »Warum nicht eine Mörderin? Eine perverse Sexkillerin, die die Männer in ihrem Verlies getötet hat, und dann ist ihr Polina auf die Schliche gekommen …«

»Susa Förster?«, sagte Bella. »Nein, das muss dann diese Agentin sein, Tilda Fittkau!«

»Passt. Ach, du weißt, ich spinne immer gerne herum, was Motive angeht …«

»Und leider muss man sagen, dass deine Spinnerei oft gar nicht so verkehrt war, wie die Vergangenheit gezeigt hat«, sagte Bella Hemberger. »Trotz allem, ich glaube, dass Polina mit einem der Herren, die wir im Fokus haben, ein Verhältnis hatte und deshalb sterben musste. Die Befragung der Nachbarn hat keine neuen Anhaltspunkte ergeben, und weder Förster noch Nowak noch der Mortimer noch – ja, ich gebe es zu, mein Gärtner Beppo Schubert – haben hieb- und stichfeste Alibis für die Tatzeit.«

24

Vor dem schulen Kommunikationszentrum Sub in der Müllerstraße wehten die Regenbogenfahnen im Abendwind. Erdal Zafer betrachtete missmutig die Flyer, die im Eingangsbereich des Schwulen Kommunikations- und Kulturzentrums in einem Displayständer bereitstanden – Infos zur ›Post-ChemSex-Gruppe‹, ›Vater, Vater, Kind‹, ›Munich Kyiv Queer‹. »Lauter Schwnzltschr«, brummelte er leise vor sich hin. Dass der Chef ausgerechnet ihn verdonnert hatte mitzukommen, nahm er ihm übel. Seit er in Pfeffers Kommissariat gekommen war, hatte er alles, was mit Schwulsein zu tun hatte, recht gut umgehen können, genauer gesagt, es war ja gar nicht so, wie er es sich vorgestellt hatte. Ja, man hatte ihn gewarnt, dass der neue Chef einer von denen sei, bei denen man auf seinen Arsch aufpassen müsse. Was hatten sie für Witze über den gerissen. Froggy hatte zwar nie auch nur ansatzweise den Eindruck gehabt, dass sein Hinterteil in den Fokus von Max Pfeffer geraten war, mehr noch, er hatte nicht ein einziges Mal erlebt, dass die Sexualität seines Chefs irgendwie in den Arbeitsalltag eingeflossen war … aber dennoch. Er kannte die Geschichten von solchen Typen. Egal, was die öffentliche Meinung heute sagte, er fand es einfach nur widerlich und pervers. Männer berühren sich nicht, außer bei Prügeleien (oder sie sind Verwandte, Brudis oder Homies). Und wenn sie jetzt da rein, in diesen Laden hier gingen, und er würde angeschwult werden, dann würde er für nichts garantieren können! Froggy hatte am Anfang versucht, Bella auszuquetschen und gehofft, dass auch sie seine Ansichten teilte, aber im Gegenteil. Die machte ein kulturelles und ethnisches Ding daraus (»Ihr Moslems, ihr Türken …«), dabei war es nach Erdals Ansicht ein moralisches: hier normal, dort pervers. Außerdem war Erdal Deutscher wie auch seine Eltern und inzwischen auch die aus der Türkei eingewanderten Großeltern und nicht sonderlich gläubig. Das hatte nur mit gesundem Menschenverstand zu tun. Homos waren pervers. Punkt. Und nun musste er da hineingehen. Ins Epizentrum. Er hätte kotzen können.

Alles wegen des Anrufers! Nachdem die Münchner Nachrichten die Fotos der beiden Vermissten veröffentlicht hatten, gab es einige Anrufe und Mails. Meist üble Beschimpfungen und wütendes Gegeifer, dass die Migrantenhorden Deutschland überrennen würden und die Merkel an allem schuld sei und noch dümmere Kommentare. Doch dann war da auch ein Anrufer gewesen, der sagte, dass er die beiden kenne. Doch er wolle nur mit dem »Hauptkommissar« Pfeffer darüber sprechen. Warum, wollte er nicht sagen. Als Max Pfeffer davon hörte, beschloss er, sofort zu der genannten Adresse zu gehen und Erdal Zafer mitzunehmen.

Noch war das Sub geschlossen, der Mann, der ihnen aufsperrte und sie in ein Büro bat, stellte sich als Jens Aschenbrenner vor. »Klasse, dass du gekommen bist, Max«, sagte er vertraulich lächelnd. Der Mann war Mitte dreißig, hatte dramatische Geheimratsecken in seinen millimeterkurzen Haaren und viel zu viel Bart im Gesicht. Man sah kaum seinen Mund, wenn er redete. Dafür lachten seine blauen Augen.

»Äh, wir sind per Du?«, sagte Pfeffer überrascht.

Nun sah Jens Aschenbrenner erstaunt drein. »Klar. Waren wir. Sag bloß, du weißt nicht mehr …?«

»Ehrlich gesagt, nein.« Pfeffer schüttelte den Kopf.

»Echt?« Jens Aschenbrenner sah ernsthaft verletzt drein. »Du erinnerst dich nicht mehr an mich? Fasching? Rosenmontag im Prosecco? Wir sind dann zu mir, und du hast mich …«, er warf einen Blick auf Froggy, der sich bereits jetzt vor Pein wand, »… durchaus … hmm …« Er sah traurig in Pfeffers braune Augen.

»Ja, ich erinnere mich«, sagte Pfeffer schnell und lächelte, »Jens. Schon klar.« Er erinnerte sich nicht. Mit einer schnellen Kopfbewegung zu Erdal Zafer bedeutete er seinem Gegenüber, dass sein Mitarbeiter davon, also von was auch immer, nichts wissen musste. Jens Aschenbrenner lächelte verschwörerisch und nickte.

»Ich wollte nur mit dir reden«, sagte Jens Aschenbrenner und strich sich durch den Bart. »Wegen der Thematik. Du verstehst. Wir haben mit der Polizei in der Vergangenheit nicht immer nur die besten Erfahrungen gemacht. Und gerade der Bereich Refugees ist ein sensibles Thema. Und als ich mit euch telefonierte und dein Name fiel … Tja.«

»Es geht um Elvedin Saqqaf und Hamed Bakhtari«, sagte Pfeffer und legte Fotos auf den Tisch. »Du hast meinem Kollegen gesagt, dass du die beiden kennst?«

»Richtig. Die waren beide hier bei mir in der Beratung. Also nicht gleichzeitig.« Er lachte. »Elvedin hat Frau und drei Kinder. Er wollte gerne seine Sexualität leben, aber seine Familie nicht im Stich lassen. Eigentlich der Klassiker bei Refugees – und Männern aus Ihrem Kulturkreis.« Er nickte Froggy zu. Der biss sich auf die Lippen und sah zu Boden. »Einige vögeln sich durch die ganze Szene und sind daheim brav Papa und Ehemann.«

»So wie Elvedin?«

»Weiß nicht. Der machte nicht den Eindruck, als ginge es ihm nur ums Vergnügen nebenbei. Der hat echt gehadert. Der steckte in der Zwickmühle zwischen Familie und seinem Leben. Der hat eher von einem festen Partner geträumt. Hat aber gleichzeitig zu viel Angst gehabt. Der hat sich bewusst nur was zum Vögeln gesucht, ganz anonym, damit er nicht in Versuchung gerät, seine Familie zu verlassen. Hamed, der junge Kerl, hatte auch große Probleme mit seiner Neigung, aber für den galt die Devise, was seine Familie nicht weiß, macht sie nicht heiß. Der hat nichts anbrennen lassen. Sagte er zumindest. Der wollte nur Spaß.«

»Er war noch minderjährig«, sagte Pfeffer.

»So sah er aber nicht aus«, antwortete Jens Aschenbrenner. »Und über sechzehn wird er wohl gewesen sein. Also alles im grünen Bereich.«

»Also sind die beiden hier im Café verkehrt?«

»Selten. Die hatten Angst, hier möglicherweise von Bekannten gesehen zu werden. Wenn sie mal hier waren, sind sie immer schnell rein- und rausgehuscht.«

»Weißt du etwas über mögliche oder tatsächliche Sexualpartner?«, fragte Pfeffer.

»Nein, aber ich kann dir ihre Hottah-Profile zeigen.«

»Sie waren auf Dating-Plattformen?«

»Jep. Hamed hat mir mal gezeigt, wie viele Angebote er bekommt. Ist ja auch ein Hübscher.« Jens Aschenbrenner holte sein Smartphone heraus und wischte darauf herum. »Oh«, sagte er dann. »Du bist tatsächlich nicht bei Hottah oder Scruff oder Grindr, sonst würdest du mir angezeigt werden.«

»Ja, und?« Pfeffer zuckte mit den Schultern. Dass er durchaus auf Hottah war, aber im Stealth-Modus, musste Jens nicht wissen. Im Stealth-Modus, benannt nach dem Tarnkappenbomber der US-Army, der quasi unsichtbar war, konnte man selbst sehen, wer in der Umgebung aktiv war, ohne selbst als aktiv gekennzeichnet zu sein.

»Echt jetzt?« Jens Aschenbrenner zog die Augenbrauen so erstaunt hoch, dass sie fast in seine Geheimratsecken übergingen. »Auch nicht bei PlanetRomeo? Dann existierst du in der queeren Welt ja quasi gar nicht.«

»Und wenn …«, machte Pfeffer einen auf gleichgültig.

»Du hast keine Ahnung von Apps?«

»Ich weiß das Nötigste, aber mein Kollege hier hat ein wenig Ahnung …«

Jens Aschenbrenner zeigte den Polizeibeamten, wie eine der Apps funktionierte und wie sich potenzielle Sexpartner in der Umgebung mit Entfernungsangaben finden ließen et cetera. Froggy bekam rote Ohren. Die Profile von Elvedin und Hamed hätten sie ohne Jens' Hilfe nicht gefunden, zumindest nicht so schnell. Wobei Elvedin als Nickname ›Timur‹ und Hamed ›Shirkhan17‹ gewählt hatte.

»Shirkhan17?«, fragte Froggy stirnrunzelnd.

»Der Tiger aus dem Dschungelbuch, Shir Khan«, erklärte Jens Aschenbrenner. »Und wofür die Siebzehn steht, können wir uns alle denken.« Er lachte, Pfeffer lachte, Froggy nicht.

»Die Profile sind also noch online«, sagte Pfeffer. »Ich dachte, die werden nach einiger Zeit Inaktivität automatisch gelöscht?«

»Ja, hier, bei Elvedin wird angezeigt, dass er schon sehr lange nicht mehr aktiv war. Schätze, dass die nach einer gewissen Zeit die Konten löschen. Ah, schau, auch bei ›Shirkhan17‹ wird nun angezeigt, dass er schon längere Zeit nicht online war.«

»Das bedeutet«, versuchte Pfeffer seine Gedanken zu ordnen, »dass beide möglichst anonym Partner für schnellen Sex gesucht haben. Es werden ja nur Leute in der Umgebung angezeigt …«

»Wobei man den Radius der Umgebung selbst festlegen kann«, warf Jens Aschenbrenner ein.

»Kompliziert«, seufzte Pfeffer. »Alles ist möglich. Und die tatsächlichen Sexpartner finden wir nicht. Moment mal! Mann, bin ich blöd. ›Pops23‹. Was ist mit ›Pops23‹? Kannst du den mal auf der App suchen?«

»Dreiundzwanzig«, wiederholte Froggy leise und betrachtete nachdenklich seine Hände, er spannte die Linke mit größtmöglicher Distanz zwischen den Spitzen von kleinem Finger und Daumen. Dann blies er die Backen auf. »Bah, das ist viel«, sagte er zu sich selber.

Aschenbrenner tippte und wischte auf seinem Smartphone herum. Nach einer Weile schüttelte er den Kopf. »Nein, weder auf Hottah noch Scruff noch PlanetRomeo.«

»Mit anderen Worten, wir stehen mit nichts da.«

»Na ja«, sagte Jens Aschenbrenner. »Ich denke mal, die App-Anbieter müssten das wissen, also IP-Adressen und wer mit wem Kontakt hatte. Hottah ist in den letzten Jahren so erfolgreich geworden, weil sie den Kunden tatsächlich die größtmögliche Datensicherheit von allen Apps bieten. Die garantieren, dass nur die Anmeldedaten gespeichert werden und alle privaten Chats und Bilder nach achtundvierzig Stunden automatisch gelöscht werden. Das machen andere Apps nicht. Wie weit es mit der Garantie dann tatsächlich her ist, steht auf einem anderen Blatt.«

»Stimmt. Was für uns nun wirklich wichtig wäre«, sagte Pfeffer, »ist, ob du noch Kontakt zu Hamed und oder Elvedin hast? Im realen Leben.«

»Nein. Elvedin war schon lange nicht mehr hier, bestimmt ein Jahr oder so. Und Hamed hat sich auch schon seit einigen Wochen nicht mehr gemeldet.«

»Kennst du diese Frau?« Pfeffer zeigte ein Foto der Ermordeten.

»Oh, die hab ich in der Zeitung gesehen. Geht es um den Marienklausen-Mord? Voll brutal! Erwürgt. Puh. Sind Elvedin und Hamed verdächtig?«

»Wissen wir nicht.«

»Meldest du dich mal wieder bei mir?« Beim Abschied merkte Jens

Aschenbrenner, noch während er das fragte, dass es ein Wunsch bleiben würde, und endete mit einem verlegenen: »Okay, vergiss es.«

»Warum hast du die ganze Zeit so ein Gesicht gezogen?«, fragte Max Pfeffer, als sie wieder auf der Straße waren und zum Auto gingen. Eine Tram rumpelte vorbei. Und noch eine in der Gegenrichtung. Die Sonne stand bereits tief.

»Nix«, antwortete Froggy und stapfte, die Hände in den Hosentaschen zu Fäusten geballt, weiter.

»Okay, Kollege, du kannst hier einen auf cool machen, aber ich merke, dass was los ist, und ›nix‹ ist keine Antwort.« Max Pfeffer blieb stehen, um sich eine Zigarette anzuzünden. »Du bist ein guter Ermittler, Erdal, aber irgendwas ist mit dir. Seit du bei mir angefangen hast, merke ich es. Eine Zeit lang wars ganz okay, aber jetzt fängst du wieder an. Außerdem kannst du mir so gut wie nie in die Augen schauen. Ich bin nicht ganz blöd. Ist es mein Privatleben?«

Froggy machte unbestimmt »Hmm« und zuckte mit den Schultern. Er sah zu Boden. Pfeffer lachte, nicht amüsiert, eher verzweifelt.

»Warum bist du zu mir ins Kommissariat gekommen? Freiwillig! Wenn dich doch meine sexuelle Orientierung so stört?«

»Weil … Na, weil du einen guten Ruf als Ermittler hast«, sagte Erdal zaghaft. »Und man bei dir viel lernen kann.«

»Ach ja? Wer hätte es gedacht! Bei der Schwuppe kann man was lernen, der ist gut …«

»Schwuppe hab ich nicht gesagt«, meinte Froggy halblaut.

»Glaubst du, ich weiß nicht, was einige im Präsidium über mich reden? Ich bin ein paar Jahre länger auf der Weide als du, und ich habe schon alles gehört. Und soll ich dir sagen, was mir das ist? Wurscht! Es ist mir scheißegal. Okay? Und wenn du nun meinst, du müsstest damit ein Problem haben, dass dein Chef ein … wie hast du vorhin so schön gemurmelt? … Schwanzlutscher ist, dann ist das dein Problem. Deins. Niemand anderes. Ich erwarte Zuverlässigkeit von meinen Leuten, ja, und auch Loyalität. Nichts weiter. Und das biete ich auch im Gegenzug. Ich hab noch nie einen meiner Leute fallen gelassen. Und wenn DEIN Problem für DICH zu groß ist, dann lass dich versetzen.«

»Nein«, wand sich Froggy. »Es ist halt nur so … Ich kann mir das nicht vorstellen …«

»Du musst dir auch gar nichts vorstellen. Es geht dich einfach nichts an.«

Sie hatten inzwischen den geparkten Wagen erreicht, der in einer kleinen Seitenstraße geparkt war. Gegenüber befand sich der Showroom von Tesla. Pfeffer rauchte noch. »Wenn du zu denen gehören willst, die über mich lästern, dann geh. Wenn du weiter bei mir arbeiten willst, dann gewöhn dir gefälligst ein anderes Menschenbild an.« Pfeffer geriet immer mehr in Rage. Mehr, als ihm lieb war. Scheiß auf die Fortbildungen über Mitarbeiterführung und -gespräche. Scheiß auf Disziplin und dickes Fell. Es musste einfach mal raus. Jetzt. »Soll ich dir was sagen? Ich bin verwitwet. Ich habe letztes Jahr meinen Mann verloren, den tollsten Mann der Welt, mit dem ich fast zwanzig Jahre lang glücklich war. Das war die Liebe meines Lebens, verstehst du? Und wie haben die meisten Kollegen reagiert? Gar nicht. Kein Beileid. Nichts. Klar, einige waren bei der Beerdigung. Toll! Aber aus echter Anteilnahme kamen die wenigsten. Nicht, dass ich darauf großen Wert lege, aber als die Frau vom Hallberger neulich an Krebs gestorben ist, da haben sie gesammelt für einen Kranz und den Hallberger behandelt wie ein rohes Ei und ihm sogar ein paar Tage Sonderurlaub gegeben, geradezu aufgedrängt …«

»Na ja«, sagte Froggy, »wenn die Frau stirbt, ist das ja auch echt was anderes.«

Da konnte Max Pfeffer nicht mehr anders. Die Sonne, die Straße, das Auto, die Passantin mit dem Kinderwagen, alles verschwand für Sekundenbruchteile in einem großen Rot. Er konnte nicht mehr. Es war letztlich nur ein Reflex. Pfeffer drosch Erdal Zafer mit der Faust einen sauberen Haken mitten in die linke Gesichtshälfte, sodass Erdal überrascht nach hinten taumelte und gegen den Wagen prallte. Gleichzeitig aber schickte Erdal reflexartig seine Rechte los, die Pfeffer am linken Auge traf.

25

Als Pfeffer die Haustür aufschloss, schallte ihm *Tu cherche qui, rencontrer la mort?* entgegen. Er erkennte sofort ›I've Seen That Face Before‹ von Grace Jones. »Hi, Cosmo«, brüllte Pfeffer ins Haus, legte den Schlüssel auf das Tischchen im Eingangsbereich und ging gleich in die Küche, um sich im Eisschrank etwas Kühlendes fürs Auge zu suchen.

Dance in bars and restaurants. Home with anyone who wants …

»Hi, Dad!«, rief Cosmo vom Wohnzimmer zurück. Die Musik wurde leiser. »Voll cool, die Grace. Hatte ich ganz vergessen!«

»Wem sagst du das!«, antwortete Pfeffer. Als Sportler hatte er immer Eispads im Kühlfach. Eines davon presste er sich nun gegen das linke Auge. »Das ist es das beste Lied, das sie je gemacht hat beziehungsweise eines der besten Lieder aller Zeiten, und das ganze Album ist in meinen ewigen Top Ten. Wir haben euch doch schon euer Leben lang damit gepestet, erinnerst du dich nicht?«

»Doch. Klaro. Nehm ich mit«, sagte Cosmo. »Die ist übrigens echt cool, die Grace, obwohl die schon siebzig oder so ist. Hatte mit ihr letzten Sommer einen Gig in Amsterdam. Die hat die Bühne gerockt, und wir haben anschließend noch gemütlich einen geraucht.«

»Du kennst Grace Jones? Persönlich?«

»Klar. Warum nicht. Ich kenn auch Miley Cyrus.«

»Wer ist das denn?«

»Ach, Dad!« Cosmo saß auf dem Boden vor dem Regal mit Pfeffers Plattensammlung. Besser gesagt, mit den Resten von seiner Plattensammlung. Denn in den vergangenen Jahren hatte Cosmo den Bestand kräftig gefleddert, indem er immer mehr seiner eigenen Sammlung einverleibte. Als DJ war er ständig auf der Suche nach Neuem, möglichst im Alten. Er hatte sich nun wieder einen Stapel herausgesucht. Er legte das Vinylalbum ›Nightclubbing‹ von Grace Jones obenauf. Seinem Vater war die Plünderei egal. Er gehörte nicht zu den Vinylfreaks, hatte längst seinen Plattenspieler entsorgt und alle wichtigen Alben als CDs nachgekauft. Dass inzwischen auch die CD belächelte Vergangenheit war, kümmerte Pfeffer ebenso wenig. Weil kein Plattenspieler mehr da war, hörte Cosmo sich die CDs an.

»Und was haben wir eigentlich über spontane Besuche beim Vater gesagt?« Max Pfeffer setzte sich auf Sofa.

»Sorry, Dad, aber ich habe angerufen, du bist nicht rangegangen.«

Pfeffer checkte sein Smartphone. Tatsächlich ein Anruf in Abwesenheit. Hatte er nicht gehört.

»Kennt man von dir gar nicht. Drum habe ich dich ein wenig gestalkt und gesehen, dass du in der Müllerstraße warst …«

»Und was haben wir über das Stalken gesagt?«, grummelte Pfeffer.

»Mann, wie siehst du denn aus?« Endlich hatte Cosmo seinen Blick von den Schallplatten gelöst. »Schlägerei?«

»Na ja, so was in der Art. Schon okay.«

»Muss ich mir Sorgen machen?«

»Nein. Ein Kollege meinte, er müsse etwas über mein Privatleben sagen.«

»Gut so, Dad. Was essen wir?«

»Ich hab nur Spaghetti und Pesto im Haus.«

»Wunderbar, Dad. Du bleibst sitzen und kühlst dein Auge, ich koche.«

Später nach dem Essen saßen sie noch im Wohnzimmer beinander, und Pfeffer blätterte schnell durch die Schallplatten, die Cosmo abziehen wollte. Siouxsie Sioux, David Bowie, Club des Belugas, Everything but the Girl, Working Week, Parov Stelar, The Tiger Lillies, Billie Holiday, Nina Simone, kurz der Rest von Pfeffers Jugend und Mittelalter. »Ist okay«, sagte er dann. »Und von Björk … nach ›Homogenic‹ kam nichts mehr Gscheits.«

»Ich weiß, ich hab die Streicher von ›Bachelorette‹ schon mal verwurschtelt.«

»Echt? Nimm nur die alten Sachen, auf den neuen schreit sie nur noch rum. Ach, weißte was, nimm doch einfach alle Platten mit, und ich sag dir, welche du mir dann digitalisieren kannst, okay?«

»Lässt sich einrichten, Dad.«

»Sag mal, was ganz anderes. Bist du auf Dating-Portalen unterwegs?«

»Was?« Cosmo, der eben einen Schluck Bier nehmen wollte, prustete. »Seh ich so aus, als hätte ich das nötig?«

»Keine Ahnung. Immerhin hast du mir schon seit mindestens drei Monaten keine neue Freundin vorgestellt.«

»Bin ich so schlimm?«

»Na ja, also, irgendwann habe ich aufgehört, mir die Namen zu merken. Wie hieß die letzte?«

»Das war Celine. Und einen Moment.« Cosmo starrte zur Decke und überlegte. »Das war Nummer zweiundvierzig. Alle mitgezählt, auch die schnellen Nummern. Das musst du erst mal schlagen.« Cosmo grinste breit und zufrieden.

»Ach, Kind.« Pfeffer lachte laut auf, dann lächelte er nachsichtig. »Du bist goldig. Für was hältst du mich?«

»Okay, sorry, Dad«, sagte Cosmo nun verlegen. »Das ist kein Wettkampf.«

»Allerdings. Und ich muss dir leider sagen, dass du noch nicht einmal ansatzweise mit mir mithalten kannst, solange du noch im zweistelligen Bereich bist. Und wenn du mal im dreistelligen bist, dann darf am Anfang nicht nur eine Eins stehen, okay?«

»Nicht dein Ernst!« Cosmo starrte seinen Vater mit offenem Mund und unverhohlener Bewunderung an.

»Doch. Und? Ging und geht ganz schnell. Nichts, worauf ich stolz bin – wobei, doch, da bin ich eigentlich schon stolz drauf.« Beide lachten. »So, und jetzt bitte zurück zu meiner Frage mit den Dating-Seiten. Es gibt einen Grund, warum ich frage.« Er erklärte seinem Sohn in groben Zügen seinen aktuellen Fall.

»Und jetzt?«, fragte Cosmo dann. »Glaubst du, dass die beiden Migrahigrüs ermordet wurden und ihren Mörder über Tinder, nee, das heißt bei euch ja Hottah, kennengelernt haben?« Cosmo kürzte Migrationshintergründler immer mit Migrahigrü ab.

»Möglich.«

»Und wie passt da das ermordete Mädchen ins Spiel?«

»Sag dus mir.«

»Sie hat die Leiche von diesem Elvis gefunden, eins und eins zusammengezählt und mit dem Armreif jemanden erpresst.«

»Nein, sie hat sich auf das Treffen mit ihrem Mörder gefreut …«

»Dann hat sie dem falschen Menschen vertraut. Ganz easy. So, und jetzt richten wir dir mal einen Account bei einer dieser Dating-Apps ein und locken damit den Mörder aus der Reserve. Oder finden für dich einen neuen Kerl.«

»Zum einen wissen wir gar nicht, ob es einen Schwulenmörder gibt, zum anderen bin ich … bin ich noch nicht bereit für so was.« Jetzt belog er seinen Sohn – die vier Tage an Fasching! –, aber er hatte keine Lust auf mögliche Auseinandersetzungen über angemessene Dauer von Trauerphasen und das ganze Pipapo. Wobei es wahr war, er war längst nicht bereit für eine neue Liebe.

»Sorry, Dad!«

»Das will ich nicht. Also einen neuen Kerl. Und natürlich will ich auch keinen Lockvogel für einen Killer geben.«

»Sorry, Dad. Wollte dich nicht traurig machen.« Cosmo hob seine Bierflasche und stieß mit seinem Vater an.

26

Becky band ihre roten Locken zu einem lockeren Pferdeschwanz zusammen, nachdem sie aus dem Taxi ausgestiegen war. Die Schicht im Gsindl steckte ihr heute mehr in den Knochen als üblich. Vielleicht weil Lucky freihatte. Gemeinsam in einer Schicht war es immer lustiger. Und die Rückfahrt war billiger. Nachts um drei mit dem Taxi von der Landsberger Straße bis nach Untergiesing kostete einiges. Aber Becky war es das wert. Keinen Bock auf Fahrrad! Schnell heim in die Heia. Sie ließ sich vom Fahrer am Taxistand unter der Candidbrücke absetzen und lief die Straße hinunter in Richtung Agilolfingerstraße. Es stank nach Pisse. Als sie an dem Gebüsch vor der Sparkasse vorbeikam, wurde sie plötzlich von hinten gepackt und ins Dunkel des Eingangsbereichs der Bank gezerrt. Eine Hand versiegelte ihren Mund, eine andere hielt sie am Hals umklammert. Sie bekam kaum noch Luft.

»Schschschsch«, machte der Mann neben ihrem linken Ohr. »Ganz ruhig, okay? Dann passiert niemandem was.«

Becky bäumte sich auf. Er griff fester zu. Ihr blieb die Luft weg.

»Was habe ich gesagt?«, raunte er. »Versprichst du jetzt, brav zu bleiben? Dann, nur dann passiert dir nichts.«

Sie sog panisch Luft durch die Nase, konnte keinen klaren Gedanken fassen. Schließlich nickte sie leicht, weniger aus Zustimmung, als aus dem Drang heraus, irgendwas zu tun. Die Hand löste sich vorsichtig von ihrem Mund, jederzeit bereit, ihn wieder zu verschließen, falls sie schreien sollte. Die andere Hand am Hals lockerte sich ebenfalls. Schließlich zog er beide Hände weg. Becky schnappte nach Luft und drehte sich langsam um.

»Du?«, entfuhr es ihr überrascht. »Du Arschloch! Was soll das?«

Er packte sie wieder mit einer Hand bei der Gurgel und drückte so weit zu, dass sie begriff, wer Herr der Lage war.

»Schon gut«, röchelte sie. »Was willst du?«

»Ich finde es nicht sehr nice von dir, dass du mich an die Bullen verpfiffen hast«, sagte Mortimer Olberding leise. »Gar nicht nice.«

»Hör mal, es geht um Mord. Und du bist doch ihr Dealer … Oder, meine Güte, hast du etwa Polly …« Sie biss sich auf die Unterlippe.

Er lachte kurz auf. »Bestimmt nicht. Aber es ist nicht gut, wenn alle Welt weiß, welchen lukrativen Nebenerwerb ich habe, kapiert?«

»Was soll das dann hier?« Becky machte einen Schritt zurück. Abstand gewinnen.

»Ich möchte, dass du begreifst, dass das alles eine Nummer zu groß für dich sein könnte. Ich hätte dich … tja, meinen Jungs überlassen können – und glaub mir, ich kenne Jungs, denen würde ich kein Mädchen mal eben so überlassen – oder dafür sorgen, dass dein wunderschönes Madonnengesicht der Vergangenheit angehört oder, oder, oder.«

Becky gewann langsam ihr Selbstvertrauen zurück. »Ach wirklich? Und wenn du das alles hättest machen können, warum laberst du mich stattdessen hier voll?«

Mortimers Lächeln ließ sich auch in der Dunkelheit erahnen, es ließ sie schaudern. »Weil ich dir lieber einen Deal anbieten möchte. Im Gsindl wirst du als Barfrau sicher oft nach gewissen Stimulanzien gefragt, die über Alkohol hinausgehen. Ich möchte, dass du all diese Interessenten an mich verweist oder an meine Mitarbeiter, die ich dir noch zeigen werde.«

»Was springt für mich dabei raus?«

»Zunächst, meine Liebe, dass du dein hübsches Madonnengesicht behältst und vorerst weiter darüber bestimmst, wer dein Schmuckdöschen von innen sieht.« Er griff ihr in den Schritt. In dem Moment riss Becky ihr Knie nach oben und trat Mortimer wuchtig zwischen die Beine. Er machte »uff« und kippte nach vorne. Die eine Hand in seinem Schritt, packte er sie fest am Kragen. »Unklug«, keuchte er.

»Ich denke nicht«, antwortete sie, sie taumelte unter seinem Gewicht, das an ihrem Kragen hing, blieb jedoch stehen. »Ich möchte zwanzig Prozent von deinem Umsatz, wenn ich dir die Kunden zuschiebe.«

»Zehn«, schnaufte er unter Schmerzen.

»Okay, fünfzehn.« Becky gab Mortimer die Hand, er ließ ihren Kragen los. Sie drehte sich um und ging die Straße entlang. Sie ging nicht, sie schritt, beherrscht, bemüht, Haltung zu zeigen. Nicht rennen, sagte sie sich, wobei sie so gerne weggerannt wäre. Als sie endlich die Tür zu ihrer Wohnung aufschloss, horchte sie noch einmal ins Treppenhaus. Nichts, er war ihr nicht gefolgt. Erleichtert schlüpfte sie in die Wohnung, zog die Tür zu und sperrte sie ab.

»Lucky«, rief sie. »Ich muss dir was erzählen.« Sie machte Licht und ging in Luckys Schlafzimmer. Zu ihrer größten Enttäuschung sah sie, dass sein Bett leer war. Sie ärgerte sich über sich selbst. Lucky war ja für ein paar Tage am Gardasee mit seinem neuen Stecher, diesem blöden Schwanzpic-Sender von der App, ›Bullock23‹ oder so. Gemeldet hatte er sich auch noch nicht bei ihr. Scheiß Kerle.

Nachdem der Schmerz nachgelassen hatte, zog Mortimer sein Smartphone aus der Tasche und wählte eine Nummer. »Yo, hier ist Mo«, sagte er dann. »Die Sache ist abgeblasen … Ja, wir haben uns geeinigt … nein … nein, ihr lasst sie in Ruhe, okay … Willst du Ärger mit mir? … Okay, will ich dir auch geraten haben. Pfoten weg von der Braut.« Er legte auf.

27

»Und jetzt?«, fragte Bella Hemberger am nächsten Morgen. »Ihr prügelt euch wie zwei Vollpfosten, und danach ist dicke Freundschaft, oder wie? Ihr wisst schon, dass das disziplinarische Folgen hat.«

»Hat es nicht.« Max Pfeffer blinzelte mit dem blauen Auge. Er hatte es den ganzen Abend über gekühlt. Das hatte die Schwellung eingedämmt. Blauviolett war es trotzdem. »Außer dir weiß niemand, dass wir eine kleine unglückliche Begegnung hatten, und dabei bleibt es auch.«

Erdal Zafer nickte zaghaft. Seine linke Gesichtshälfte war angeschwollen und schillerte türkis. Da er sich nun nicht rasieren konnte, ließ er den Bart wachsen. Das hatte den Vorteil, dass in wenigen Tagen niemand mehr die Blessuren sehen würde.

»Warum deckst du den Vollpfosten?«, fragte Bella wütend und deutete auf Froggy. »Der lästert über dich bei jeder sich bietenden Gelegenheit, der homophobe Sack, und dann greift er dich auch noch körperlich an.«

»Sei still!«, herrschte Froggy sie an.

»Von dir lass ich mir nicht den Mund verbieten!«, konterte Bella.

»Ich decke ihn nicht«, antwortete Pfeffer ruhig. »Er hat mich nicht angegriffen, und ich weiß, dass die Lästerei ab heute ein Ende hat. Nicht wahr, Erdal?«

Froggy nickte verlegen und grinste schief. Dann nahm er eine Aldi-Einkaufstüte hoch und holte daraus eine große Tupperdose mit Tiramisu hervor. Als er den Deckel öffnete, wirbelte ein feiner Nebel aus Kakaopulver hoch. »Hier, Chef, hat meine Frau gemacht. Sie macht immer ganz viel Kaffeelikör mit rein. Sie sagte: ›Wenn dein Chef Espresso mag, dann mag er auch mein Tiramisu.‹ Ich denke, Baklava wäre zwar passender, weil du so sauber hinlangst wie ein Türke, aber meine Frau ist Deutsche, die kann nur Tiramisu.«

»Danke. Sag deiner Frau lieben Dank. Freut mich. Holt euch Teller und Löffel aus der Küche, Tiramisu für alle und Frieden auf Erden. Ich mach 'nen Espresso dazu.«

»Wie jetzt?« Bella Hemberger blickte entnervt von Pfeffer zu Froggy. »Das wars?«

»Ja«, sagte Pfeffer entspannt.

»Ja«, sagte Froggy glücklich lächelnd.

»Was ist übrigens mit der Videoüberwachung von Hellabrunn?«, fragte Pfeffer.

»Nichts«, antwortete Froggy. »Die Kameras sind nur auf den Tierparkbereich ausgerichtet, nicht auf den öffentlichen Grund. Dürfen sie gar nicht.«

»Wäre ja auch zu schön gewesen.«

»Okay, dann eben business as usual. Was wir inzwischen haben«, sagte Bella Hemberger, »ist noch ein Bericht aus dem Labor. Ja, peu à peu kommen die ganzen Ergebnisse rein. Es gibt tatsächlich eine Übereinstimmung von einem Sohlenabdruck, den die Kollegen neben der Kreuzwegsäule sichergestellt haben, an der die Leiche lehnte, mit einem Laufschuh. Also, es ist zwar kein ganzer Sohlenabdruck, sondern nur ein kleines Fragment, aber die Laborjungs sagen, dass das reicht. Der dazu passende Schuh gehört unserem Herrn Nowak.«

»Was ich nicht verstehe, lieber Max, ist, was diese beiden Asylbewerber mit dem Fall zu tun haben sollen«, sagte Kriminaldirektorin Jutta Staubwasser und tippte mit dem rechten Zeigefinger auf die Unterlagen, die vor ihr auf dem Schreibtisch lagen. Sie hatte Max Pfeffer zu einer Unterredung in ihr Büro gebeten. Durchaus Routine, doch er hatte gleich geahnt, dass das kein einfacher Termin sein würde. Irgendwie lag das im Tonfall seiner Vorgesetzten, als sie ihn angerufen hatte, doch mal bitte vorbeizukommen. Jutta Staubwasser setzte sich gerade auf ihren Schreibtischstuhl. Die Frisur wie immer fest betoniert. Das Escada-Kostüm in Taubenblau saß perfekt. Kurz sah sie irritiert auf sein blaues Auge, dann beschloss sie offenbar, es nicht zu kommentieren.

»Das, liebe Jutta, kann ich ehrlich gesagt auch nicht erklären«, antwortete Pfeffer wahrheitsgemäß.

»Ich sehe überhaupt keinen Zusammenhang zwischen dieser Polina und den Migranten. Die Staatsanwaltschaft übrigens auch nicht.«

»Es muss aber einen geben«, sagte Pfeffer. »Wir haben den Silberreif von Elvedin Saqqaf bei ihr gefunden.«

»Jaja«, winkte Jutta Staubwasser ab. »Ich habe die Akten gelesen.« Sie stützte ihre Ellenbogen auf den Schreibtisch und spielte die investigative Journalistin: »Können Sie mich überzeugen, dass es einen Zusammenhang mit dem Mord gibt, Herr Kriminalrat?«

»Nur, dass in der WG von Polina eingebrochen und alles durchwühlt wurde. Es wurde nach aktuellem Stand unseres Wissens allerdings nichts entwendet. Wir vermuten, dass der Täter diesen Armreif suchte.«

»Vermuten. Sicher. Und wenn es irgendwelche Junkies waren, die unter der Candidbrücke leben? Auf der Suche nach irgendwas Wertvollem? Wenn die einfach nicht wussten, dass es in der WG nichts zu holen gab?«

»Die hätten zumindest alle Fernseher aus der Wohnung mitgenommen.«

»Zu schwer, zu sperrig. Nein, solche Leute suchen nach Bargeld und Schmuck. Nein, mein lieber Max, das überzeugt mich nicht. Was zählt, ist die Spurenlage bei diesem … wie heißt er … Robert Nowak, dem Bruder von Susa Förster. Übrigens köstlich, ihre Krimis! Hast du mal einen ›Basti Daxlberger‹-Krimi gelesen? Musst du nachholen. Unbedingt. Köstlich und voller charmanter Münchner Charaktere, so lebendig. Man glaubt fast, man kennt die Leute. So, wie unser München früher einmal war.«

Weil du so viel Ahnung hast, wie unser München einmal war, Neigschmeckte, dachte Pfeffer.

»Nun gut, also Robert Nowak. Ich finde ihn mehr als verdächtig. Die Fotos, seine Wischiwaschi-Aussage, sein fehlendes Alibi für die Tatzeit, die Aussage von diesem Mortimer und alles. Ich denke, den sollten wir in den Fokus der Ermittlungen rücken. Und wenn ich ehrlich bin, dann ist auch Herbert Förster nicht unverdächtig. So leid es mir für Susa täte. Hatte ich erwähnt, dass ich sie mal bei einer Lesung kennengelernt habe? Bezaubernde Person. So natürlich.« Die mangelnde Menschenkenntnis von Jutta Staubwasser war legendär. »Völlig uneitel.« Sie reichte Pfeffer einen dünnen Aktendeckel rüber. »Ich war so frei, mich schon mal um die Durchsuchungsbeschlüsse zu kümmern. Nowak und Herbert Förster.«

»Das …« Pfeffer war einigermaßen sprachlos, denn seine Chefin preschte in der Regel nicht so vor. Sie strich zwar gerne am Schluss für sich die Lorbeeren ein, doch während der Ermittlungen verhielt sie sich meist zurückhaltend bis vorsichtig. »Das trifft sich hervorragend, denn wir haben nun auch noch einen Fußabdruck von ihm am Tatort sichergestellt.«

»Na also!« Jutta Staubwasser strahlte über beide Ohren. »Dann kümmern wir uns nun um diesen Nowak! Ich muss dich sicher nicht daran erinnern, dass die Öffentlichkeit ein sehr großes Interesse an diesem Fall hat, und es wäre günstig, wenn wir zeitnah Ergebnisse präsentieren könnten. Darum konzentrier dich auf den Bruder.«

28

»Sam Rosenberger?«

»Wer will das wissen?« Das Mädchen sah nicht von ihrer Schüssel auf. Sie schaufelte einen Berg Nudeln in den Mund und kaute entspannt. Unter dem Baseballkäppi lugten rosa gefärbte Haare hervor. Sie trug enge schwarze Jeans, T-Shirt sowie eine blaue verwaschene Jeansjacke mit vielen Buttons drauf und strahlte die lässig-schlitzohrige Attitüde einer Lausegöre aus.

»Max Pfeffer.« Der Kriminalbeamte hielt ihr seine Marke hin. »Wir hatten telefoniert. Darf ich mich kurz zu Ihnen setzen?«

Samantha Rosenberger hatte ihm am Telefon gesagt, dass sie mittags in diesem angesagten Laden, dem Tiki Bowls And Such in der Augustenstraße anzutreffen sei. Sie war am Telefon völlig entspannt gewesen und hatte sich schnell zu einem Treffen bereit erklärt. Was Pfeffer gewundert hatte. Und tatsächlich hatte er sofort beim Eintreten das magere Mädchen an einem Fenstertisch sitzend gesehen.

»Hey, ich kenne dich doch«, sagte Sam nun, als sie aufsah. »Du warst neulich mit der blonden Tusse vor der Tür vom Bertl, oder? Die Tusse mit der großen Brille. Die wissen wollte, wer ich bin.«

»Richtig. Und genau darum geht es auch.«

»Um den Bertl? Warum? Er ist ein Freund, mehr kann ich dazu nicht sagen.« Sie zuckte mit den Schultern und futterte weiter aus ihrer hawaiianischen Poké-Bowl.

»Freund? Nicht eher Sugardaddy?«

Sam giggelte und zog eine süße Kleinmädchenschnute. »Da denkt einer mit.«

»Schaffst du an?«

»Also bitte!« Sie spielte die Entrüstete, kicherte aber gleich. »Ich doch nicht.«

»Ich schätze, Herbert Förster ist in dich verliebt«, antwortete Pfeffer. »Gehe ich recht in der Annahme, dass dies eine sehr einseitige

Liebe ist?« Pfeffer setzte sich auf einen der niedrigen roten Hocker an den Tisch.

»Kann sein.« Sie zuckte mit den Schultern.

»Er hat mir gesagt, dass ihr schon länger ein richtiges Verhältnis habt.«

»Klar haben wir das. Weil er das möchte.« Sie aß weiter. »Wir haben alles, was er möchte. Solange er glaubt, dass ich auf ihn stehe, geht es mir gut. Er macht mir Geschenke.«

»Auch Geldgeschenke?«

»Klar. Ich bin übrigens keine Nutte, klar? Ich schau halt, dass ich gut über die Runden komme. München ist ein teures Pflaster. Ich suche und ich finde. Er denkt wirklich, dass wir uns letzten Sommer ganz zufällig im Eiscafé an der Münchner Freiheit kennengelernt haben. Und dass ich wirklich Schülerin bin und bald Abitur mache. Ich bin alles, was meine Freunde wollen. Irgendwie schon fast goldig, oder?«

»Für wen arbeitest du?«

»Für niemanden. Ich bin keine Nutte, wie ich bereits gesagt habe. Ich arbeite für mich.«

»Ist er dein einziger Freund?«

»Da träumt er von!« Sie sah Pfeffer amüsiert an. »Er denkt ja auch, ich sei siebzehn!«

»Mich würde noch interessieren, warum du mit deinen nichtsiebzehn, mit deinen … dreizehn … vierzehn? … bereits Sugardaddys ausnimmst? Gehst du mit ihnen ins Bett und erpresst sie dann wegen Minderjährigkeit?«

Sam kicherte und schielte frech unter ihrem Cap zu Pfeffer hinüber. »Siehste, genau deshalb«, sagte sie mit Lausemädellächeln. »Weil man das denken könnte. Ich verrate dir was, lieber Polizist. Meine Freunde möchten nicht in den Knast, weil sie auf kleine Mädchen stehen. Und bei mir droht garantiert kein Knast. Drum kann ich auch niemanden erpressen.« Sie aß in Ruhe weiter. »Gecheckt?«, fragte sie nach einer Weile.

Pfeffer runzelte die Stirn. Er war sich nicht sicher, ob er es wirklich gecheckt hatte.

»Oh, Mann.« Sam legte den Löffel beiseite und holte aus der Brusttasche ihrer Jeansjacke ihren Personalausweis. »Guckst du.« Sie legte den Ausweis vor Pfeffer auf den Tisch.

»Du heißt ja wirklich Samantha Rosenberger.«

»Klar. Wird sonst zu schwierig, wenn mich Freunde auf Reisen mitnehmen und ich einen Fakenamen hätte. Falsche Papiere kommen gar nicht gut an der Grenze.«

»Was? Du bist sechsundzwanzig?«, sagte Pfeffer verblüfft.

»Damit, Herr Kommissar, haben Sie das Geheimnis meines Erfolgs entschlüsselt.« Sam lachte wieder ihr Lausedirndllachen. »Die Freunde geben sich der Illusion hin, sie würden ein junges Mädchen vögeln. Manchen biete ich auch die Entjungferungsnummer. Hab ich auch drauf. Ein kleiner Wattebausch mit etwas Kunstblut – schon sind die Freunde glücklich, mein Erster gewesen zu sein. Und noch dazu ist alles ganz ungefährlich. Ich bin ja längst volljährig. Klar, Bertl denkt, ich sei siebzehn. Soll er.«

»Bliebe noch Prostitution im Sperrbezirk«, sagte Pfeffer.

»Ach, wirklich? Ich habe großzügige Freunde. Mehr nicht.«

»Ich meine damit nur, dass du aufpassen solltest. Und jetzt sag mir noch, was zwischen Förster und dir läuft.«

»Willst du Details? Also, wir ziehen uns aus, und dann …«

»Sehr witzig.«

»Da läuft nichts, was nicht auch bei anderen laufen würde. Er bekommt seinen Sex. Punkt. Wobei er denkt, wir haben ein echtes Verhältnis. Ich kann das ganz gut. Die Illusion aufrechterhalten. Wir sehen uns meist ein Mal die Woche, manchmal seltener, manchmal öfter. Ich bleibe über Nacht. Immer. Er steht halt auf flache Titten und Knochen. Wir treffen uns in seinem Apartment. Neulich dachte ich, ich kriege einen Herzkasper, als plötzlich seine Alte und dann noch diese Oma aufgetaucht sind. Ich meine, beinahe wäre es mir ja gelungen, ganz unbemerkt rauszuschleichen …«

»Herr Förster sagt, er war an jenem Morgen, als sein Kindermädchen ermordet wurde, mit dir in seinem Arbeitsapartment.«

»Ich wäre dann also sein Alibi?« Ein fieses Grinsen huschte über Sams Gesicht.

»Ja.«

»Okay, ja, ich gebs zu, ich war bei ihm. Wir haben schon über den Mord gesprochen. Ich hab angemessen schockiert getan. Wobei … nein, sorry, mir tuts echt leid für die Kleine, aber es hat nichts mit mir und meinem Leben zu tun. Er hat rumgeheult, dass man ihn womöglich verdächtigen würde und es nun erst recht auf gar keinen Fall rauskommen darf, dass wir beide ein Verhältnis haben. Weil er dann als Kinderficker dastünde und er erst recht verdächtig wäre.«

»Dabei musste er gar nichts fürchten, er hat ja dich als Alibi.«

»Hat er. Genau das fürchtet er aber.«

29

»Kommen wir voran?«, fragte Max Pfeffer.

Froggy schüttelte den Kopf. Dann deutete er auf die geschlossene Tür hinter sich. Das Vernehmungszimmer. Froggy war eben herausgekommen. »Bella hat ihn schon eine ganze Weile in der Mangel, aber er leugnet. Er sagt, er ist unschuldig.«

»Die Schuhabdrücke?«

»Er gibt zu, dass er mal an der Marienklause war. Womöglich auch kurz vor dem Mord an Polina, aber …« Froggy zuckte mit den Schultern. »Es kommt immer das große Aber. Ich hol mir jetzt mal einen Kaffee? Auch einen?«

»Nein, ich denke, es wird Zeit für den Bad Cop.«

»Bella ist schon der Bad Cop.«

»Okay, dann mach ich eben den Good Cop.«

»Der bin doch ich«, sagte Froggy ernsthaft entrüstet.

»Nicht mehr.« Pfeffer sah auf den Stapel Akten, den er in der rechten Hand hielt. »Ich habe alles durchgesehen. Wir haben eine Menge, aber ich fürchte nicht genug. Wo sind überhaupt die Ergebnisse von den Dating-Portalen?«

»Die …« Froggy kratzte sich am Hinterkopf. »Die habe ich weggelassen. Heute hieß es doch beim Jour fixe, die Staubwasser hätte gesagt, dass wir die Migrantenspur außer…«

»Frau Staubwasser, Erdal, nicht die Staubwasser, bitte. Was die Kriminaldirektorin sagt, ist eine Sache, was wir umsetzen, eine andere. Und Frau Staubwasser hat nicht gesagt, dass wir Spuren außer Acht lassen sollen. Sie hat nur empfohlen, worauf wir uns konzentrieren sollen. Daher möchte ich ganz nebenbei alles haben, was du von den Dating-Portalen an Info bekommen hast. Danke.«

Als Max Pfeffer kurze Zeit später das Vernehmungszimmer betrat, schwiegen sich Bella Hemberger und Robert Nowak gerade an. Bella, das erkannte Pfeffer sofort, war geladen, kurz vorm Explodieren. Sie saß weit zurückgelehnt da, den rechten Arm auf die Rückenlehne ihres Stuhls gestützt. Nowak saß trotzig vor sich hin auf den Boden starrend auf seinem Stuhl.

»Sie haben Herbert Förster die Fotos von Polina geschickt«, sagte Bella Hemberger laut und schlug mit der flachen Hand auf den Tisch vor sich. »Sie, Herr Nowak, haben die freizügigen Fotos an Ihren Schwager geschickt. Warum?« Tatsächlich hatten die Techniker der Polizei auf Nowaks Smartphone Chatverläufe und andere Daten mühelos wiederherstellen können. Ganz wie Pfeffer gesagt hatte. Die meisten Menschen vergessen respektive wissen gar nicht, dass etliche Apps automatisch Sicherungskopien in die Cloud stellen, um aus Versehen gelöschte Daten wiederherstellbar zu machen. Bei Polina war das anders, die hatte die entsprechenden Dienste deaktiviert. So hatten sie Nowak nachweisen können, dass er die Fotos des Kindermädchens an Hebert Förster geschickt hatte.

»Ich wollte ihm nur zeigen, was ich mit den neuen Filtern machen kann«, sagte Nowak leise.

»Dazu schreiben Sie aber nichts! Kein Wort von Filtern, von Fototechnik! Herrgott noch mal, Herr Nowak, wie oft sollen wir das denn noch durchkauen?«

»Dann ist Ihnen sicher auch aufgefallen, dass ich gar nichts zu den Fotos geschrieben habe!«, wurde Robert Nowak plötzlich laut.

»Richtig«, bestätigte die Hauptkommissarin. »Und warum?«

»Weil ich mit ihm direkt darüber gesprochen habe!«

»Wir wissen, dass Herbert Förster an dem Tag, um die Uhrzeit, als Sie ihm die Fotos geschickt haben, einen Termin in Augsburg hatte. Und Sie waren in München. Da können Sie schwer mit ihm Auge in Auge geredet haben. Und Herr Förster hat uns gegenüber ausgesagt, dass er die Fotos von Ihnen unverlangt geschickt bekommen hat.«

»Mein Gott! Kann sein. Das ist ewig her. Okay!« Er fuhr sich über den Kopf. »Also bitte, dann sage ich Ihnen, wie es wirklich war.«

»Zeit wirds«, knurrte Bella Hemberger.

»Herbert hat mich gebeten, diese Fotos von Polina zu machen, verstehen Sie? Er wollte Fotos von ihr. Nicht ich. Ich fand sie völlig abtörnend, nett, aber unsexy. Herbert hingegen … Na, er wollte nicht als Lustgreis dastehen. Vor allem durfte Susa nichts erfahren, ja, nicht mal ahnen. Darum hat er sich Polina gegenüber immer sehr zurückgehalten. Vielleicht hat er sie mal angefasst, kann sein, aber es durfte auf keinen Fall auffallen. Seine Karriere und so! Also hab ich die Fotos von Polina gemacht und ihm geschickt, damit er sich … keine Ahnung … drauf einen runterholen kann. Das wars. Und ja, ich hab ihm auch ein Foto von meinem Pimmel geschickt, damit er mal sieht, was ein richtiger Schwanz ist. So, zufrieden?«

»Warum nicht gleich so, Herr Nowak?«, mischte sich nun Max Pfeffer ein, versöhnlich, einfühlsam im Ton. Er legte seinen Aktenberg auf den Tisch. »Wir haben schon darüber gerätselt, warum Sie Herrn Förster Fotos von Ihrem Penis geschickt haben. Es hätte ja auch sein können, dass Sie ihm damit zeigen wollten, dass Sie mit Frau Komarowa schlafen würden. Sagen Sie, kann es nicht doch sein, dass Sie in Polina Komarowa verliebt waren?«

»Nein! Ich habs doch gerade erklärt!«

»Und sie hat Sie abgewiesen, nicht wahr? Das waren ganz schön viele Demütigungen in der letzten Zeit, hm? Scheidung, Privatinsolvenz, beinahe obdachlos. Puh. Sehr schwierig.«

»Das hat doch überhaupt nichts … Deswegen bringe ich doch niemanden um.«

»Ich verstehe das doch, Herr Nowak«, sagte Pfeffer. »Diese ungünstige Situation, dass Sie bei Ihrer Schwester Unterschlupf suchen mussten. Das war bestimmt nicht einfach. Noch dazu, wo Ihre Schwester Sie für einen Versager hält. Jeden Tag diese Demütigung!«

Nowak schrumpfte noch mehr in sich zusammen.

»Und dann Ihr Schwager«, fuhr Pfeffer fort und schüttelte langsam den Kopf. »Nicht gut. Und dass er Sie öffentlich ›Loser-Bob‹ nennt, ist wirklich unschön.«

»Tut er nicht«, sagte Nowak.

»Doch. Tut er. Ja, das schmerzt. Wenn man das alles zusammennimmt, dann versteht jeder, was für ein gewaltiger Druck auf Ihnen gelastet hat. Und Sie ein Ventil brauchten. Dass Ihnen das alles zu viel wurde. Nicht wahr? Sie hatten es satt, die Demütigungen weiter zu schlucken. Weiterhin von dem Mann abhängig zu sein, der Sie verachtet. Da sind Sie dann ausgerastet und wollten irgendwem weh tun …«

»Nein!«

»Sie wussten, dass Ihr Schwager Polina attraktiv fand. War der Mord an ihr womöglich ein Zeichen für Ihren Schwager? Dass Sie auch Macht haben? Macht über Leben und Tod sogar?«

»Nein! Ich weiß ja nicht einmal, wie sie ermordet wurde! Erwürgt, das ja, aber sonst? Das stand nicht in den Zeitungen. Sehen Sie, ich kann es gar nicht gewesen sein. Womit ist sie denn erwürgt worden?«

»Sagen Sie es uns.«

»Oh, ja sicher.« Robert Nowak lachte verzweifelt. »Huh! Was wird das wohl gewesen sein?« Er spielte den Nachdenkenden. »Ah! Ich habe sie mit ihren eigenen langen Haaren erdrosselt!« Er lachte irre. »Logisch!«

Pfeffer und Hemberger sahen sich lange an. Nowak beruhigte sich schlagartig, seine Augen zitterten zwischen den beiden Polizisten hin und her. »Nein«, sagte er dann tonlos und sackte in sich zusammen.

»Doch«, antwortete Pfeffer. »Täterwissen, könnten wir beide nun denken, nicht wahr?«

»Das war doch ein blöder Scherz«, flüsterte Nowak kaum hörbar. »Ich hab mir nur das Absurdeste ausgedacht, was … Ein blöder Witz! Ich wusste doch nicht … Woher denn?«

Pfeffer und Hemberger warteten schweigend.

»Ich … ich habe ein Alibi«, flüsterte Nowak dann.

»Wie bitte?«, rief Bella Hemberger.

»Und von wen?«, fragte Pfeffer.

»Das kann ich nicht sagen«, antwortete Nowak.

»Klar, der Klassiker. Sie schauen zu viele TV-Krimis.« Bella Hemberger schlug erneut mit der flachen Hand auf den Tisch. »Chef, der verarscht uns!«

»Da muss ich meiner Kollegin recht geben«, sagte Pfeffer gelassen. »Diese ›Ich habe ein Alibi, kann aber den Namen nicht nennen, weil ich ja eine wichtige Person sonst bloßstellen würde‹-Nummer ist nicht neu, wir haben das schon oft gehört. Meist lohnt es sich nicht, die betreffende Person vor einem möglichen Skandal zu beschützen. Wir reden von Mord, Herr Nowak. Das bedeutet lebenslänglich. Also: Wer bestätigt Ihr Alibi?«

»Das geht nicht«, greinte Nowak. »Ich kann nicht ...«

»Und überlegen Sie es sich gut, was Sie sagen. Sie wissen, dass wir eine Zeugenaussage haben, dass Sie sehr früh am Morgen außer Haus waren«, sagte Bella Hemberger grimmig. »Ein Zeuge hat Sie gesehen, als Sie vom Joggen oder vielleicht doch vom Morden zurückkamen.«

»Wie schön.« Robert Nowak verschränkte trotzig die Arme vor der Brust. »Dann wissen Sie ja alles und können mich ins Verlies werfen.«

»Warum lügen Sie?«, fragte Max Pfeffer mit gespielter Enttäuschung. »Warum? Wäre es nicht besser für Sie, wenn Sie uns einfach die Wahrheit sagen? Dass Sie Polina ermordet haben, weil sie Sie abgewiesen hat? Weil Sie ihre Zurückweisung nicht ertragen konnten? Erleichtern Sie Ihr Gewissen.«

Ein leises Klopfen, dann kam Froggy herein. Neben seinem Kaffeebecher brachte er Unterlagen zu der Dating-App Hottah. Die App-Betreiber hatten sich sofort bereit erklärt, mit der Polizei zusammenzuarbeiten, da musste nicht einmal ein richterlicher Beschluss her. Während Max Pfeffer kurz die Ergebnisse überflog, schwiegen die anderen. Bella Hemberger blieb bei ihrer Rolle als Bad Cop und starrte Robert Nowak in Grund und Boden.

Es gab tatsächlich keine gespeicherten Chats, weder Text noch Bilder, die 48-Stunden-Garantie funktionierte. Sowohl Hamed Bakhtari als auch Elvedin Saqqaf hatten Kontakt mit mehreren Männern gehabt. Einige besaßen immer noch aktive Profile. Was Pfeffer jedoch sofort auffiel, waren die Profile mit den Nicknames ›Pops23‹ und ›Hunk23‹. Beide agierten von unterschiedlichen IP-Adressen aus, die verschiedenen in der ganzen Stadt verstreuten Internetcafés gehörten. Auffällig war, dass ›Pops23‹ insgesamt nur sechs Tage online war und seinen Account an dem Tag gelöscht hatte, als Hamed verschwand. ›Hunk23‹ war fünf Tage präsent und löschte den Account an dem Tag, als Elvedin verschwand. Wer dahinter stand, ließ sich definitiv nicht ermitteln. Die zur Anmeldung bei der App nötigen E-Mail-Adressen waren Fake. Interessant war, dass ›Pops23‹ zuvor schon einmal aufgetaucht war, ein Jahr, bevor Elvedin verschwand. Damals hatte ›Pops23‹ für einige Tage Kontakt zu einem jungen Mann aus dem Hasenbergl, einem gewissen Stefan Herterich, der an dem Tag, als ›Pops23‹ seinen Account gelöscht hatte, von seiner Familie als vermisst gemeldet worden war.

Doch ein Serienkiller? Aber was hatte das mit Polina zu tun? Warum zwei Mal ›Pops‹ und einmal ›Hunk‹? Die 23? Dreiundzwanzig Zentimeter. Zufall? Nein, Pfeffer war sich sicher, dass es dieselbe Person sein musste. Zwei Mal hatte der Täter als ›Pops‹ zugeschlagen, dann den Namen geändert, weil er doch Angst vor Entdeckung bekam. Er hatte dazugelernt. Männer, die sich heimlich mit anderen Männern zum Sex treffen. Pops, Papa, Daddy, DILF, Daddies I'd like to fuck, was aber keiner wissen darf! Verboten. Skandal! Pfui, bäh …

Pfeffer hob seinen Blick. Er sah sich im Raum um und betrachtete dann den zusammengesunkenen Nowak, der versuchte, mit dem Stuhl eins zu werden. Irgendwas, erkannte er, irgendwas stimmte hier nicht. Pops-oder-wer-auch-immer-23 und Nowak waren nicht identisch, da war sich Pfeffer sicher. Pops war der Schlüssel. Pfeffer stellte eine Frage, die jeder Mann spontan beantworten kann und hoffte auf den Überraschungseffekt: »Wie groß ist Ihr Penis?«

»Fünfze…« Robert Nowak starrte ihn verwirrt an. »Was? Das geht Sie gar nichts an.«

»Danke, das hilft mir schon sehr. Was sagt Ihnen ›Pops23‹?«, fragte Pfeffer.

»Keine Ahnung. Nie gehört.«

»Es ist ein Nickname.«

»Ja, und? Ich hab keine Nicknames im Netz.«

Max Pfeffer bedeutete mit einer Kopfbewegung Bella und Froggy, ihn nach draußen zu begleiten.

»Was soll das, Chef?«, zischte die Hauptkommissarin wütend, kaum dass sie die Tür hinter sich zugemacht hatte. »Warum unterbrichst du? Wir haben ihn fast so weit. Der wäre in der nächsten halben Stunde zusammengeklappt wie eine Campingliege. Der wartet quasi nur noch darauf, sein Geständnis abzulegen.«

»Das stimmt, aber er war es nicht«, sagte Pfeffer.

»Ach, bitte!«, seufzte Bella Hemberger. »Wer sagt das? Dein Bauchgefühl?«

»Ja.« Pfeffer ignorierte, dass seine Kollegin verzweifelt die Hände hochwarf. »Macht hier ruhig weiter. Bella bleibt der Bad Cop. Schaut mal, was ihr aus ihm rausquetschen könnt. Und wenn er gesteht, dann ist das … na ja, gut. Ich bin mir allerdings absolut sicher, dass die Lösung des Falls mit unserem mysteriösen Herrn 23 zu tun hat.«

30

»Kannst du dir das vorstellen?«, seufzte Susa Förster und ließ sich von Tilda Fittkau noch einen Cognac einschenken. Tilda zündete sich eine Zigarette an. »Ach, gib mir auch eine«, bat Susa und schloss die Augen beim ersten Zug. »Kannst du dir das vorstellen?« Sie versuchte Rauchringe auszuatmen, was allerdings misslang.

»Sorry, Darling«, antwortete Tilda und lehnte sich in ihrem Schreibtischstuhl zurück. Sie war drei Tage zuvor beim Botoxen gewesen, nun setzte die Wirkung ein – sie zeigte kaum Mimik. »Das mag ich mir nicht vorstellen. Ich meine, dein Mann vögelt eine Minderjährige …«

»Der King of Kükenschreddern vögelt einen Teenie! DAS muss man sich mal vorstellen.«

»Ohne dir nahetreten zu wollen, Darling, da habt ihr beide was gemeinsam.« Tilda Fittkau lachte laut heraus. »Du vögelst den Teenie von nebenan, dein Gatte …«

»Sei still!«, rief Susa Förster wütend. »Das ist alles nicht lustig.«

Tilda Fittkau gackerte weiter. »Ich werd nicht mehr!« Sie wischte sich Lachtränen weg. »Entschuldige, Süße, aber das ist einfach zu köstlich. Hat er das mit diesem Mädchen dir gegenüber zugegeben?«

»Nein, er leugnet alles.« Susa leerte ihr Cognacglas und stellte es auf die Münchner Nachrichten, die exklusiv die neuesten Gerüchte im mysteriösen Marienklausen-Mord breittraten, nämlich dass Kükenschredder-Förster ein Verhältnis mit einem sehr jungen Mädchen habe. Einem sehr, sehr jungen Mädchen! »Dabei schreibt die Zeitung, dass die Kleine sogar sein Alibi sein soll. Angeblich. Woher hat deine Freundin Giselle denn diesen Müll?«

»Sie will es mir nicht verraten«, antwortete Tilda. »Ich vermute, sie hat irgendwie sehr gute Beziehungen, zu wem auch immer. Womöglich zur Polizei.«

»Ich könnte kotzen, wenn ich mir das nur vorstelle. Was soll ich denn jetzt tun, Tilda?« Susa versank wie ein Teenager in weinerlichem

Selbstmitleid. »Das verkrafte ich alles nicht. Das ist nicht fair.«

»Ach, Schätzchen. Wenn dein Herbert schwört, dass nichts wahr daran ist, dann ist das vermutlich so.« Tilda musste selbst lachen. »Okay, du hast eh nur die beiden Möglichkeiten: trennen oder ignorieren. Eine Scheidung wird dir viel Geld bringen.«

»Geld habe ich selber.«

»Er hat mehr. Man kann als Frau nie genug Geld haben.«

»Du hältst mich sicher für eine blöde Kuh, aber ich liebe ihn.«

»Blöde Kuh!«

»Siehste.« Susa Förster lachte schwach. »Und ich weiß, dass er mich liebt. Er ist ein Arsch. Das bin ich aber auch. Darum passen wir so gut zusammen. Wir gehören zueinander. Zwei Arschlöcher in love. Wäre doch ein toller Buchtitel.«

»Ich stelle mir das gerade sehr prickelnd vor bei euch zu Hause: Du vergnügst dich mit dem Schnuckel von nebenan, während sich eine Tür weiter dein Gatte mit der Göre vergnügt. Das ist ja geradezu shakespearianisch.«

»Hauptsache, du amüsierst dich!«

»Du hast hoffentlich mit dem Kind Schluss gemacht, selbst wenn der echt eine Sünde wert ist …«

»Natürlich. Sofort.«

»Und?«

»Was und? Er hat mit den Schultern gezuckt und Okay gesagt. Der war nicht in mich verliebt, auch wenn ich mir das gerne eingeredet habe.«

»Hör zu, Schätzchen, jetzt lass erst einmal ein paar Tage ins Land gehen. Zieh dich in ein schickes Spa zurück, ich geb dir gleich die Adresse von einem wirklich, wirklich traumhaften Hotel am Mondsee, und schau, dass du einen klaren Kopf bekommst. Ich kann dir jedenfalls sagen, dass sich diese ganze Aufregung gelohnt hat. Der Name Susa Förster ist in aller Munde. Die Verkaufszahlen gehen ab wie eine Rakete! Dein Verlag überlegt, ob er nicht die alten Krimis als Sonderausgabe noch mal auf den Markt bringen soll.«

»Echt?«

»Believe me. Du bist wieder die Queen der Crime-Queens.«

Gerda Pettenkofer schnappte sich ein Tellerchen mit California-Rolls vom Band. Der Running Sushi am Altheimer Eck war höchstens halb voll, gut für die Medizinerin, denn so schnappte ihr niemand was weg. »Heftig«, sagte sie, während sie den eingelegten Ingwer auf die Rollen platzierte. »Beide Försters nageln Kinder, zumindest denken sie das.«

»Ja.« Pfeffer spülte das Hoso-Maki mit einem Schluck Bier hinunter. Fünf Tage waren nun vergangen. Bella Hemberger hatte tatsächlich ein Geständnis aus Robert Nowak herausquetschen können. Kriminaldirektorin Jutta Staubwasser hatte das als großen Durchbruch gefeiert, auch wenn Nowak sein Geständnis zwei Tage später widerrief und der Polizei Foltermethoden vorwarf. Die Staatsanwaltschaft bereitete dennoch die Anklage gegen Robert Nowak vor. Herbert Förster hatte über seinen Anwalt sehr deutlich gemacht, dass er keine Aussage über sein Verhältnis zu einer, wie sich zu Försters Überraschung herausstellte, doch nicht minderjährigen Prostituierten machen würde. Mehr noch, dass das alles erstunken und erlogen sei! Er habe gar kein Verhältnis zu niemandem – außer zu seiner Frau. Försters Anwalt, Erwin Wohlschläger, gehörte zu den führenden Strafverteidigern der Schönen und Reichen. Er galt als ebenso kaltschnäuzig wie -herzig. Gefürchtet von Staatsanwälten.

Robert Nowak hatte nach dem Widerruf konsequent geschwiegen. Das erstaunte die Ermittler nicht, denn Herbert Förster hatte in einem Akt von Großherzigkeit seinem Schwager seinen Anwalt spendiert: eben jenen Erwin Wohlschläger. Die Anklage würde nicht lange halten. Und Pfeffer war das nur recht. Er war sich nach wie vor sicher, dass Nowak unschuldig war – zumindest was den Mord an Polina Komarowa betraf. Was sie nämlich tatsächlich nicht gefunden hatten, weder bei Nowak noch bei Förster, waren irgendwelche DNA-Spuren von Polina Komarowa. Und hätte einer der beiden Männer ein Verhältnis mit dem Kindermädchen gehabt, dann hätten sie irgendeine Spur gefunden, ja finden müssen. Aber: nichts.

Pfeffer holte sich drei Teller mit Nigiri vom Band. »Die Chefin tut so, als wäre nun alles klar. Wenn es nach ihr geht, sollen wir alle anderen Ermittlungen in dem Fall einstellen.«

»Was du aber nicht machst.«

»Du kennst mich. He, Tschuldigung, noch zwei Bier, bitte! Danke. Nee, du weißt, Gerda, dass mich die Spur der Migranten nicht loslässt.«

»Toller Filmtitel: ›Die Spur der Migranten‹.« Die Pettenkoferin schnappte sich zwei Daifuku, sie aß gerne Süßes und Herzhaftes durcheinander. »Was hast du vor?«

»Ich habe nicht nur vor, ich bin schon mittendrin«, erläuterte Pfeffer. »Wenn wir davon ausgehen, dass unsere Migranten einem Mörder zum Opfer gefallen sind, aus welchen Gründen auch immer – Sex, Drogen, Menschenhandel, egal –, und Polina zufällig ein Beweismittel gefunden hat, dann ist die einzige Spur das Auf- und Abtauchen von ›Pops23‹ und ›Hunk23‹. Polina wurde getötet, weil sie den Armreif gefunden hatte. Davon bin ich überzeugt. Der Armreif ist der wichtigste Hinweis. Der Täter hat alles so arrangiert, dass es nach einem Sexualdelikt aussieht. Auf diese Weise sollten wir in die Irre geführt werden.«

»Ja«, bestätigte die Rechtsmedizinerin. »Das habe ich gleich vermutet.«

»Das bedeutet, dass es für den wahren Täter wunderbar wäre, wenn Nowak wegen Mords verurteilt würde. Es sind unserem unbekannten Täter übrigens wohl nicht nur Migranten zum Opfer gefallen. Sondern vor einigen Jahren auch ein Deutscher, ein gewisser Stefan Herterich. Wobei der ein ziemlich südländischer Typ war. Und was alle Verschwundenen eint: Sie waren eher klein. Alle unter eins siebzig. Ich bin zwar ein bisserl über eins siebzig, aber ich habe dennoch ein Fakeprofil angelegt, mit allen Angaben, die unseren ›Pops23‹ eigentlich anlocken müssten.«

»Raffitückisch.«

»Also, nicht auf meinem Smartphone, sondern Froggys. Und du wirst staunen, denn Froggy hat Fotos von sich zur Verfügung gestellt und …«

»Schwanzpics? Zeig!« Gerda Pettenkofer klatschte begeistert in die Hände.

»Nein, du alte Wutz! Die sind auf diesen Plattformen bei den Profilbildern eh tabu. Die kann man sich dann im privaten Chat zuschicken. Nein, Froggy hat ein paar Porträts und Oben-ohne-Fotos für uns geopfert. Weißt du, Froggy ist bisher weder bei den Försters noch bei den anderen Beteiligten aufgetreten. Die kennen ihn nicht. Falls also doch zum Beispiel der alte Förster unser ›Pops23‹ sein sollte, dann schöpft er keinen Verdacht. Jetzt warten wir ab. Er dreht jeden Abend im Glockenbachviertel ein paar Runden, um auf den Radaren zu sein. Er bekommt auch ständig Anfragen, aber Pops oder ein anderer 23er war noch nicht dabei.«

»Und wenn der 23er sich gar nicht meldet?«

»Es gibt so viele Wenns. Klar, das Ganze ist ein reines Glücksspiel. Aber wir probieren es mal für drei, vier Wochen aus. Momentan unsere einzige Chance. Alle Zeugenaufrufe mit Fotos der Verschwundenen haben bisher nichts Neues gebracht. Froggy hat sich inzwischen schon drei Mal mit Typen getroffen, auf die alles zutraf, was auch ›Pops23‹ immer in seinen Profilen angegeben hatte. Alter vierundvierzig, auf der Suche nach unverbindlichem Sex, Beziehung nicht gewünscht, absolute Anonymität garantiert, Südländer, Türken oder Araber, behaart bevorzugt, bietet XXL-Ausstattung, ist nur aktiv, sucht mindestens XL und nur passiv, gegebenanfalls Soft-BDSM, selbst sportlich-kräftig, sucht sportlich-schlank bis maximal eins fünfundsiebzig Körpergröße, keine Tunten, keine Dicken.«

»Faszinierend«, kommentierte Gerda Pettenkofer mit großen Augen. »Das geht also nach Wunschkatalog.«

»Natürlich, je besser du alles eingrenzt, umso größer ist die Wahrscheinlichkeit, dass du das bekommst, was du möchtest. Logisch. Nachher, um halb acht, ist Froggy wieder mit einem verabredet. Im Nil in der Hans-Sachs-Straße. Das ist immer der Treffpunkt, da Bella und ich im Lokal gegenüber Position beziehen, alles beobachten, und wenn Froggy in Gefahr geraten sollte, können wir sofort eingreifen.«

»Du musst also gleich noch auf Schicht?«

»Ja.«

Erdal Zafer wurde wie bei jedem Pops-Einsatz, so nannten sie es inzwischen intern, verkabelt, bekam ein Mikro unter das Hemd und einen Knopf ins Ohr, damit man ihm Anweisungen geben konnte.

Während Froggy sich im Nil an die Bar setzte, wie immer so, dass Pfeffer und Bella Hemberger von gegenüber ihn und sein Date gut im Blick haben konnten, schloss Riley Meusebach aus Fredericksburg, das in Texas, nicht das in Virginia, von den Einwohnern liebevoll Fritztown genannt, den Sicherheitsgurt um seinen speckigen Bauch auf dem Flug BA 960 von London-Heathrow nach München. Die Anschnallzeichen waren angegangen, weil leichte Turbulenzen erwartet wurden. Der Flug würde ohnehin nur noch knapp eine halbe Stunde dauern. Endlich München! Was hatten ihm seine Kumpels von seiner Burschenschaft Phi Gamma Delta nicht alles für Geschichten über good old Germany erzählt. Endlich würde er alles selbst erleben können. Die Kultur – wobei sie in Waco, wo Riley studierte, durchaus Kultur zu bieten hatten, das Dr Pepper Museum zum Beispiel – und dann das Bier – vor allem das Bier! Wobei ihm das Bier von der Fredericksburger Altstadt Brewery durchaus gut schmeckte, ja, die Brauerei hieß wirklich Altstadt, man war stolz auf das deutsche Erbe in Texas. Einige Straßenschilder waren zweisprachig, zumindest stand unter der Mainroad auch ›Hauptstrasse‹. Mehr noch: Riley selbst stammte aus der Gründerfamilie! Sein Urahn war Otfried Hans Freiherr von Meusebach, der als Generalkommissar des Vereins zum Schutze deutscher Einwanderer in Texas 1846 die Ortschaft Friedrichsburg, benannt nach Prinz Friedrich von Preußen, später als Fredericksburg amerikanisiert, gegründet hatte und sich später nur noch John O. Meusebach nannte. Ja, Riley Jayden Maddox Meusebach, zweiundzwanzig Jahre alt, Informatikstudent an der Baylor University in Waco, hatte einen Stammbaum!

Also: Kultur (na ja), Bier (au ja) und dann das easy living! Eine Woche München, zwei Tage Dillenburg, denn da kamen die Meusebachs her, und schließlich noch eine Woche Berlin. In München, so hieß es, lebten ja vor allem Katholiken oder »Those fucking liberals!«, wie Onkel Hank zu sagen pflegte, und das bedeutete, dass die Mädels locker und willig waren. Hatten zumindest Dwayne und Kyle, seine Kumpels von der Uni, bekräftigt. Und letztlich, Riley wurde schon allein beim Gedanken daran rot, die Nackerten! Die ziehen sich in München tatsächlich komplett nackt aus und legen sich in die öffentlichen Parks, wo sie jeder sehen kann. Riley glaubte das noch nicht so recht, das konnte eigentlich nicht sein. Europa und Liberale hin oder her. Das wäre wirklich ein sehr starkes Stück.

Aktuell allerdings, kurz vor dem Landeanflug auf München, dachte er weniger an Nackerte, ihm steckte die ewig lange Reise gewaltig in den Knochen. 6.41 p.m. Start am Waco Regional Airport, umsteigen in Dallas, 10.15 p.m. Abflug vom Dallas Fort Worth International Airport, dann Ankunft um 13.15 Uhr in London-Heathrow, Zeit totschlagen beziehungsweise unbequeme Schlafversuche auf Flughafenbänken bis zum Weiterflug um 17.05 Uhr, der genau um 20.00 Uhr in München enden würde. Geschlafen hatte er in der ganzen Zeit höchstens ein bis zwei Stunden. Er fühlte sich am Ende seiner Kräfte und freute sich auf sein Airbnb, eine Dusche, ein Bett …

31

Es war bereits 19.50 Uhr, und Froggy saß immer noch alleine an der Bar und zappelte nervös mit den Beinen. Er wusste nicht mehr, wohin er schauen sollte. Er hasste es, so von den anderen Männern angestarrt zu werden, so unverhohlen, so geil, so, wie Männer Frauen anschauen. Als wenn er eine Frau wäre! Perverses Pack. Er machte das alles nur, um bei seinem Chef wieder vollends in Gnade zu fallen. Seine Frau hatte es ihm eingebläut. Drum biss er die Zähne zusammen und tat so, als wäre es völlig sein Ding, Frischfleisch zu sein. Er hatte schon bei drei Dates tapfer über zwischenmännliche Intimitäten gesprochen, es fiel ihm immer leichter, und er würde auch noch weitere Dates überstehen.

Seine Verabredung war bisher nicht aufgetaucht, und sie glaubten auch nicht mehr, dass sie noch auftauchen würde. Gerade als Pfeffer seiner Kollegin sagen wollte, dass sie abbrechen, klingelte sein Telefon. Sein jüngerer Sohn Florian. »Flo, was gibts. Ganz kurz bitte, ich bin im Einsatz.«

»Hi, Papa«, sagte Florian, »okay, dann ruf ich dich später noch mal an. Ich brauche dringend deinen Rat.«

»Okay, dann in … um halb neun.«

»Nee, passt bei mir nicht, ich muss noch schnell zu Micky. Dann um neun, ich ruf dich um neun an. Auf die Sekunde!«

»Alles klar«, antwortete Pfeffer und legte schmunzelnd auf. Wie er seinen Sohn kannte, würde der tatsächlich genau auf die Sekunde anrufen. »Unser Klient kommt heute nicht mehr«, sagte er zu Bella Hemberger.

»Glaube ich auch.« Sie winkte dem Kellner, um zu zahlen.

Pfeffer gab Froggy inzwischen über den Knopf im Ohr die Information, dass sie gehen würden. Froggy nickte erleichtert zu ihnen hinüber, zahlte und ging.

»Depp. Noch auffälliger gehts wohl nicht«, brummte Pfeffer.

»Kommst du noch mit ins Präsidium«, fragte Bella Hemberger.

»Nein, die Sachen könnt ihr zwei doch alleine zurückbringen, oder? Ich geh noch auf ein Bier rüber ins Nil und dann heim. Bis morgen.«

Er schlenderte über die Straße, rauchte dabei eine Zigarette und betrat schließlich das Lokal. Kurz nach 20 Uhr, es war noch nicht viel mehr los als vor einer halben Stunde. Der Barhocker, auf dem Froggy gewartet hatte, war noch frei. Pfeffer setzte sich und bestellte ein Bier. Er dachte an Tim und kämpfte die Welle aufkommender Einsamkeit mühsam herunter. Als das Bier kam, stürzte er die Hälfte schnell hinunter. Nicht an Tim denken, oder schon an Tim denken, aber ohne Trauer und mit Dankbarkeit für die gemeinsame Zeit. Blödes Gequatsche. Er hätte sofort in Trauer versinken können, doch seine Selbstdisziplin war (wie immer) stärker. Er leerte das Bier mit dem zweiten Zug und bestellte gleich noch eins. Er sah sich um. Er kannte niemanden und niemand kannte ihn. Die Zeiten, in denen er regelmäßig ausgegangen war und einige Leute kannte, wenn auch nur vom Sehen, waren längst vorbei. Er wusste, dass er wieder rausmusste, dass er nicht nur zu Hause sitzen sollte, dass er sich langsam wieder in die Szene eingliedern sollte, um vielleicht irgendwann mal eine neue Liebe zu finden. Aber wenn er sich so umsah, dann musste er sich die Frage stellen: Welchen dieser Typen hier würdest du einem langweiligen Abend vor der Glotze vorziehen? Und die Antwort hieß: keinem. Zu jung, zu alt, zu gepierct, zu tätowiert, zu fett, zu langweilig, zu spießig, zu tuntig, zu arrogant … Sicher, alles Äußerlichkeiten, doch irgendwo musste man ja anfangen. Bei Tim hatte es auf den ersten Blick gezischt, man hatte sich angesehen, und sofort war klar, dass man zusammen mehr machen konnte als nur Sex. Und dann dachte er daran, dass er bei den anderen vermutlich ebenso durch viele Raster fiel. Er musste schmunzeln.

»Holla, Herr Kriminalrat, so fröhlich«, sagte da eine Stimme links neben ihm. Pfeffer drehte den Kopf.

»Na, so eine Überraschung«, sagte Pfeffer. »Der Herr Schubert. Das hätte ich nicht erwartet.«

»Das glaube ich Ihnen jetzt nicht«, antwortete der Gärtner schelmisch zwinkernd.

»Okay, ich gebs zu, ich hätte das schon erwartet, aber ich glaube, dass meine Kollegin sehr traurig sein wird, wenn ich ihr von unserer Begegnung hier erzähle.«

»Sehr nette Frau, Ihre Kollegin Hemberger.« Beppo Schubert sah sich nach einem freien Barhocker um. Es gab keinen, also lehnte er sich nah bei Pfeffer an den Tresen. Er roch nach frischer Wiese und ein bisschen Schweiß, nicht unangenehm. »Ja, ich weiß«, fuhr Schubert fort, »die meisten Damen haben keinen richtigen Radar dafür. Ist auch gut so. Ich muss nicht geoutet sein. Darf ich fragen, ob wir uns duzen können?«

»Fragen können Sie«, antwortete Pfeffer, »aber ich möchte das nicht. Wir ermitteln immer noch in Sachen Polina Komarowa, da bleiben wir besser beim Sie.«

»Verstehe«, nickte Beppo Schubert. »Klingt halt nur blöd, wenn man sagt: Sie haben aber tolle Augen.«

Pfeffer prustete los, und auch der Gärtner lachte.

»Danke. Aber am besten lassen wir Themen wie diese«, sagte Max Pfeffer dann. »Ich will Ihnen nicht die Illusionen rauben, aber auch ohne das ganze Drumherum wären Sie nicht ganz mein Beuteschema.«

»Sie meins auch nicht.« Schubert gab sich beleidigt. »So hübsch sind Sie nun auch wieder nicht.« Wieder lachten beide. »Okay, das war gelogen. Und das wissen Sie. Sie sind ein sehr attraktiver Mann …«

»Okay, das reicht.«

»Sorry. Ich bin ja eher der unsichtbare Typ. Ich weiß schon. Ich sehe aus wie viele. Nicht wirklich schlecht, nicht wirklich gut, irgendwie normal eben. Ich wette mit Ihnen, dass ich keinem der Anwesenden hier im Gedächtnis bleiben werde.«

Pfeffer musterte den Gärtner. »Was erwarten Sie jetzt von mir?«

»Eine ehrliche Antwort.«

»Vermutlich haben Sie recht. Tut mir leid.« Er fand, dass der Gärtner ein gesundes Selbstbild hatte. Er sah ganz sympathisch aus, hatte aber nichts an sich, was wirklich in Erinnerung blieb.

»Muss es nicht.« Beppo Schubert lachte. »Und über den Mordfall können wir sicher auch nicht reden, weil Sie nichts sagen dürfen oder so«, sagte der Gärtner dann.

»Stimmt. Außer, Sie haben mir etwas zu sagen. Etwas, das wir noch nicht protokolliert haben.«

»Nö, eigentlich nicht.« Der Gärtner zuckte mit den Schultern und zog eine Schnute. »Noch ein Bier?«

»Ich wollte eigentlich nicht«, sagte Pfeffer und sah schnell auf die Uhr. Fünf nach halb neun. »Ach, was solls. Ein schnelles Bier noch. Einen Schnitt. Ich geh kurz raus rauchen. Halten Sie mir mal den Platz frei.«

Während sie sich unterhalten hatten, hatte sich die Bar innerhalb nur weniger Minuten schlagartig gefüllt. Max Pfeffer schlängelte sich hinaus auf den Bürgersteig, ging ein paar Schritte weg von der Außenbestuhlung und rauchte eine Zigarette. Was für ein Zufall, dass … Und wenn es kein Zufall war? Wenn das ›Pops23‹ war? Aber Froggy, auf dessen Handy die App mit dem Fakeprofil lief, war längst weg und er schaltete die App nach den Einsätzen aus. Der Mörder ist immer der Gärtner, klar. Woher kam dieser Spruch eigentlich? Er holte sein Smartphone heraus und googelte es.

Ah, ein Lied von Reinhard Mey von 1971. *Der Mörder war wieder der Gärtner, und der plant schon den nächsten Coup.* Eine Parodie auf die damals sehr beliebten Edgar-Wallace-Filme, die letztlich nach Schema F abliefen – und am Ende wars immer der Gärtner oder der Butler. Wieder was gelernt. Er steckte sein Handy wieder ein. Noch schnell den Schnitt trinken und dann quer durchs Glockenbachviertel zur Wittelsbacherbrücke, die Humboldtstraße hinunter und schließlich den Giesinger Berg hinauf. Ein kleiner Spaziergang würde guttun. Unterwegs könnte er dann in Ruhe mit Flo telefonieren. Was der wohl Wichtiges zu bereden hatte?

»Ich habe schon gezahlt«, sagte Beppo Schubert, als Pfeffer zurückkam.

»Oh, danke, aber das möchte ich nicht.«

»Ich aber.«

»Ich werde mich jetzt nicht erkenntlich zeigen.«

»Müssen Sie nicht. Ich werde dann gehen, wenn Sie gehen. Kann ich Sie vielleicht noch irgendwohin mitnehmen? Ich bin mit dem Kastenwagen unterwegs.«

»Nein, danke. Ich gehe zu Fuß heim. Prost.« Sie tranken.

»Was mich schon immer mal interessiert: Gibt es eigentlich den perfekten Mord?«, fragte Beppo Schubert.

»Die Frage höre ich öfter.« Pfeffer grinste. »Ja, den gibt es, denn jede vorsätzliche Tat, die dazu führt, dass eine andere Person tot ist, ist letztlich ein perfekter Mord. Also ein gelungener Mord. Wird der Mörder ermittelt, dann ist es ein gelöster Mord. Wird er nicht ermittelt, dann ist es ein ungelöster. Sie meinen wahrscheinlich, ob es den unentdeckten Mord gibt. Ja, sicherlich. Nur habe ich eins in den Jahren bei der Mordkommission gelernt: Irgendwann will jeder Mörder über seine Tat sprechen, sei es, weil er nicht mehr mit der Schuld leben kann, sei es, weil er jemanden beeindrucken oder bedrohen möchte oder weil er, wie man heute so schön sagt, Fame möchte. Irgendwann kommt auch ein unentdeckter Mord heraus.«

»Sicher?«

»Ja, da bin ich mir ziemlich sicher. Mörder sind eitel.«

»So habe ich das noch nie betrachtet.«

32

Bella Hemberger kuschelte sich auf dem Sofa an den breiten Brustkorb ihres Mannes. Ihr Severin hatte mal Bodybuilding gemacht und war immer noch gut in Schuss. Sie war stolz auf ihn, auch wenn er als Künstler noch immer nicht die öffentliche Aufmerksamkeit genoss, die ihm ihrer (und seiner) Meinung nach zustand. Bella setzte die Brille ab und legte sie auf den Couchtisch. Sie musste nicht mehr erkennen, was da im Fernseher lief. Sie war todmüde und wollte nur vorm Schlafengehen ein wenig seine Nähe genießen. Die beiden Kinder waren endlich im Bett und seit zehn Minuten war keins mehr angetrabt gekommen. Lange würde es in der engen Dreizimmerwohnung in der Arndtstraße nicht mehr gut gehen. Sie brauchten eine größere Wohnung. Bella hatte sich schon um eine Staatsbedienstetenwohnung beworben. Schlechte Aussichten, aber probieren musste man es. Severin legte seinen Arm um sie, Bella entspannte noch mehr. Da klingelte ihr Telefon.

»Ach, nee!«, fluchte sie, richtete sich auf und angelte nach dem Smartphone, das auf dem Tisch vor ihr lag. Sie setzte die Brille auf, um zu lesen, wer anrief. Sie seufzte. Dann drückte sie auf grün. »Cosmo, wenn es nicht was wahnsinnig Wichtiges ist, dann kriegst du Ärger.«

»Isses Cosmo?«, flüsterte Severin. Bella nickte. »Komm, gib her.« Er nahm seiner Frau das Telefon aus der Hand. »Servus, Cosmo, Bella ist ziemlich groggy. Was gibts?«

»Hi Sevy, sorry, dass ich so spät störe«, antwortete Cosmo Pfeffer. »Aber der Zwerg schiebt Panik, und ich mach mir allmählich auch Sorgen. Dad ist nicht zu Hause und telefonisch nicht erreichbar.«

»Vielleicht hat er ein Privatleben«, sagte Severin.

»Ja, schon klar. Es ist nur so, dass Flo mit ihm verabredet hat, dass sie um neun telefonieren. Und immer, wenn wir anrufen, geht sofort die ›The person you've called‹-Scheiße los. Das passt gar nicht zu ihm. Du weißt, wie zuverlässig und pünktlich er immer ist. Neun Uhr ist bei ihm neun Uhr.«

»Stimmt«, musste Severin zugeben. »Vielleicht hat ers vergessen und will momentan nicht gestört werden …«

»Dad und was vergessen. Erzähl das mal dem Zwerg. Der dreht am Rad, dass was passiert sein muss. Seit das mit Tim passiert ist …«

»Verstehe«, sagte Severin, und er verstand wirklich. Er mochte die Pfeffer-Jungs. »Falls er einen Unfall oder so hatte, dann …«

»Er hat eine Tracking-App, ich kann ihn orten.«

»Was?« Severin war ziemlich überrascht.

»Ja, ich wollte schon hinfahren, aber der Zwerg ist so ein Schisser. Er hat Angst, dass wir Dad überfahren oder im Auto eingequetscht finden. Drum will er, dass Bella … verstehst du, so offiziell als Polizeibeamtin …«

»Hör auf, mich Zwerg zu nennen«, hörte man Florian im Hintergrund motzen.

Severin musterte seine Frau, die kaum noch die Augen offen halten konnte. »Nein, Bella bleibt hier. Ich komme. Ich hol euch ab. Wo seid ihr?«

»Ich hab den Zwerg schon hier bei mir im Auto. Wir holen dich ab. Sind fast da. Wenn du dich anziehst und runterkommst, dann stehen wir bestimmt schon vor der Tür.«

Als Severin Hemberger vier Minuten später auf die Straße trat, bog der nachtblaue Tesla Model S von Cosmo beinahe geräuschlos um die Ecke.

»Also, Jungs«, sagte Severin, nachdem er sich auf dem Beifahrersitz niedergelassen hatte und nach dem Sicherheitsgurt fingerte. Kaum angeschnallt, streichelte er die Konsole vor ihm. »Wow. Wie geil ist das denn.«

»Hab ich dich noch nie mitgenommen?«, fragte Cosmo.

»Nein. Voll die Angeberschleuder. Gefällt mir.«

Von der Rückbank sagte Florian: »Los jetzt. Ab nach Schwabing!«

»Schwabing? Was macht euer Vater denn da?«

»Ja, eben.«

Riley Meusebach hatte hämmernde Kopfschmerzen, als er die U-Bahn-Station verließ. Der schwere Rucksack drückte auf die Schultern. Die

Fahrt vom Flughafen in die Stadt hatte ihn noch mehr geschlaucht. Die Menschen waren so verschlossen hier. Er hatte nur ein wenig Konversation machen wollen, aber die dicke Frau, die neben ihm in der S-Bahn gesessen hatte, war überhaupt nicht darauf eingegangen, als er ihr stolz in seinem breiten Mittlerer-Westen-Akzent erzählte, dass sie in Fredericksburg auch ein Oktoberfest hatten. Ganze drei Tage lang! Mit Chicken Dance, OkTubaFest und Kraut Run. Und der Eintritt kostete nur zehn Dollar. Als er gesagt hatte: »Oompah at it's best«, war die Frau einfach aufgestanden und hatte sich im Wagen einen anderen Sitzplatz gesucht. Vielleicht verstand sie auch kein Englisch. Man hatte ihn gewarnt, dass die Europäer kein Englisch könnten, außer in England natürlich und in Irland. Und dann setzten diese saublöden Kopfschmerzen ein. Er musste am Marienplatz von der S- in die U-Bahn umsteigen. Auch nicht so einfach, erst war er in die falsche Linie eingestiegen und musste wieder einige Stationen zurückfahren, aber er hatte es letztlich doch geschafft, ohne jemanden um Hilfe zu bitten. Dann bis zum Olympiazentrum. Warum war hier so viel los? Er entdeckte die Plakate, die ein Konzert mit einer ihm unbekannten Sängerin am heutigen Tag bewarben. Offenbar Konzertende. An dem Umgebungsplan, der in einem Schaukasten aushing, versuchte sich Riley zu orientieren. Helene-Mayer-Ring, da musste er hin. Er war zu spät dran. Die Frau, mit der er die Schlüsselübergabe verabredet hatte, wartete schon mindestens seit zehn Minuten.

33

Der Geschmack von Gummi im Mund, und dann fühlte sich sein Unterkiefer so unangenehm gedehnt an. Max Pfeffer tastete mit der Zunge nach. Er hatte etwas im Mund, besser gesagt, etwas um den Mund gebunden bekommen. Er stellte auch fest, dass er die Augen offen hatte. Zumindest halb. Und da redete jemand. Er glaubte sich zu erinnern, dass er die Stimme am Abend schon gehört hatte. Er hatte sich mit der Person sogar unterhalten, da war es sich sicher.

»… so, gleich fangen wir an«, sagte nun die Stimme. »Passt soweit. Du siehst sensationell gut aus. Die Kamera läuft. Wunderbar.«

Max Pfeffer versuchte, gleichmäßig zu atmen. Luft bekam er nur durch die Nase. Da stimmte etwas ganz gewaltig nicht. Er war geknebelt, das war klar, und seine Gliedmaßen … Er war mit weit gespreizten Beinen und Armen irgendwo gefesselt. Und er war nackt. Über ihm leuchtete eine einfache Glaslampe, die Decke war weiß gestrichen.

»Das wird dir jetzt nicht so gefallen, aber mei, du wirst nichts davon mitkriegen. Eigentlich schade. Du schaust so gut aus. Ich freu mich schon so!«

Keine Panik, ruhig weiteratmen. Ganz eindeutig Rohypnol. Im Volksmund gerne K.-o.-Tropfen genannt und als Vergewaltigungsdroge bezeichnet. Wirkt nach rund zwanzig Minuten, und wenn man dazu Alkohol getrunken hat, erinnert man sich an nichts mehr. Was war gewesen? Pfeffer hatte seinen Schnitt ausgetrunken und war gegangen. Der Gärtner war auch gegangen. Nein, der war auf die Toilette. Pfeffer glaubte sich zu erinnern, dass er das Lokal alleine verlassen hatte. Dann in der Hans-Sachs-Straße war ihm irgendwie anders geworden. Schwummerig, aber nicht unangenehm. Ob er es bis zur Jahnstraße geschafft hatte? Keine Ahnung. Keine Ahnung, was seitdem passiert war.

»Du bist von allen der Interessanteste. Ich hatte noch nie einen gleich alten Mann. Du bist meine Premiere. Weißt du, der Stefan damals, mei, das war eher ein Zufall. Am Anfang dachte ich, das war ein Unfall, aber als ich dann darüber nachgedacht habe, wurde mir klar, dass es eben kein Unfall war. Dass ich es wollte. Dass ich ihn sterben sehen wollte beim Liebesspiel. Gott, wenn du jetzt reden könntest, würdest du dich sicher über das gezierte Wort Liebesspiel amüsieren. Ja, so bin ich eben. Ich mag diese rüden modernen Ausdrücke nicht. Stefan jedenfalls war beim Sterben so schön. Der Elvedin auch. Letztlich habe ich denen etwas Gutes getan, nicht wahr? Ich habe sie schön sterben lassen. Und der Hamed, der war nicht schön, nein, der war ein Gott. Ein indischer Gott. Da kann man nicht mehr von Schönheit reden, das war mehr. Da habe ich mir ganz viel Zeit genommen. Ich hatte schon beinahe Angst, dass er mir aufwacht, … haha … Ob ich mir ein Andreaskreuz anschaffen sollte? Das wäre was. Das sieht dann sicher noch schöner aus. Ein Andreaskreuz. Ich kann mich immer noch nicht ganz durchringen. Es würde auch einiges erleichtern. Aber dann hat man das Ding die ganze Zeit rumstehen und so.«

Vorsichtig drehte Pfeffer die Augen unter den halb geschlossenen Lidern. Er lag festgeschnallt auf einem Bett, das hatte er schon erfühlt. Nicht auf einem weichen Laken, sondern auf Plastik. Was er nun noch sah, war, dass der Raum wandhoch mit durchsichtiger Plastikfolie beklebt war. Ihm kamen sofort Schlachthaus-Assoziationen. Max Pfeffer gab ein Grunzen von sich.

»So ist brav.« Er wurde am Oberschenkel getätschelt. »Das arme Polly-Ding. Du hast dich sicher gefragt, wie sie in dieses Puzzle passt. Wobei – nein, du hast ja gar nicht gewusst, dass sie nur aus Versehen Teil des Puzzles wurde. Sie gehörte überhaupt nicht dazu. Sie hat sich einfach selbst zum Teil gemacht. Ich musste sie aus dem Weg schaffen. So wie ich dich auch aus dem Weg schaffen muss, weil du einfach zu nah dran bist.« Die Hand streichelte seinen Oberschenkel hinauf, ausgiebig über den Intimbereich und dann den anderen Schenkel wieder hinunter. »Das arme dumme Ding. Hat die doch glatt beim Schatzsuchen mit den verzogenen Rotzgören den Armreif von Elvedin gefunden. Zufällig. Und dann rennt die damit zu mir, um ihn mir zu zeigen. Ausgerechnet zu mir! Na, ich sagte doch, dass sie mir vertraut hat.«

Nun spürte Max Pfeffer etwas Glattes, Metallisch-Kaltes über seine Schenkel wandern, erst links, dann rechts. Ein Messer, vermutetet er. Wenn er dieses Messer irgendwie schnappen könnte … Beinahe hätte er gelacht, weil das in seiner aktuellen Lage so aussichtslos war. Die Fesseln an Händen und Füßen waren immerhin nicht ganz stramm gezogen, der Täter hatte offenbar etwas Bewegungsspielraum für sich eingebaut.

»So, von hier kommt das Signal.« Cosmo parkte den Wagen in zweiter Reihe an der Schleißheimer Straße. Sie waren schon ein gutes Stück stadtauswärts gefahren und hatten eben die Kreuzung zur Ackermannstraße hinter sich gelassen. Florian zeigte den beiden anderen im Wagen das Display seines Smartphones. »Hier. Eindeutig.«

»Cosmo, stell dich doch da vorne auf den Bürgersteig vor die Sparkasse«, schlug Severin vor. »Dann können wir uns ein bisschen umsehen. Nach einem Unfall siehts hier allerdings nicht aus.«

Cosmo stellte sein Elektroauto auf dem Gehsteig ab und sie stiegen aus. Die Schleißheimer Straße war auch noch zu dieser späten Stunde ziemlich stark befahren. Auf den Trambahnschienen in der Straßenmitte ratterte eine Tram in Richtung Norden vorbei. Das harte Licht der Straßenlaternen ließ die Gesichter zombiefahl leuchten.

»Vielleicht ist Papa schon von einem Rettungswagen abgeholt worden, und nur noch sein Handy ist hier, weil er es verloren hat«, sagte Florian.

»Sevy hat recht, es sieht hier gar nicht nach einem Unfall aus«, meinte Cosmo. »Sein Auto steht nirgendwo und sein Fahrrad sehe ich ebenfalls nicht. Was ist denn das für eine Gegend hier?«

Die Sparkassenfiliale war im Erdgeschoss eines türkis gestrichenen charmebefreiten Wohnblocks mit großen Balkonen zur Straße. Auf der anderen Straßenseite erhob sich ein völlig gesichtsloser Sechzigerjahrebetonklotz. Unten zwei Läden, der eine als Physiotherapiepraxis genutzt, der andere ein Fahrradgeschäft. Links daneben lag ein kleiner Park.

»Schaut ja gruselig aus, voll berlinmäßig«, kommentierte Cosmo. »Wen sollte Dad hier kennen?«

Florian starrte auf sein Smartphonedisplay und ging ein paar Schritte die Straße entlang. Nun holte auch Cosmo sein Handy hervor und öffnete die Tracking-App. Das Signal kam eindeutig von hier. Aber nicht aus einem der Häuser. Cosmo wartete auf eine Lücke im Verkehr und lief dann hinüber zur Trambahnhaltestelle in der Straßenmitte. Er ahnte, wo er suchen musste und wurde schnell fündig.

»Ich hab es!«, rief der den anderen über die Straße zu. Er holte das zertrümmerte Mobiltelefon seines Vaters aus dem Mülleimer an der Haltestelle.

»Scheiße, das hat einer kaputt getreten«, kommentierte Severin, als sie unter einer Straßenlaterne das Telefon begutachteten. »Erstaunlich, dass die Tracking-App f noch unktioniert.«

»Wahrscheinlich ist nur das Display wirklich hinüber«, sagte Cosmo.

»Scheiß auf das kaputte Handy«, rief Florian mit zitternder Stimme. »Wo ist denn jetzt Papa?« Er schaltete die Taschenlampe seines Smartphones an und lief suchend zwischen den parkenden Autos herum.

»Fuck.« Severin rief seine Frau an. »Bella-Maus, sorry, dass ich … ja, haben wir. … Nein … nein. Eben … darum rufe ich an. Habt ihr einen Fall, bei dem sich Max in Schwabing herumtreiben könnte? … Ah, okay. … Förster, Elisabethstraße … ja, kenn ich … okay, und welche Hausnummer?«

34

Tanja Heinbuch sah nervös auf ihre Uhr. Wo blieb der Trottel! Sie hätte schon längst bei den anderen Mädels im Gsindl sein müssen, bei der Geburtstagsparty von Nicky. Fuck. Gut, es war noch nicht ganz zehn Uhr, und vor halb elf war die ganze Blase eh nicht im Gsindl, aber Tanja hasste es, die Letzte zu sein. Sie zündete sich eine Zigarette an und hüpfte ungeduldig von einem Bein aufs andere, während sie an dem Pickel herumpulte, der ihr heute Abend wie aus dem Nichts an der rechten Schläfe aufgetaucht war. Nie wieder, so schwor sie sich, wirklich und diesmal definitiv endgültig, nie wieder würde sie für Geli die Schlüsselübergabe machen. Die machte sich einen faulen Lenz in Barcelona und Tanja durfte Gelis Airbnb-Geschäft managen. Sicher, sie verdiente ein bisschen Geld damit, dass sie Schlüssel übergab und wieder abnahm, dass sie nach Abreise der Gäste die Wohnung kontrollierte und saubermachte, wenn Geli nicht da war. In letzter Zeit war Geli häufig nicht da. Fuck, Geli!

Da kam ein ziemlich übergewichtiger Kerl mit riesigem Rucksack und ›Make America Great Again‹-Käppi schnaufend auf sie zugewankt. Voll der Abtörner, der Typ, und dann auch noch Trump-Fan.

»Hi, I'm Riley Meusebach, are you Tanja?« Er streckte ihr die fleischige Hand entgegen und versuchte zu lächeln. Er sah völlig übermüdet und fertig aus.

Hatte er eben ihren Namen als ›Tänscha‹ ausgesprochen? Hatte er ›Mjusibäck‹ gesagt? Laut Anmeldung hieß er doch Meusebach. Egal, Riley – das war er. Tanja übergab ihm die Schlüssel und erklärte ihm die nötigsten Dinge in der Wohnung in dem holprigen Englisch, zu dem sie gerade so fähig war. Englisch war noch nie eine ihrer Stärken gewesen. Eigentlich funktionierte alles ganz normal, war ihre Schlussbemerkung: »Efrising is normäl.« Dann gab sie ihm noch den Zettel mit dem WLAN-Passwort und verabschiedete sich hastig.

Wenn etwas sei, so rief Riley ihr hinterher, dann könne er sie doch anrufen?

»Kall mi? Jes, ju känn«, rief sie über die Schulter hinweg. Ihre Nummer hatte er ja. »Ach«, sie kehrte noch mal kurz um. »Ganz vergessen, äh, nierly forgotten. Se apartment is on se eleven floor. Eleven, okay?«

»Okay, got it!« Riley winkte ihr nach, obwohl sie gar nicht nett gewesen war. Was konnte er denn dafür, dass er am Marienplatz erst in die falsche U-Bahn umgestiegen war und dann erst wieder hatte zurückfahren müssen. Beim Haustürschloss erwischte er natürlich zuerst den falschen Schlüssel. Dann stand er vor dem Aufzug und las stirnrunzelnd das Schild ›Außer Betrieb‹. Sein Highschool-Deutsch war so erbärmlich. Er hatte schon in den wenigen Stunden hier feststellen müssen, dass er besser niemanden wissen ließ, dass er mal Deutsch gelernt hatte. ›Außer Betrieb‹, das verstand er dennoch. Fluchend machte er sich im Treppenhaus daran, die Stiegen in den elften Stock zu erklimmen. Scheiß-Airbnb, das würde gewaltige Punktabzüge bei der Bewertung geben.

Er wird dich vergewaltigen und foltern und töten und es wird sehr schmutzig werden. Max Pfeffer konzentrierte sich aufs Atmen. Vergewaltigung, das würde er irgendwie ertragen können. Folter wahrscheinlich nicht. Pfeffer versuchte eine sachliche Analyse. Er war ausgestreckt auf dem Bett gefesselt, alle viere von sich gestreckt. Ganz nüchtern betrachtet, bot das für sexuelle Aktivitäten nur eine Möglichkeit. Das bedeutete, für mehr müsste man ihn zumindest an den Beinen losmachen und … Er ließ seine Augen langsam die Decke entlangwandern. Dann sah er die großen Haken, die dort verdübelt waren. Von ihnen hingen kräftige Seile herab, die in ledernen Manschetten endeten. Höchstwahrscheinlich würde er also an den Beinen losgebunden und dann mit den Beinen nach oben neu fixiert werden.

»Die kleine Polly war echt leichtgläubig«, erzählte die Stimme weiter. »Ich habe ihr gesagt, dass ich Nachforschungen anstellen werde und dass sie erst einmal ruhig bleiben soll. Sie sollte niemandem etwas sagen. Klar. Die Polizei könnten wir ja immer noch rufen. Leider hat sie den Reif mitgenommen und irgendwie herausgefunden, dass man den einen Widderkopf abschrauben kann. Da hat sie mich dann angerufen und mir von dem Zettel mit ›Pops23‹ erzählt. So ein Fuck, kannst du dir das vorstellen? Wozu in aller Welt schreibt sich dieser verblödete Elvedin meinen Nickname auf einen Zettel und versteckt ihn in seinem Armreif? War er zu blöd, sich Namen zu merken? Na, das werden wir nie erfahren.«

Pfeffer hörte ein schmatzendes Geräusch, kurz danach roch es angenehm dezent nach einem herben Duft. Dann die feuchte Berührung am Unterschenkel links. Eine Zunge. Er wurde abgeleckt, danach rieben Hände sanft über seine Haut. Er wurde erst abgeleckt und danach eingeölt. Pfeffer grunzte und räkelte sich ein wenig, weil er gelernt hatte, dass Menschen auf Rohypnol sehr wohl zu inhaltlich passenden Äußerungen und koordinierten Bewegungen fähig sind – sie können sich nur nicht mehr daran erinnern. Wenn er komplett schweigen und starr daliegen würde, würde das verdächtig wirken.

»Du schmeckst geil.« Dann: »Das Zeug hier riecht ganz gut, oder? Gar nicht schlecht. Ich finde, eingeölt seht ihr immer noch besser aus. Wobei … du bist leider ein bisschen käsig, muss ich schon sagen. Es hat schon seinen Grund, warum ich Südländer bevorzuge. Da glänzt die Haut so erotisch kupfern. Die Polly war ja auch so käsig. Fast weiß. Es war schon beinahe rührend, wie sehr sie mir vertraut hat. Als ich ihr dann ein Treffen in aller Herrgottsfrühe vorgeschlagen habe, da war sie nicht mal ansatzweise misstrauisch. Ich habe mir eine mords Räuberpistole ausgedacht, um sie einzulullen, was ich alles Geheimes herausgefunden hätte, aber sie war überhaupt nicht misstrauisch. Die hielt das für Cluedo oder so. Sagt einfach zu. Kannst du dir das vorstellen? Sagt die einfach zu und kommt dann pünktlich zu ihrer Hinrichtung. Ts, frisch vom Dancefloor. Leider bist du dann ein paar Augenblicke zu früh aufgetaucht! Böser Bube. Sonst hätte ich sie noch besser präparieren können, dass alle, auch du, mein Süßer, an ein echtes Sexualverbrechen geglaubt hätten. Das blöde Gestochere mit dem Holzdings, das tut mir echt leid. Das hatte sie nicht verdient, aber du hast mir keine Zeit gelassen.«

Pfeffer grunzte.

»Ja, das gefällt euch allen. Schade, schade«, es wurde gegen seinen Penis geschnippt, »das ist wirklich ein unschöner Nachteil von Roofies. Schlaffe Pimmel. Aber man kann nicht alles haben.«

Sie klingelten bei Förster. Ein mal, zwei Mal. Nichts.

»Mach auf, du Arsch«, fluchte Cosmo und drückte mit der flachen Hand auf das Klingelbrett. Kurze Zeit später knackste die Gegensprechanlage. »Hast du schon wieder den Schlüssel vergessen«, keifte eine Frauenstimme. Gleichzeitig summte der Türöffner. Sie rannten das Treppenhaus hinauf. Altehrwürdige Holzstufen knarzten. Die Frau, die in der offenen Tür im zweiten Stock stand und ihnen hinterherrief, was das denn solle und sie würde die Polizei rufen, ignorierten sie. Oben im Dachgeschoss hämmerte Cosmo gegen die Tür. Die flog schließlich auf und ein wütender Herbert Förster stand im Morgenmantel vor ihnen.

»Hat euch Vollidioten jemand ins Hirn geschissen?«, brüllte er. »Wisst ihr wie spät es ist? Und wer seid ihr überhaupt?«

»Ist mein Vater bei Ihnen?«, fragte Cosmo.

»Was? Wer?« Herbert Förster starrte ihn ungläubig an. »A, wer ist dein Vater? Und B, geht dich Bürscherl überhaupt nichts an, wer vielleicht hier ist.«

»Was ist das?« Florian deutete auf die Flasche, die Herbert Förster in der Hand hielt.

»Bodyoil, und auch das geht euch Haufen Spinner gar nichts an! So, jetzt reichts. Gute Nacht!« Förster trat einen Schritt zurück und versuchte, die Tür zuzuknallen. Severin stellte seinen Fuß dazwischen.

Im elften Stock angekommen, musste Riley sich erst einmal auf die Stufen setzen, um wieder Luft zu bekommen. Eine Scheiße war das. Er war so fertig! Wollte doch nur ins Bett. Er raffte sich auf und ging den Flur links hinunter. Elfter Stock, Flur links, hatte diese Tanja gesagt, dann das letzte Apartment auf der rechten Seite, hatte diese Tanja gesagt, kein Name am Klingelschild, an der Tür hängt so ein Kranz aus trockenen Blumen, hatte diese Tanja gesagt. Riley setzte seinen schweren Rucksack vor der Tür mit einem Kranz aus Lavendel ab und steckte den Schlüssel ins Loch. Der Schlüssel glitt zwar hinein, ließ sich aber nicht umdrehen. Hatte sich heute alles gegen ihn verschworen? Riley fluchte und rüttelte an der Tür. Manchmal verhaken sich Schlüssel. Also noch einmal mit Feingefühl. Nichts. Und dann noch mal mit Kraft. Nichts. Riley trat wütend gegen die Tür. Hatte er sich bei den Stockwerken verzählt? Definitiv nicht, da war er sich sicher. Er holte sein Telefon heraus und wählte stinkig Tanjas Nummer.

Tanja Heinbuch saß in der S-Bahn in Richtung Friedenheimer Brücke, als ihr Handy klingelte. Sie starrte auf das Display, weil ihr die Nummer erst nichts sagte. Sie wollte schon rangehen, dann fiel ihr ein, dass das der speckige Ami von vorhin war. Auf irgendwelche Beschwerden gleich bei der Ankunft hatte sie keinen Bock. Sie drückte den Anruf weg. Sollte er es morgen noch mal probieren.

Riley steckte wütend sein Telefon in die Hosentasche. Fuck. Er trat erneut gegen die Tür. Was sollte er tun? Er rüttelte am Schlüssel, drehte mit Kraft und noch einmal – und der Schlüssel brach ab. Riley sank hysterisch lachend am Türrahmen nach unten. Die Wohnungstür nebenan ging einen Spalt breit auf. Eine ältere Frau mit gelbem Frotteebademantel beäugte misstrauisch den Amerikaner. Sie schrak zusammen, als er sich hochrappelte und ihr etwas sagte, das sie nicht verstand. »Ich ruf die Polizei«, keuchte sie, schlug die Tür zu und verriegelte sie.

»Fuck«, machte Riley erneut. Okay, ruhig bleiben. Bei der Alten von eben klingeln, würde nichts bringen. Nachdenken, Riley! Das Schloss muss eh ausgetauscht werden, wenn der Schlüssel abgebrochen ist. Das würde er am nächsten Tag angehen. Wenn das Schloss schon kaputt war, dann würde es auch nichts ausmachen, es noch weiter kaputt zu machen. Zahlen müsste er eh. Er holte aus seinem Rucksack sein Multitool heraus. Das hier war ein recht einfaches Schloss mit leicht hervorstehendem Zylinder aus Urzeiten, vielleicht aus den Siebzigern. Also nichts, was lange halten würde. Vielleicht konnte er es sogar mit dem Schraubenziehertool aufhebeln. Als sie jung gewesen waren, hatten sie ein paar Schlösser geknackt. Damals in Fritztown. Sie waren schon wild gewesen! Er machte sich ans Werk.

35

»Weißt du«, er rieb Pfeffers Schultern ein, mehr noch, er massierte sie. Angenehm. Pfeffer seufzte. »Das graue Hoodie war mein Lieblingshoodie. Schade, dass ich es weghauen musste. Und auch sie anderen Sportsachen, die waren praktisch noch neu. Ich hab sie zerfetzt und hier in den Container geworfen. Da habt ihr nicht gesucht. Wie auch. Wusstet ihr ja nicht! Man muss eben Opfer bringen, wenn man so ein ausgefallenes Hobby hat wie ich. Blödes Wort, Hobby. Nur, wie soll man das sonst nennen? Eine Veranlagung? Ist das tatsächlich eine Veranlagung? Einen Drang? Ja, ein Drang ist es. Aber es ist auch so erlösend. Die meisten werden das nicht nachvollziehen können. Das ist leider das Problem. Da werden Menschen wie ich als krank bezeichnet. So wie die blöde Fotze damals, die mich wegen häuslicher Gewalt angezeigt hat und sich dann hat scheiden lassen. Eine Woche Krankenhaus. Pah. Dabei habe ich ihr nur ... ach, das interessiert dich nicht. Mit Burschen macht das alles viel mehr Spaß. Das musste ich aber erst herausfinden. So viel vertane Zeit.«

Pfeffers Kopf wurde sanft zur Seite gedreht. Das Einölen war beendet. Pfeffer sah das Messer. Ein einfaches Küchenmesser mit hölzernem Griff und rund fünfzehn Zentimeter langer Klinge. Er blinzelte nicht, sondern schloss langsam die Augen und öffnete sie ebenso langsam. Er brummelte etwas in den Knebel.

»Ich zeig dir das schon mal. Nur, damit du Bescheid weißt.« Lachen. »Ich habe es schön geschliffen und eingeölt. Für dich. Schau, das lege ich erst mal hierhin. Das brauchen wir noch nicht gleich. Ich mag das Messer. Es sind schon einige Erinnerungen damit verbunden. Siehst du hier die Kerben? Ja, für jeden eine! Ein bisschen kitschig, oder? Aber so bin ich halt. Ach, eigentlich schade. Du wirst es nicht überleben und du kriegst auch jetzt gar nichts mit. Ja, du siehst alles und du hörst alles, aber es bleibt nur an der Oberfläche, es dringt nicht zu dir vor. In dein Bewusstsein! Und trotzdem gebe ich mir so eine Mühe mit dir. Ich erzähle dir alles, weil ich mir vorgenommen hatte, dass ich, sollte es mal so weit kommen wie jetzt, dir alles erzählen werde. Du bist bisher der Einzige, der mir auch nur ansatzweise auf die Spur gekommen ist. Vielleicht sollte ich das beim nächsten Mal ganz ohne Drogen ausprobieren. Schreien könntest du hier eh, so viel du willst. Das Schlafzimmer habe ich praktisch schalldicht gemacht. Auch die Tür – dick gepolstert! Aber jetzt denk nicht, dass ich dir den Knebel rausnehme. Das ist mir doch ein bisschen zu riskant. Vor allem – ich möchte euch sehen, aber nicht unbedingt hören. Das ist unschön. Ach, und wenn du reden könntest, würdest du wahrscheinlich eh nur so banale Fragen stellen wie – warum?« Er lachte affektiert. »Warum? Das interessiert doch wirklich niemanden. Warum? Darum.«

»Das war nicht so gut«, sagte Severin kleinlaut zu seiner Frau am Telefon. »Die Details erkläre ich dir später. Wir sollten uns aber schon mal auf eine Anzeige wegen Hausfriedensbruchs vorbereiten.«

Nichts hatten sie gefunden beziehungsweise nicht denjenigen, den sie erhofft hatten, als sie an Förster vorbei in dessen Arbeitsapartment gestürmt waren und Schlafzimmer inklusive Schränke und Bad durchsucht hatten. Nichts. Nur ein tobender Kükenschredder-König – und ein verschrecktes junges Mädchen.

»Sag mal, ist der ein Kinderficker?«, fragte Severin seine Frau am Telefon. »Da war ein sehr junges Mädel … was? … Ach so, die ist sechsundzwanzig … Echt? Na, dann ist gut.«

Florian kickte mit den Händen in den Hosentaschen auf dem Bordstein nach imaginären Kieseln, und Cosmo starrte zu den Neonlichtern der Schauburg in der Ferne. Die Nacht war mild. Aus einem italienischen Restaurant in der Nähe wehte Knoblauchduft herüber. Ein Blaulicht flackerte durch die Szenerie. Hatte doch jemand die Bullen gerufen. Cosmo, Florian und Severin setzten sich in Bewegung und stiegen schnell in den Tesla. Als der Streifenwagen vor dem Haus hielt, waren sie schon eine Kreuzung weiter.

»Ich weiß nach der Aktion nicht, ob wir das noch machen sollten«, sagte Severin ins Telefon.

»Was?«, fragte Flo aufgeregt. »Was machen? Hat Bella noch eine Idee?«

»Nein«, antwortete Severin. »Ja, schon, aber das ist doch … Okay … Gut, sie sagt, es gibt da noch eine Möglichkeit, die mit dem Fall zu tun hat … in Milbertshofen. Ja, wir sind diesmal vorsichtiger und … Keine Sorge, wenn er so ein netter Kerl ist, dann wird auch alles gut sein. Die Jungs sorgen sich eben. Und wo genau in Milbertshofen? … Ja, kenne ich. Und der Name? Kein Klingelschild? Ach, unten ein Klingelschild, aber oben an der Tür nicht. Okay, dann … Ja, das finden wir schon!«

Mit Gewalt ging alles. Auch eine Tür gab mal nach. Vor allem, wenn sie kein modernes Schließsystem hatte. Riley konnte sie aufhebeln. Er schleppte seinen Rucksack hinein und machte Licht. Die Bude sah ganz anders aus als auf der Website. Das war hier nicht liebevoll eingerichtet mit originellen Möbeln, nicht dieser Mix aus Antik und Neu, nicht »charming« und »bohemian« und voller »german gemuetlichkeit«, wie es die Fotos versprochen hatten und worauf sich Riley gefreut hatte. Bohemien! Die Wohnung war für Rileys Geschmack erheblich zu nüchtern gehalten. Modern und zweckmäßig mit viel Weiß und Schwarz und Grau. Relativ schick zum Anschauen, aber fucking uncosy. So, als solle sich der Gast nicht wohlfühlen. Riley war sauer. All der Scheiß hier. Diese hässliche Kackbude. Da sollte er jetzt eine Woche wohnen? Das hatte im Netz völlig anders ausgesehen. Völlig. Und nun das. Er nahm einen Stuhl und klemmte ihn unter den Griff der Wohnungstür, damit die zublieb. Er hatte seit einer gefühlten Ewigkeit nicht mehr geschlafen, sein Kopf dröhnte und hämmerte, er hatte Hunger und Durst und musste aufs Klo. Er stakste in die kleine Küche und riss den Kühlschrank auf. Auch das noch! Diese Geli hatte angekündigt, dass sie den Kühlschrank mit dem Nötigsten auffüllen würde, aber das Nötigste war eindeutig mehr als nur eine Milchtüte, ein Stückchen Butter, eine offene Packung Käsescheiben und zwei Erdbeerjoghurts. Keine Cola, kein Dr Pepper, wie versprochen worden war. Was dachte die denn, was er trinken würde? Am Ende Wasser aus dem Hahn? Wütend holte Riley die Milch heraus, suchte in den Schränken nach einem Glas, das er schnell fand. Ebenso fand er eine Packung Pulver für Erdbeermilch. Die mochte er. Er machte sich eine Erdbeermilch und spülte damit zwei Aspirin runter – gut, dass er die große Packung mitgenommen hatte. Er setzte sich im Wohnzimmer auf die Couch und schaltete den Fernseher an. Wenigstens gabs hier auch englischsprachige Sender, wenn auch nur CNN und andere Fake-News-Kanäle, Fox News oder Breitbart wären ihm lieber gewesen. Riley holte sein Smartphone hervor. Milch schlürfend begann er eine geharnischte Bewertung auf dem Onlineportal zu tippen. Egal, was in den nächsten Tagen noch kommen würde, dieser unfreundliche Empfang, diese nüchterne Scheiße hier in einem abgelegenen Hochhaus, in dem kein Lift funktionierte, war nicht mehr wert als ein Stern.

36

»So, mein kleiner Bulle, jetzt wirst du ein bisschen mithelfen. Ich werde dich für meine Bequemlichkeit in eine etwas andere Position bringen. Hoch die Beinchen. Das dauert eine kleine Weile, weißt du. Ich habe echt geübt, um hier schöne Knoten hinzukriegen. Dass alles schön aussieht, wenn ihr hier so ausgestreckt liegt. Das kommt im Video großartig!«

Pfeffer spürte, wie an seinem rechten Unterschenkel herumhantiert wurde. Wo war das Messer? Es müsste links neben seiner Hüfte liegen. Wenn er mit dem rechten Bein … Und dann versuchen, mit dem Fuß das Messer zu schnappen … War er überhaupt so gelenkig? Er war Sportler, lief viel, trainierte Taekwondo und hatte mal eine Zeit lang Yoga gemacht. Da war er sehr gelenkig gewesen. Damals. Vielleicht war noch etwas davon übrig. Für ihn war jedenfalls klar, dass er nur diese eine Chance haben würde. Er müsste den Messergriff zwischen dem großen und dem nächsten Zeh einklemmen, dann könnte er das Messer irgendwie bedienen. Realistisch betrachtet: sehr unrealistisch. Das mit dem Messer würde er vergessen können. Nie im Leben würde er seinen rechten Fuß neben die linke Hüfte bekommen.

Jetzt klingelte es auch noch. Riley beschloss, sitzen zu bleiben. Hatte die verrückte Alte von nebenan womöglich die Polizei gerufen? Selbst wenn. Es klingelte erneut. Riley wuchtete sich aus dem Sofa hoch. Er nahm den Stuhl von der Eingangstür, öffnete selbige und sah hinaus in den Hausflur. Dunkel. Nichts. Er nahm den Hörer von der Gegensprechanlage neben der Tür und plärrte »What?« hinein. Auch nichts. Er schob die Tür wieder zu. Wahrscheinlich ein Betrunkener, der sich einen dummen Scherz erlauben wollte. Riley schlappte ins Badezimmer. Er war immer noch nicht auf dem Klo gewesen, bemerkte er jetzt. Er hatte es verdrängt. Höchste Zeit, das nachzuholen.

Sein rechtes Bein war frei. Pfeffer winkelte es langsam an, als wäre er im Tran.

»So, du musst mir jetzt ein bisserl helfen. Einfach schön das Bein wieder ausstrecken und locker lassen.«

Pfeffer ließ nicht locker. Er sammelte alle Kraft in dem angewinkelten Bein und als sein Peiniger danach greifen wollte, ließ er den Fuß vorschnellen. Er traf den Mann mitten ins Gesicht. Der taumelte fluchend nach hinten und stieß gegen den mit Plastikfolie verkleideten Schrank.

»Scheiße, du Arschloch! Seit wann bist du wach? Ich habs geahnt!«

Pfeffer trat noch einmal zu, traf diesmal den Solarplexus. Er rüttelte an seinen anderen Fesseln. Der Bewegungsspielraum war viel zu gering, um sich auch nur ansatzweise in eine Position zu bringen, damit er irgendwie mit dem rechten Fuß das Messer hätte schnappen können. Zwei kräftige Hände packten sein Bein. Er zog es ruckartig zurück. Der Angreifer verlor das Gleichgewicht und fiel auf Pfeffer drauf. Pfeffer trat dorthin, wo er das Gemächt vermutete. Er traf den Bauch. Aber er konnte mit dem Bein den Mann einklemmen, sogar in den Schwitzkasten nehmen. Der schlug nun mit seinem Kopf in Richtung von Pfeffers Weichteilen, verfehlte sie aber um Haaresbreite, sodass Pfeffer nur kurz die Luft wegblieb. Er musste die Beinschere kurz lockern, bevor er wieder zudrücken konnte. Als Nächstes spürte er, wie ein stechender Schmerz seine linke Wade durchblitzte. Das Messer. Der andere hatte das Messer in die Hand bekommen und ihm ins Bein gerammt. Noch steckte es drin. Er musste verhindern, dass es herausgezogen wurde und erneut zum Einsatz kam. Seine Beinschere gelang ihm trotz der höllischen Schmerzen in der Wade besonders hart. So hart, bemerkte er, dass der Bettpfosten, an dem sein linkes Bein befestigt war, ein wenig nachgab und sich verbog. Es war ein Metallbett. Weil er die Arme des anderen nicht fixieren konnte und der um sich schlug, musste Pfeffer schließlich die Beinschere doch aufgeben. Der andere taumelte vom Bett. Das Messer in der Wade – da käme er mit dem rechten Fuß hin!

Riley nahm eine Dusche. Herrlich. Das tat gut. Dann wickelte er sich das Badetuch um die Hüften und machte sich daran, seinen Rucksack auszupacken. Er breitete alles auf dem Couchtisch aus und überlegte, was er wo verstauen sollte. Er hatte noch gar nicht das Schlafzimmer inspiziert. Da gab es bestimmt genug Stauraum. Riley beschloss, der Wohnung doch noch eine Chance zu geben. Das Schlafzimmer war bestimmt gemütlich mit einem großen Bett. Schlafen. Oh ja, schlafen! Schwungvoll öffnete er die Schlafzimmertür, die hart gegen etwas knallte. Riley kniff die Augen zusammen, weil der Raum so hell erleuchtet war. Als er besser sehen konnte, bemerkte er, dass er die Tür nicht gegen etwas gestoßen hatte, sondern gegen jemanden. Der nackte Mann hielt sich mit beiden Händen die Nase und brüllte etwas auf Deutsch. Dunkles Blut quoll zwischen seinen Fingern hervor. Und auch der andere Mann, der dort auf dem Bett lag, war nackt und blutete aus dem Unterschenkel. Riley glaubte seinen Augen nicht zu trauen: Zog sich der Typ auf dem Bett eben tatsächlich gerade ein Messer aus der Wade – mit dem rechten Fuß? Warum war der ganze Raum mit Plastikfolie ausgekleidet? Dann sah Riley die Kamera auf dem Stativ.

»Oh, shit«, rief er. »Sorry, guys!« Die drehten hier einen völlig kranken Porno. Er hatte davon gehört. Die Deutschen waren berühmt für abgefahrene Sexfilme. Das sah nach einem Gewaltstreifen aus. Das sah nach etwas aus, das Riley viel zu heftig war. Noch dazu gay. Das interessierte ihn beim besten Willen ganz und gar nicht. »Sorry!«, rief er immer wieder und hielt sich die Hände vor die Augen.

Der Typ, dem er die Tür ins Gesicht geknallt hatte, stürzte sich brüllend auf Riley. Riley wich zurück und stotterte erneut eine Entschuldigung. Das schien den anderen nicht zu interessieren. Er packte Riley mit beiden Händen am Kopf, um ihn zu Boden zu ziehen. Riley mochte speckig sein, aber er war in der Highschool mal ein ganz guter Ringer gewesen. Er wusste sich zu wehren.

Und plötzlich kamen noch drei Kerle keuchend in die Wohnung gestürmt. Riley hatte vergessen, den Stuhl wieder unter die Türklinke zu klemmen.

»Fuck«, brüllte Riley und hielt seinen Angreifer mit auf dem Rücken verdrehten Armen am Boden fixiert. »What the fuck is going on in this fucking shit hole?«

Die drei Neuankömmlinge beachteten ihn kaum. Nur der eine, ein Schrank von einem Kerl, blieb kurz stehen und schaute Riley finster in die Augen, stürmte dann aber den anderen hinterher ins Schlafzimmer. Der eine rief ständig nach seinem Papa.

37

»Woher soll ich denn wissen, wie diese besch… diese Amis ihre Stockwerke zählen«, rechtfertigte sich Tanja Heinbuch.

»You said eleventh floor!«, knurrte Riley. Das Mädchen mit den krisseligen dunklen Locken und dem leuchtend roten Pickel an der rechten Schläfe war zwar eine Zicke vor dem Herrn, aber irgendwie gefiel sie ihm. Die hatte Feuer.

»Ja! Und ›eleven floor‹ heißt auch elfter Stock und nicht zehnter Stock! Not ten floor. Wie kann man so blöd sein. Elf! Eleven is won mor sän ten!«

»Leute, bitte«, sagte Bella Hemberger. »Es war ja letztlich ein Glück, dass es für einen Amerikaner kein Erdgeschoss gibt, sondern das gleich der erste Stock ist. So ist er in der Wohnung unter seiner eigentlichen Airbnb-Unterkunft gelandet und hat mindestens einer Person das Leben gerettet.«

Zaghaft an den Türrahmen klopfend kam Becky Magert herein. »Guten Morgen«, sagte sie etwas unsicher. »Sie wollten mich sprechen, Frau Hemberger?«

»Danke, Frau Magert, dass Sie gekommen sind.« Bella Hemberger schüttelte Becky die Hand und bat sie dann, sich zu den anderen beiden zu setzen. Becky hörte sich die Zusammenfassung an, was in der Nacht geschehen war, und weinte.

»Das bringt Polly nicht wieder«, schniefte sie dann. »Aber gut, dass dieser Drecksack geschnappt wurde. Was sagt er, der Gärtner?«

»Nichts. Er schweigt«, antwortete die Hauptkommissarin. Beppo Schubert hatte sich, als Riley seinen Griff lockerte, weil die Polizei eintraf, losgerissen und war auf den Balkon gestürmt. Die Beamten hatten damit gerechnet, dass er sich hinunterstürzen würde. Doch Beppo Schubert hatte sich am Geländer festgehalten und hinuntergeschaut. Dann hatte er sich umgedreht und sich widerstandslos verhaften lassen. Ein freundliches Lächeln umspielte seinen Mund. Er hatte »Na ja« gesagt, als die Handschellen klickten. »Na ja.« Seitdem schwieg er.

Die Zeitungen wussten noch nichts, sondern berichteten über Herbert Försters überraschenden Rückzug von seiner politischen Karriere, beendet, bevor sie hatte beginnen können. Er wolle sich, so der Gatte der berühmten Queen of Crime, Susa Förster, deren neuester ›Basti Daxlberger‹ diese Woche auf Platz zwei der Bestsellercharts gestürmt war, mehr seiner Familie widmen. Er habe den Stress, den eine Kandidatur für ein politisches Amt mit sich brächte, völlig unterschätzt.

»Jetzt müssen wir die Videos sichten, die Schubert von seinen Taten gemacht hat, und dann versuchen wir herauszufinden, wo seine Opfer abgeblieben sind«, erklärte Bella Hemberger.

»Mein Gott, die arme Polly«, sagte Becky traurig. »Warum hat sie mir denn nichts von dem Armreif erzählt? Warum? Sie war wirklich naiv.«

»Tja.« Bella Hemberger zuckte mit den Schultern. »Schubert war nett, freundlich, hatte immer ein offenes Ohr, wirkte wie ein Teddy … Man kann sich leicht in Menschen täuschen.«

»So eine Scheiße, dass der Kerl nichts sagt«, sagte Becky. »Ich würde ihm gerne ein paar Fragen stellen.«

»Wir auch, das können Sie mir glauben! Wir wissen nur das aus seinem Mund, was er meinem Chef gesagt hat und was auf dem Video ist. Mehr nicht. Und wo wir gerade von meinem Chef reden …« Ein Lächeln huschte über ihr Gesicht, weil sie durch die offene Bürotür Max Pfeffer den Flur entlanghumpeln sah. Er stützte sich auf zwei Krücken, das bandagierte linke Bein in Schonhaltung. Bella Hemberger warf die Espressomaschine an, und als Max das Büro erreicht hatte, war ein frischer Espresso für ihn fertig.

Max Pfeffer lächelte verlegen.

»Du bist krankgeschrieben.« Mit diesen Worten überreichte ihm Bella Hemberger fröhlich strahlend den Kaffee.

»Ich wollte mich nur mal bei dem jungen Mann bedanken, der mich gerettet hat.« Er schüttelte Riley die Hand, dann trank er seinen

Espresso. Riley hatte praktisch nichts von dem verstanden, was die Deutschen gesagt hatten. Sie redeten zu schnell für seine rudimentären Deutschkenntnisse. Aber er war völlig aus dem Häuschen, dass er mitten in einer Real Crime Story gelandet war. Er hatte schon zu Hause angerufen und allen alles erzählt. Er würde nun in das richtige Airbnb einen Stock höher ziehen und dann bestimmt Fernsehinterviews oder so geben. Die besten Ferien seines Lebens!

»Bedank dich und dann Abmarsch. Du bist trotzdem krankgeschrieben!«, mahnte Bella.

»Schon gut. Hast du Frau Magert bereits …«

»Nein, habe ich noch nicht.«

»Was?«, fragte Becky aufgeregt. »Warum sollte ich eigentlich herkommen?«

»Das wird Ihnen meine Kollegin gleich erklären«, sagte Pfeffer. »Mir ist im Krankenhaus etwas eingefallen, Bella. Erinnerst du dich, als wir das erste Mal bei den Försters waren? Da haben die Zwillinge was von einer Schatzsuche erzählt, die sie mit Polly gemacht haben. Polly hatte den Armreif bei einer Schatzsuche gefunden. Und der Schubert hat zu mir auch etwas von Schatzsuche gesagt. Ich bin mir ziemlich sicher, dass ich weiß, wo wir sie Opfer finden werden. Da kann er schweigen, solange er will.«

»Was ist denn nun mit mir?«, fragte Becky ungeduldig. »Was wollten Sie mir noch sagen?«

»Das hat mit ihrem Mitbewohner Luciano Russo zu tun. Er ist nicht am Gardasee mit ›Bullock23‹. Er hat München leider nie verlassen.«

»Steig aus!«, sagte Bella Hemberger streng.

»Nein.« Max Pfeffer schnallte sich an.

»Chef, bitte!« Die Hauptkommissarin verdrehte genervt die Augen. »Steig aus. Du bist krankgeschrieben und …«

»Okay, Bella, verkürzen wir das. Ich steige nicht aus. Du nimmst mich einfach mit. Punkt. Ich möchte nur wissen, ob ich recht habe.«

Schnaubend ließ Bella Hemberger den Motor an. Als sie in Harlaching vor der Förster-Villa hielten, stieg Pfeffer erstaunlich flink für einen Verletzten aus. Er humpelte zur Garage, die Beppo Schubert als Lager gedient hatte, grüßte die Kollegen von der Spurensicherung, die dort noch mitten bei der Arbeit waren und nahm sich einen großen Vorschlaghammer aus der Ecke mit den größeren Werkzeugen. Damit hüpfte er behände seiner Kollegin hinterher, die bereits vor der Tür der Försters stand und klingelte.

»Ich frag jetzt besser nichts«, kommentierte die Hauptkommissarin Pfeffers Werkzeug.

Mit genervtem »Was wollen Sie denn schon wieder?« öffnete Susa Förster die Tür.

»Wir möchten gerne mit Ihren Kindern reden«, antwortete Pfeffer charmant lächelnd.

»Warum?«

»Das erklären wir gleich.«

»Die Zwillinge sind beim Spielen im Garten«, sagte die Krimiautorin missmutig. »Wir haben noch kein neues Kindermädchen gefunden. Na, kommen Sie mit.« Die Kriminaler folgten der Hausherrin durch den Salon auf die Terrasse. »Was haben Sie denn gemacht?«, fragte Susa Förster.

»Pollys Mörder gestellt«, antwortete Pfeffer.

»Ja, davon habe ich gehört. Und nun nutzen Sie den Vorschlaghammer als Krücke? Ist das nicht unpraktisch?«

»Witzig sind Sie auch noch.«

»Das täuscht.« Susa Förster deutete auf die Rasenfläche hinter dem Pool. »Da sind die Mädchen. Florentine! Aurelia! Kommt bitte mal her.«

Die beiden Mädchen kamen angetrottet. Pfeffer beugte sich zu ihnen hinunter, gestützt auf den Vorschlaghammer. Er wäre gerne in die Knie gegangen, doch die Wunde hinderte ihn daran.

»Sagt mal, ihr beiden, ihr habt doch mit der Polly Schatzsuche gespielt, oder?«

Die Mädchen nickten und kniffen misstrauisch die Augen zusammen.

Pfeffer holte den Armreif von Elvedin aus der Jackentasche und hielt ihn den Zwillingen hin. »Da habt ihr das hier gefunden, nicht wahr?«

Die Mädchen tauschten einen Blick. Dann sagte die eine zögerlich: »Ich weiß nicht.«

»Ihr braucht keine Angst haben«, sagte Pfeffer. »Es ist alles in Ordnung. Ihr habt nichts falsch gemacht. Ich bitte euch nur, mir zu zeigen, wo ihr diesen Armreif gefunden habt.«

»Na, da!«, rief die eine und deutete auf den Pool.

»Im Pool?«

»Nein, da.« Die Mädchen liefen beide los und stellten sich neben den großen Pflanzkübel aus geschliffenem Beton, in dem einer der Olivenbäume wuchs.

»Da hat die Polly gegraben und den Schatz gefunden«, erzählte das eine Mädchen.

»Und wir durften gar nicht damit spielen!«, beschwerte sich die andere.

»Geht mal zur Seite, Kinder«, sagte Pfeffer. »Vielleicht sollten Sie Ihre Kinder ganz wegbringen«, wandte er sich an Susa Förster.

»Und warum?«, fragte die Krimiautorin genervt.

»Es könnte einen unschönen Anblick geben.«

Susa Förster verzog abschätzig den Mund und verschränkte die Arme. »Und wenn?«

Pfeffer stand etwas unsicher, das ganze Gewicht auf dem gesunden Bein. Er holte mit dem Vorschlaghammer aus und schlug auf den Kübel, während Susa Förster »Was machen Sie denn da? Unterstehen Sie sich!« schrie. Aus dem Haus stürmte Herbert Förster herbei, hochrot im Gesicht. »Ich zeige Sie an!«, brüllte er, als Pfeffer erneut ausholte und zuschlug.

Es brauchte einen dritten kräftigen Schlag, bis der Betonkubus auseinanderbrach. Der Olivenbaum kippte zur Seite, die Erde rutschte auf den Boden. Zwischen den Wurzeln und Betonscherben kullerte ein menschlicher Schädel auf den Rasen neben dem Pool. Mit einem Seufzer sackte Susa Förster zusammen und blieb ohnmächtig neben dem Totenkopf liegen. Die beiden Zwillinge kreischten vor Vergnügen. Florentine und Aurelia fingen an, in der Topferde zu wühlen und

Knochen herauszuholen, bis Max Pfeffer sie streng zurechtwies. Es handelte sich, wie sich später herausstellen sollte, um die sterblichen Überreste von Elvedin Saqqaf.

»Wir können nicht durch die Nachbarschaft laufen und alle großen Pflanztröge kaputt schlagen«, hatte Max Pfeffer gesagt und seiner Kollegin geraten, schwereres Geschütz anzufordern. Die Kollegen kamen mit einem kleinen Kran. Während drei oder vier Mann jeweils einen der Tröge festhielten, zog der Kran die jeweilige Pflanze so schonend wie möglich heraus.

So fanden sie Stefan Herterichs Skelett als Bündel arrangiert im Kübel einer der Krüppelkiefern vor der Villa. Hamed Bakhtari lag zusammengeschnürt im großen Kübel, aus dem eine prächtige Kletterrose wuchs, vor dem Nachbarhaus, dem Anwesen der Olberdings. Und Luciano Russo, genannt Lucky, lag in dem Topf, in den Beppo Schubert erst wenige Tage zuvor in Anwesenheit von Max Pfeffer und Annabella Hemberger die Erde eingefüllt und einen Granatapfel gesetzt hatte. Die Kriminaler waren unwissend Zeugen von Luckys Beerdigung gewesen.

Susa Förster und ihr Mann taten so, als hätten sie sich nicht gegenseitig betrogen. Samantha und Mortimer wurden nicht mehr erwähnt, es schien, als wären sie nie existent gewesen. Mortimer tauchte auch nicht mehr bei ihnen auf, wenn seine Eltern nicht zu Hause waren. Während sich Herbert Förster, da er seine politischen Ambitionen aufgegeben hatte, wieder verstärkt in seine Immobiliengeschäfte stürzte, stellte Susa Förster fest, dass sie nicht mehr schreiben konnte. Es ging einfach nicht. Sie saß wochenlang vor dem Laptop. Nichts. Sie hatte kurzzeitig vor, aus dem Erlebten einen Krimi zu schreiben, doch das verwarf sie schnell wieder, weil es ihr zu naheging, dass sie all die Jahre mit Leichen im Garten und Haus gelebt hatte. Ansonsten fiel ihr nichts ein, keine neuen Abenteuer für ihren Ermittler Basti Daxlberger, keine Wohlfühlkrimis mehr. Gar keine Krimis mehr.

Und Beppo Schubert schwieg.

PS

Ich danke Ludwig für Fachinformationen zu modernen Drogen und verschiedenen Polizeiaufgaben, Andrea und Florian für ihr treues Probelesen, Kirsten fürs gründliche Korrigieren und Carsten für seinen wertvollen Input.

Die Max Pfeffer-Reihe im Hirschkäfer Verlag

Martin Arz

Das geschenkte Mädchen • Max Pfeffers 1. Fall

Ein aufgeschlitzter Galerist, ein afrikanischer Fetisch und die schöne Helene … Was hat Afrika mit diesem Mord zu tun? Tod nach Kolonialherrenart? Max Pfeffer muss sich mit einer dunklen Epoche der deutschen Geschichte auseinandersetzen, denn die Wurzeln des Verbrechens gehen zurück in die Zeit, als über Kamerun die Flagge des Deutschen Kaiserreichs wehte. Damals schenkte ein schwarzer Fürst einem deutschen Kolonialpionier eine Sklavin …

Hirschkäfer Verlag München, 2. Auflage, 2014, Taschenbuch, 256 Seiten
ISBN 978-3-940839-15-2 | Gibts auch als E-Book

Martin Arz

Reine Nervensache • Max Pfeffers 2. Fall

Ein körperloser Toter hält die Öffentlichkeit in Atem. Max Pfeffer hat nur den abgetrennten Schädel eines erfolgreichen TV-Produzenten und äußerst dürftige Anhaltspunkte, um den Fall zu klären. Pfeffer legt sich mit den Mächtigen an – denn eine heiße Spur führt mitten hinein in die Schaltzentrale des Vatikans. Pfeffer lässt sich auf ein gefährliches Spiel mit Tatverdächtigen ein. Er muss erkennen, dass Abenteuer am Abend teuer werden und eine Begegnung mit der Muttergottes das ganze Leben aus der Bahn werfen kann. Ehe Max Pfeffer sich versieht, steckt er mitten in seinem ganz persönlichen Alptraum. Und er muss sich beeilen, daraus aufzuwachen, denn wer immer den TV-Produzenten köpfte, hat es nun auf das abgesehen, was Pfeffer liebt: seine Familie.

Hirschkäfer Verlag München, 2. Auflage, 2014, Taschenbuch, 304 Seiten
ISBN 978-3-940839-11-4 | Gibts auch als E-Book

Martin Arz

Die Knochennäherin • Max Pfeffers 3. Fall

Fritz Roloff, einst erfolgreicher Filmemacher, verbringt mit seiner Muse Nives Marell den Weihnachtsurlaub in Thailand. Beide er- und überleben den Tsunami. Doch die Katastrophe eignet sich hervorragend, um einen Mord zu vertuschen. Zweieinhalb Jahre später geschieht ein Mord im Münchner Residenztheater. Die Ermittlungen von Kriminalrat Max Pfeffer konzentrieren sich schnell auf Ensemblemitglieder sowie Angestellte des Theaters. Dann wird auf dem großzügigen Anwesen von Nives Marell im hübschen Dorf Zacherlkirchen auch noch ein Skelett gefunden …

Hirschkäfer Verlag München, 2015, Taschenbuch, 326 Seiten
ISBN 978-3-940839-46-6 | Gibts auch als E-Book

Martin Arz
Pechwinkel • Max Pfeffers 4. Fall

Schock bei der Bachauskehr: Im Glockenbach wird eine Frauenleiche entdeckt. Wurde die alte Frau Opfer einer brutalen Entmietung, weil den Haien auf dem völlig überhitzten Münchner Immobilienmarkt jedes Mittel recht ist? Max Pfeffer entdeckt Parallelen zu weiteren Morden an alten Damen, die alle augenscheinlich nur wegen ein paar Euro Beute erwürgt wurden. Pfeffer stößt in ein Rattennest aus Habgier, und beinahe wird der eiskalte Glockenbach für ihn zum nassen Grab. Denn das Haus der Toten aus dem Bach birgt ein schreckliches Geheimnis …

Hirschkäfer Verlag München, 2. Auflage, 2012, Taschenbuch, 224 Seiten
ISBN 978-3-940839-18-3 | Gibts auch als E-Book

Martin Arz
Westend 17 • Max Pfeffers 5. Fall

Ein Toter hängt an der Hackerbrücke. Was zunächst nach einem Selbstmord aussieht, entpuppt sich als regelrechte Hinrichtung. Doch warum wurde der türkische Obsthändler aus Berlin so spektakulär mitten in München erhängt? Erste Spuren führen den Münchner Ermittler Max Pfeffer zum ›Chinesen‹, einem ebenso aalglatten wie skrupellosen Geschäftspartner des Ermordeten. Doch auch ein Wohnheim für obdachlose Jugendliche im Westend rückt bald ins Zentrum der Ermittlungen. Es scheint, als wären einige der Zöglinge dort auf der Flucht – zum Beispiel vor ihren Familien, die sie unbedingt zwangsverheiraten wollen … Gehen die jungen Männer für ihre Freiheit auch über Leichen?

Hirschkäfer Verlag München, 2014, Taschenbuch, 240 Seiten
ISBN 978-3-940839-33-6 | Gibts auch als E-Book

Martin Arz
Geldsack • Max Pfeffers 6. Fall

Der Erbe einer Wirtedynastie liegt mit eingeschlagenem Schädel im Gebüsch. Die Familie scheint kaum zu trauern, obwohl das Oktoberfest bevorsteht und der Filius für die familieneigene Gelddruckmaschine, sprich das Bierzelt, zuständig war. Auch die Nachbarn reagieren eher gleichgültig. Ihre Sorgen drehen sich vielmehr um den Termin für die nächste Botoxparty oder die Preise für Luxussportwagen. Denn Ort des Verbrechens ist die exklusivste Luxuswohnanlage Deutschlands, deren wenige Bewohner offenbar jeden Kontakt zur Normalität verloren haben. Der Ermittler Max Pfeffer stößt auf jede Menge Motive und dürftige Alibis. Stück für Stück wühlt er sich tiefer in die Welt der Operierten und Neureichen und entlarvt am Ende dabei nicht nur einen Mörder.

Hirschkäfer Verlag München, 2015, Taschenbuch, 224 Seiten
ISBN 978-3-940839-41-1 | Gibts auch als E-Book